KB046040

노엘

"보통은 거꾸로 아니야?
리온한테 친정을 도와주라고
말할 장면이라고 생각하는데."

리온

❖ 안젤리카
"나는 리온의 아내가 될 여자라고. 미안하지만 발트파르트 후작가의 이익이 최우선이다."

❖ 올리비아
"즉, 리온 씨가 최우선이라는 거죠?"

여성향 게임 세계는
모브에게 **가혹한** 세계입니다
THE WORLD OF OTOME GAMES IS A TOUGH FOR MOBS.

09

CONTENTS

THE WORLD OF OTOME GAMES IS A TOUGH FOR MOBS.

프롤로그

공략 대상 남자가 여자로 변하고 말았다.

내가 이 사실을 알게 된 건 신학기를 다음 날로 앞둔 남자 기숙사의 내 방에서였다.

그 여성향 게임 3탄의 공략 대상인 남자 중 한 명이 게임 시나리오가 개시되기 전에 여자가 되고 말았다.

나【리온 포우 발트파르트】는 머리로 이해해도, 마음의 정리가 그걸 따라잡지 못하고 있었다.

난 학생 신분이면서도 나를 향한 괴롭힘 때문에 본의 아니게 후작 지위를 얻은 남자다.

이것도 저것도 전부 쓰레기왕인 롤랜드가 나쁘다.

하지만 지금은 롤랜드 생각을 하고 있을 때가 아니다.

뭐라 하건, 공략 대상인 남자가 여자로 변하는 중대사가 일어났으니까.

이 중대사를 일으킨 것은 전생의 여동생인【마리에 포우 라판】과 인공지능을 탑재한 소프트볼 정도 크기 구체【크레아레】다.

봄방학 중, 반쯤 강제적으로 본가에서 휴양하게 된 날 대신하여 이 둘에게 학원에서의 조사를 맡겨 두었다.

나는 분명 그 여성향 게임 3탄에 관한 정보를 모으도록 지시했을 터인데, 크레아레가 실험이라 칭하며 과학의 힘을 이용하여

【아론】이라는 남학생을 여학생으로 만들어 버렸다.

　지독한 것도 정도가 있지.

　크레아레는 이 세계 사람들을 신인류의 후예랍시고 사람이 아닌 인체 실험의 대상으로 봤다.

　크레아레를 비롯해 구인류가 만들어 낸 기계들은 마법을 다룰 수 있는 신인류를 진심으로 증오한다. 이 녀석들한테 마음이 있는지 어떤지는 나도 잘 모르겠지만, 어쨌든 나를 포함해서 마법을 다룰 수 있는 인류를 혐오한다.

　내 파트너인 【루크시온】보다 온건한 크레아레조차, 이렇게 사람을 사람이라고 생각지 않는 행동을 저지를만큼.

　그게 이번 일에서 가장 무서운 점이지만── 지금 제일 큰 문제는 남자를 성전환해버렸다는 사실 쪽이다.

　그 여성향 게임 세계에 성전환 기술은 존재하지 않……을 터.

　나는 마리에와 크레아레를 학생 기숙사의 내 방에 불러들여, 둘을 앞에 두고 의자에 앉아 있었다.

　마리에는 바닥에 정좌하고, 크레아레는 바닥에 나뒹군 채 우리를 올려다보고 있었다.

　"자, 그럼 너희의 변명을 들어볼까."

　냉담한 어조인 날 앞에 두고, 마리에는 고개를 숙이며 떨고 있었다.

　내 오른쪽 어깨 부근에 떠 있는 루크시온이 이 사문회(査問會)를 진행했다.

『멋대로 남자를 여자로 바꾼 것도 문제입니다만, 이 일로 공략 대상이 한 명 줄어버렸습니다. 동시에, 이 세계에 존재하는지도 의심스러운 성전환 기술을 실행한 것도 아주 큰 문제입니다.』

아론을 여자로 만드는 바람에 게임 시나리오상의 공략 대상 중 한 명이 주인공의 연인 후보에서 탈락했다.

본인의 내면이 여성이고 어떻고, 여하튼 남자를 좋아한다는 것 같으니, 몸이 멀쩡했다고 해도 주인공인 여자와 연인 관계를 만들 수 있었을는지는 솔직히 미심쩍다.

하지만 마리에와 크레아레 때문에 가능성이 하나 사라졌다는 사실은 변하지 않는다.

그리고 또 다른 문제는 오버 테크놀로지를 이 세상에 피로한 점이다.

크레아레의 높은 기술력을 보였을 뿐이라는 말로는 끝나지 않는다. 성전환을 희망하는 사람이 이야기를 듣고 몰려올 가능성도 있고, 이 기술을 얻고자 하는 사람이 올지도 모르는 일이다.

안 좋은 쪽으로 눈에 띄는 건 인제 와서 새삼스러운 일지도 모르지만, 나로서는 본의가 아니다.

크레아레는 루크시온의 질문에 미리 대답을 준비한 모양인지 겉꾸리는 기색도, 망설이는 낌새도 보이지 않고 대답했다.

『공략 대상 중 한 명이 탈락한 건 문제지만, 본인의 취향으로 판단컨대 주인공이랑 연인이 되었을 가능성은 낮은 거지?』

『그건 인정합니다.』

『다음으로 성전환 기술 말인데, 안심해. 딱 한 번밖에 쓸 수 없는 로스트 아이템이라고 설명했어. 아론 본인한테도 확실하게 설명했고.』

『뭐, 그렇다면 괜찮겠지요. 하지만──.』

루크시온이 크레아레의 변명에 어느 정도 이해를 표했다.

『──어째서 사전에 보고하지 않은 겁니까? 실험 대상을 은닉했던 것도 문제입니다. 계획이 알려지면 제지당했을 가능성이 있다는 걸 알고 그런 것 아닙니까?』

여유를 보이던 크레아레가 외눈 같은 파란 렌즈를 루크시온한테서 돌렸다. 마치 뒤가 구림을 표현하고 있는 듯한 움직임이었다.

『그, 그건, 마리에가 떠올리는 게 늦어서…….』

그러자 자기한테 책임을 떠넘긴다고 느낀 마리에가 고개를 들고 크레아레를 노려봤다.

"내가 떠올렸을 때는 이미 늦은 상황이었잖아! 너, 날 팔아서 자기 혼자만 살아나려고 하다니, 비겁해!"

『마리에도 나한테 입막음 비용을 요구했잖아! 공범이야, 공범!』

입막음 비용?

내가 신경 쓰여 마리에를 노려보자 마리에는 내 시선을 알아채고 목을 움츠렸다. 그러고는 식은땀을 흘리며 변명했다.

"아, 아니야. 오빠, 내 말을 들어줘."

"들어주지. 날 납득시킬 수 있으면 용서해 주마."

"저, 저기 말이야, 크레아레 녀석이 아론한테서 성전환 대금을 받았어! 엄청난 금액이라서, 그걸 어떻게 할지 물었더니──.”

『마리에, 너무해! 그때는 도와주겠다고 말했잖아. 대금의 반이나 받아 갔으면서, 그건 좀 아니지 않아?』

“시끄럽네! 나는 생활비가 필요했단 말이야!”

마리에를 따르는 카일과 카라, 그리고 짐 덩어리인 다섯 바보를 돌보기 위해 필사적으로 생활비를 버는 마리에의 모습은 정말이지 눈물을 자아낸다.

안 되지. 동정하고 있을 상황이 아니다. 애초에 나는 마리에를 포함한 전원의 뒷바라지를 억지로 떠맡게 된 입장이다.

마리에가 다섯 바보한테 고통받는 모습은 내일의 내 처지이기도 하다.

나는 한숨을 내쉰 뒤 둘에게서 자세한 이야기를 듣기로 했다.

“됐으니까, 봄방학 때 무슨 일이 있었는지 자세히 설명해.”

마리에와 크레아레가 시선을 힐끔 나눈 뒤 봄방학에 있었던 일을 상세하게 이야기하기 시작했다.

“실은──.”

봄방학 중의 학원은 제법 조용했다.

복도에서 엇갈리는 건 교원이나 학원에서 일하는 직원뿐.

물론 본가로 돌아가지 않고 학원에 남는 학생도 있지만, 수는 그리 많지 않다.

이날 마리에는 크레아레를 대동하고 게시판이 마련된 복도를 걷고 있었다.

마리에는 어딘가의 성 같은 느낌이 나는 복도에 다양한 서류가 붙어 있는 게시판이 놓인 풍경이 다소 기묘하게 느껴졌다.

마치 상상 속 판타지 세계에 현실이 비집고 들어온 듯한 위화감이었다.

평소라면 게시판 따위는 보지도 않고 지나쳤겠지만, 과연 마리에라도 거기에 낯익은 얼굴이 있으면 걸음을 멈추지 않을 수 없었다.

"오빠가 지명수배당했어?!"

마리에가 게시판에 다가가 뚫어질 듯이 쳐다본 건 얄미운 오빠── 리온의 얼굴이었다. 공화국에서 라셀 신성 왕국과 싸웠을 때의 모습이었다.

리온이 사로잡은 적 함대 사령관 옆에서 야비한 미소를 띠고 있는 사진을 그림으로 다시 그린 듯했다. 제작자의 심정이 반영된 건지, 리온은 상당히 악역 같은 얼굴을 하고 있었다.

그림 밑에는 현상금이 적혀 있는데, 왕국의 통화 단위가 아니었다.

크레아레가 파란 렌즈를 빛내며 내용을 확인했다.

『어머어머, 마스터도 제법 유명해졌네. 왕국 통화로 치면 500만 디아에 달하는 현상금이 걸려 있어.』

마리에는 500만 디아라는 말을 듣고 곧바로 일본 엔으로 환산했다.

"그거 5억이잖아! 오빠한테 5억이나 되는 가치는 없다구?!"

『마리에도 너무하네.』

"어쩌면 좋아. 오빠가 범죄자가 되다니!"

리온이 범죄자가 되었다고 착각한 마리에한테 크레아레가 보충 설명했다.

『이건 라셀 신성 왕국이 낸 수배서야. 물론 만약 지금 그곳으로 가면 붙잡히겠지만, 이건 그만큼 마스터가 적한테 위협적이라는 의미이기도 해.』

"그, 그러고 보니 외국 글자로 적혀 있네. 왜 이런 게 여기 붙어 있는 거지?"

호르파트 왕국 학원에 외국의 수배서를 붙이는 의미가 마리에한테는 이해되지 않았다. 그때 남학생 두 명이 마리에 일행 근처를 지나갔다.

멈춰 서지는 않았지만, 게시판에 시선을 향하고 대화를 나누고 있었다.

"리온 선배, 외국에서 지명수배당한 건가. 역시 대단하네."

"무려 500만이라니, 엄청나지 않냐. 이미 외국에서도 유명인이라던데."

리온이 지명수배당했는데도 남학생들은 이 사실을 호의적으로 받아들이고 있었다.

멀어져 가는 두 사람의 뒷모습을 보며 마리에가 고개를 갸웃했다.

"다들 반응이 이상하지 않아? 국가야 어쨌든 지명수배라구."

『외국에서 원망받는 건 그만큼 나라를 위해 활약했다는 증거야. 기사에게는 자랑거리가 되는 거지.』

즉 우리나라의 기사가 이만큼 활약했다고 자랑스럽게 게시판에 붙였다는 의미였다. 마리에는 이해할 수 없다는 표정을 지었다.

"전생하고 제법 시간이 지났는데도 아직 이해할 수 없는 문화가 많네……."

어처구니없어하며 리온의 얄미운 얼굴을 보고 있는 마리에한테 어떤 인물이 말을 걸었다.

"잠깐 괜찮을까?"

목소리 주인이 누구인지 예상 된 마리에는 작게 한숨을 내쉰 뒤 상반신만을 뒤로 돌려 돌아봤다.

"너, 또 온 거야?"

그 남학생은 마리에도 넋을 잃고 볼 만큼 중성적인 미인이었다.

피부 윤기가 좋고, 입술에는 생기가 감돌았으며, 잔털도 깔끔하게 처리했고, 머리카락도 상당히 공들여 손질해놓았다.

마리에는 외모가 뛰어난 남자를 매우 좋아하지만, 전생의 인생 경험으로 눈앞의 남자가 자기한테—— 여성에게 성적인 흥미가 없음을 금방 눈치챘다.

그 남학생을 앞에 두고, 크레아레는 흥미진진하다는 목소리를 냈다.

『아무래도 각오를 굳힌 모양이네. 그래서── 돈은 준비했어?』

이전부터 얼굴을 아는 사이인 크레아레는 남학생이 가지고 있는 가죽제 여행 가방에 파란 렌즈를 향했다.

남학생이 여행 가방을 앞으로 내밀었다.

"모험가 시절에 손에 넣은 보물을 전부 환금해 왔어요."

바닥에 내려놓고 내용물을 보여주는 남학생에게 크레아레는 만족스러운 듯이 합격을 선언했다.

『좋아. 그러면 이쪽이 약속을 지킬 차례네. 성전환 가능한 로스트 아이템을 너한테 사용해 줄게.』

크레아레의 말을 듣고 눈앞의 남학생은 눈물을 글썽거릴 정도로 기뻐했다.

"고, 고마워!"

그 모습을 보고 있던 마리에는 크레아레한테 작은 목소리로 말을 걸었다. 그 이유는 남학생한테 대화가 들리지 않도록 하기 위해서였다.

"잠깐, 정말로 괜찮은 거야?"

『문제없어. 마스터의 허가는 받았고.』

"오빠가 그런 걸 허가했어?!"

『이 녀석, 이전에 리비아한테 손을 대려 한 쓰레기야. 그런 녀석한테는 뭘 해도 괜찮다고 마스터가 말했었어.』

마리에는 이 말을 듣고 경멸하는 시선으로 남학생을 쳐다봤다.

"너, 연인이 있는 상대한테 손을 대려고 한 거야?"

마리에가 무심코 추궁하자 남학생은 후회하는 기색으로 고개를 끄덕였다.

"알고 있었어? 그래, 나(私)── 나(俺)는 최악이었어. 하지만 그때는 그렇게라도 하고 싶었어."

"무슨 소리야?"

이해하지 못하는 마리에한테 크레아레가 남학생의 심정을 설명했다.

『갖고 싶어도 손에 넣지 못하면 더럽히고 싶어지는 기분이란 게 있잖아? 이 녀석도 그랬던 거야.』

마리에도 한때 비슷한 경험이 있었다. 전생에서 어떻게 해도 행복한 가정을 가질 수 없었다. 어릴 적에는 괜찮았지만, 어른이 되어 자신의 가정을 가지게 되자 잘 풀리지 않았다.

그래서 때때로 행복한 가정을 보면 부러워서 견딜 수가 없었다. 자신이 손에 넣지 못한 것을 가진 사람들에게 괜한 분노를 품었었다.

"──뭐, 마음만은 이해되지만 말이야."

마음만이다. 실제로 행동하려고 한 점은 경멸했다.

남학생은 마리에의 경멸이 담긴 시선을 피하지 않고 받아들였다.

"마음만이라도 이해해 줘서 기뻐. 하지만 이 소원만큼은 어떻게 해서든 이루고 싶어. 나(俺)는── 나(私)는 여성이 되고 싶어."

각오를 굳힌 남학생을 앞에 두고 크레아레가 평소보다도 큰 목소리로 이후의 절차를 설명했다.

『좋아. 그러면 곧바로 시작하자. 신학기 전까지 끝내지 않으면 여러 가지로 성가셔지니까.』

"고마워!"

남학생이 얼굴 한가득 미소를 띠자, 마리에가 크레아레를 제지했다.

"잠깐, 그렇게 간단히 정해도 돼?! 일단 오빠한테 확인하는 편이 좋지 않아?"

마리에는 리온한테 확인을 구해야 한다고 말하면서도, 남학생이 준비한 가방에 가득 든 거금을 힐끔힐끔 봤다.

『어머? 마스터한테 내 지시에 따르라고 주의받은 거 잊었어?』

"윽?!"

리온이 본가에 돌아가기 전에 마리에는 몇 번이나 크레아레의 지시에 따르라는 말을 들었다. 그건 리온이 마리에보다도 크레아레를 신용하고 있기 때문이다.

매우 강하게 주의받았기에, 마리에는 크레아레한테 거스를 수 없었다.

『게다가 지금은 연락이 안 돼. 최근 통신 상태가 나빠.』

"그, 그래? 그러면 역시 기다리는 편이…….'"

마리에의 시선이 거금으로 향해 있다는 걸 알아차린 크레아레가 거래를 제의했다.

『그럼 이렇게 하자. 나한테 따르면 마리에 몫도 나눠 줄게.』

"그래도 돼?! 그러면 7할을 줘!"

아무리 그래도 전부 갖고 싶다고 말하기는 꺼려진 마리에는 결과적으로 7할을 요구했다.

그런 마리에를 보고도 크레아레는 기분이 좋은 상태였다.

『나는 마리에의 뻔뻔한 구석도 좋아하지만, 아무리 그래도 욕심이 과해. 4할로 하자.』

"6할! 부탁이야, 정말로 생활이 빡빡해!"

『아니, 그래도——.』

"그럼 5할이만이라도! 이번에는 절반으로 참을 테니까!"

『저, 절반으로 참는다니 뭐야?! 마리에는 이번에 아무것도 한 게 없잖아?!』

"절반을 주면 나중에 오빠가 화내도 넌지시 도와줄게. 응? 부탁이야아~."

결국 크레아레는 어리광 부리는 목소리를 내는 마리에의 기세에 밀려 승낙했다.

남학생 이름을 들은 마리에가 절규한 건 수술 후 사흘이 지나고 나서였다.

◇

"——이렇게 된 거야."

신학기를 앞둔 남자 기숙사의 내 방.

나는 마리에와 크레아레가 봄방학 때 뭘 하고 있었는지를 듣고 당장이라도 호통치고 싶었지만, 그전에 꼭 확인해야만 하는 일이 있었다.

"잠깐 기다려. 내가 지명수배당했다니, 그게 무슨 말이야? 내가 뭘 했다는 건데?"

라셀 신성 왕국에서 지명수배당했다는 이야기에 식은땀이 흘렀다. 고작 나 한 명한테 현상금을 5억이나 매기다니, 제정신이 아니다.

마리에와 크레아레가 서로 얼굴을 마주 보더니, 날 바보 취급 하는 듯한 발언을 했다.

"뭘 했냐는 말을 들어도 말이지. 너무 많아서 뭐 하나만 짚어서 말할 수가 없어."

『동감이야. 라셀 신성 왕국은 마스터가 미워서 견딜 수 없을걸.』

내가 그 녀석들한테 뭘 했는데?

내가 그렇게까지 원망받을 이유는 없다고 생각하고 있자니, 루크시온이 어처구니없다는 어조로 내가 해온 짓을 설명했다.

『마스터, 잊었습니까? 공화국에서 쿠데타 측을 지원한 건 라셀 신성 왕국입니다. 그들의 꿍꿍이를 저지한 건 마스터라고요. 또한, 그들이 방침을 변경해서 공화국 영지를 손에 넣고자 했을 때 뭘 했습니까?』

라셀 신성 왕국이 공화국 토지를 빼앗고자 함대를 파견하길래 나는 온건하게 물러날 것을 요청하고자── 놈들의 기함인 비행 전함을 빼앗았다.

그러고는 기함에 타고 있던 사령관을 포로로 삼아 공화국에 넘겼다. 그게 전부다.

나머지는 알베르크 씨가 이야기를 잘 매듭지어 주리라고 믿고 있었다.

"사령관을 생포했지. 결국 원만하게 해결됐잖냐?"

『마스터한테는 원만해도 그들에게는 굴욕이었겠지요. 아무것도 하지 못하고 사령관이 포로로 잡힌 것도 모자라, 이렇다 할 피해도 없이 고국으로 돌아가는 창피를 당했으니까요.』

루크시온한테 동조한 크레아레도 날 타박했다.

『마스터 때문에 쿠데타가 실패하고 함대전에서도 굴욕적인 패배를 당했잖아. 그 사람들이 보기에는 마스터 한 명한테 진 거나 마찬가지지.』

원만하게 끝났다고 생각했는데, 상대에게는 굴욕이었던 모양이다.

내가 끽소리도 내지 못하고 있자, 마리에가 내 모습을 보고 있을 수 없었는지 시선을 돌렸다.

"──오빠는 현상금이 걸려도 어쩔 수 없다고 봐."

설마 내게 현상금이 걸리고 지명수배당하는 날이 오리라고는 꿈에도 생각지 않았다.

목숨을 노려질 수도 있다는 생각에 식은땀을 흘리고 있자, 루크시온과 크레아레가 갑자기 외눈을 주위로 돌리며 경계하기 시작했다.

조금 전까지 보이던 느슨한 분위기는 온데간데없었다.

"왜 그래?"

루크시온이 지금까지 보여준 적 없는 강한 경계심을 드러냈다.

『학원에 배치한 드론과의 링크가 단절되었습니다. 링크가 끊기기 직전에 마장의 반응을 확인했습니다. 마스터, 저희는 방해받고 있습니다.』

마장이라는 말을 듣고 나도 시선이 날카로워졌다.

마장이란, 루크시온을 비롯한 인공지능과 마찬가지로 이 시대에 남아 있는 로스트 아이템이다.

루크시온과 같은 인공지능들이 구인류가 남긴 병기라면, 마장은 신인류가 남긴 병기다.

말하자면 루크시온을 비롯한 인공지능들한테는 적이다.

지금까지 조우했던 마장들을 떠올렸는지, 마리에가 불안한 표정으로 물었다.

"마장이란 거, 그거지? 사람한테 기생해서 마구 날뛰는 녀석들이잖아? 그 녀석들이 이 근처에 있어?"

창문을 통해 방 밖을 확인했지만, 학원 내의 경치는 조금 전과 다를 바 없이 평온한 일상 그대로였다.

도무지 위험한 마장이 가까이에 있는 것 같지 않았다.

크레아레가 주위를 경계하며 마리에의 물음에 대답했다.

『우리를 방해할 정도로 머리가 돌아가는 마장이란 거야. 지금까지 조우했던 파편들과 달리, 코어가 있는 진짜 마장인 거지.』

마리에가 고개를 갸웃하자, 루크시온이 마장에 관해 설명했다.

『마장이란 신인류들이 다루는 갑옷의 일종입니다. 그것에는 제어를 보조하는 생체 코어가 있는데, 이 생체 코어가 없는 마장은 인간한테 들러붙어 폭주합니다.』

완벽한 마장이 근처에 있다는 말을 듣고 마리에의 얼굴이 새파래졌다.

"이, 이길 수 있는 거지?"

마리에의 불안감에 루크시온은 안이한 희망을 안겨주지 않았다.

『적 나름입니다. 하지만 이쪽 네트워크를 의도적으로 노린 점을 미루어 볼 때, 적 마장은 수준이 상당히 높은 편입니다.』

마장 중에서도 상당히 강한 적이 학원 안에 잠입한 듯하다.

성가시기 짝이 없다.

나는 루크시온에게 이후에 관해 물었다.

"그 마장의 위치를 특정할 수는 없냐?"

『현시점에서는 아무런 정보도 없습니다. 다만, 학원 내에 잠입한 것은 틀림없습니다.』

"한동안은 이 상태라는 건가. 여러 가지로 조사하고 싶었는데."

그 여성향 게임 3탄의 시나리오에 맞춰 정보를 수집하고 싶었는데, 일이 귀찮게 됐다.

크레아레는 이미 경비 시스템을 재검토하고 있었다.

『소형 드론을 대량으로 배치해서 물량으로 커버할 수밖에 없네.

그건 그렇다 치고, 학원 안에 적이 있다니, 꺼림칙한 기분이야!』

크레아레도 마장의 침입에 화가 난 모양이었다.

루크시온이 내게 주의를 촉구했다.

『마스터도 한동안은 단독 행동을 자제해 주십시오.』

"나는 언제든 안전제일이니까, 이번에는 틀어박혀있을 거야. 그건 그렇고, 마장이라……."

『뭔가 문제라도?』

"——아니, 생각해 보니 전생에서 과금 아이템인 마장도 샀었구나 해서."

그 여성향 게임 1탄을 클리어하기 위해 손에 넣었던 과금 아이템은 내 옆에 있는 이민 우주선 루크시온과 또 하나 더.

험악하게 생긴 검은 마장 갑옷이었다.

내가 전생 이야기를 하자, 마리에도 그리웠는지 끼어들었다.

"아~, 그런 게 있었지. 나도 살짝만 봤는데, 험악하게 생겨서 귀엽지 않으니까 흥미가 없었어. 애초에 여성향 게임에 그 디자인은 아니지."

뭐, 남자애가 좋아할 것 같은 디자인이었으니까. 마리에의 의견은 당연하다.

내가 마장을 샀다는 이야기에 루크시온의 기분이 나빠졌다.

『마장을 입수한 겁니까? 그 선택은 잘못되었습니다. 마스터는 전생에서부터 중요한 판단을 그르치는 것 같군요.』

과금 아이템을 손에 넣었다는 것만으로 루크시온은 심기가 불편해졌다.

크레아레도 내 판단에 불만을 표했다.

『마스터, 마장만큼은 아니야. 돈 낭비니까 과금할 거면 좀 더 생각하고 정하는 편이 좋아.』

루크시온도 크레아레도 신인류의 유물인 마장을 몹시 싫어한다. 그 때문에 내가 조금이라도 연관되면 이 모양이다.

"둘 다 전생 이야기에 추근추근 불평해대기는."

하지만 만약 그 과금 아이템—— 마장 갑옷이 루크시온과 마찬가지로 이 세계에 존재한다면, 일이 상당히 성가셔지리라.

제 01 학 「제2 왕자」

입학식 당일.

나는 내 방에서 거울 앞에 선 채 학원 교복으로 갈아입으며 왕자님인 율리우스와 분주하게 이야기 중이었다.

바쁜 아침부터 나한테 불려온 율리우스는 언짢은 듯이 불만을 내뱉었다.

"입학식 인사를 나한테 맡길 거였으면 미리 알려주길 바랐다."

갑자기 학원 측이 재학생 인사를 내게 부탁했는데, 귀찮아서 율리우스한테 통째로 떠넘겼더니 나온 소리가 이거다. 참고로 지금 율리우스는 내 방에서 원고를 준비하는 중이다.

"나보다 네 계급이 더 높잖아. 당연히 네가 맡아야지."

이러는 중에도 루크시온은 아침부터 여러모로 시끄러웠다.

『마스터, 넥타이가 비뚤어져 있습니다.』

"아, 진짜네."

넥타이를 다시 매며 거울 너머로 율리우스를 보자, 본인은 마지못해 납득한 기색을 보였다.

"확실히 계급만은 내가 높다만, 실력이나 실적을 생각하면 학원 측의 판단이 타당하다. 뭐, 너는 이런 일을 싫어할 것 같은 인상이긴 했다만."

이러니저러니 해도 율리우스와는 2년 가까이 알고 지낸 사이다.

처음 만났을 무렵에는 이렇게 가볍게 이야기를 나누는 사이가 될 줄 몰랐다.

여하간 서로 싫어하고 있었으니까.

"할 수 있는 녀석한테 맡긴다. 효율적이잖나?"

몸치장을 갖추고 뒤돌아보니, 율리우스도 원고를 다 쓴 참이었다.

율리우스는 다양한 상황에서 인사를 할 기회도 많아, 이런 일에 익숙하다는 점을 엿볼 수 있었다.

"네가 말하니 성가신 일을 다른 사람한테 떠넘기고 있는 것으로밖에 들리지 않는군."

"좋을 대로 받아들여. 근데 봄방학 중에 저지른 못된 짓을 이걸로 용서해 주는 거라고. 조금은 감사해라."

봄방학 중에 율리우스를 비롯한 다섯 바보는 학원에 손해를 입혔다. 그리고 손해에 대한 청구서가 다섯 바보의 책임자로 되어 있는 내게 날아왔다.

왜 내가 몰락한 왕자님과 귀공자들의 뒷바라지를 해야 하지?

"그렇게 말하면 나도 대꾸할 수가 없군."

작은 한숨을 내쉬고는 원고를 접어 상의 안주머니에 집어넣은 율리우스는 유감스러운 듯한 표정을 지었다.

다만, 고개를 들더니.

"역시 포장마차부터 준비해야만 했다."

아직 포기하지 않은 모양이었다.

"너는 꼬치구이에 씌기라도 한 거냐?"

"씌다니 너무하군. 매료되었다고 말해 주지 않겠나? 나는 꼬치구이를 마리에만큼이나 사랑한다."

꼬치구이를 매우 사랑한다고 말하고 싶은 거겠지만, 지금 대사를 듣고 나는 웃음을 터뜨리고 말았다. 전에도 들었지만, 지금은 이 녀석의 단골 개그 소재다.

"마리에는 사랑으로 꼬치구이와 나란히 늘어선 건가. 이 이야기를 그 녀석에게 하면 분명 재미있는 반응을 보여줄걸."

내 오른쪽 어깨 부근에 떠 있는 루크시온도 외눈을 좌우로 가로저어 어처구니없다는 동작을 보였다.

『이게 일찍이 장래를 기대받던 왕태자의 모습입니까? 수년 전에는 아무도 예상하지 못했겠지요. 뭐, 본인은 행복해 보입니다만.』

나와 루크시온의 비아냥을 들어도 율리우스는 조금도 동요하지 않았다.

오히려 꼬치구이에 관해서는 자랑으로까지 여기고 있다.

"그래. 확실히 나는 이 세상에 다시 없을 소중한 존재를 둘이나 손에 넣은 행복한 인간이다. 마리에와 꼬치구이를 만나게 해준 존재에게 감사하지."

반짝반짝 빛나는 듯한 미소를 쓸데없이 흩뿌리는 율리우스를 보고, 나와 루크시온은 서로 얼굴을 마주 봤다.

"바보는 강하구만."

『비아냥도 비꼬기도 통하지 않으니까요.』

◇

그 무렵.

마리에는 카라를 데리고 교사(校舍)에서 입학식이 이루어지는 강당으로 향하고 있었다.

연결 복도를 걷는 두 사람에게 이따금 주위에서 예리한 시선이 날아왔다.

어째서 너희들이 이 자리에 있는 거지? ──학생들의 불만이 담긴 시선이었다. 하지만 직접 무슨 말을 듣는 일은 없었다.

마리에 일행을 맡은 사람이 후작으로 승진한 리온이라는 것이 가장 큰 이유였다.

그러나 학생들에게서 차가운 시선을 받는 당사자는 이 시선들을 신경 쓰지도 않고 황새걸음으로 걷고 있었다.

"어째서 내가 혼나야 하는 건데! 교복을 무단으로 개조한 건 그 세 사람이라구?! 꼭 꾸짖고 싶다면 날 맡은 리온한테 말해야 하는 거 아니야?"

조금 짜증이 난 상태인 마리에의 비위를 맞추고자 카라가 필사적으로 달랬다.

"어쩔 수 없어요. 발트파르트 후작을 불러내서 혼내는 건 학원장이 아니면 어려우니까요. 그것보다도 그 세 사람이 첫날부터 일을 저지를 줄은…….”

카라도 그 세 명을 떠올리고 큰 한숨을 내쉬었다.

일을 저지른 건 브래드, 그렉, 크리스 세 사람이었다.

셋 다 공화국에서 조금은 성장했지만, 왕국에 돌아와서 교복을 준비할 때 무슨 생각을 했는지 각자 멋대로 교복을 개조했다.

브래드는 휘황찬란하게 장식된 교복을 준비했고, 그렉은 셔츠와 상의가 어깨까지 노출되도록 소매를 찢었다.

크리스는 상의를 핫피처럼 개조하여 세 사람 모두 신학기 첫날부터 교칙 위반으로 호출당했다.

결국 마리에까지 불려가서 조금 전까지 넷이서 꾸지람을 듣고 말았다. 세 명 때문에 억지로 사과하게 된 마리에는 납득이 가지 않아서 화가 났다.

“난 그 녀석들의 보호자가 아니란 말이야!”

“지, 진정하세요, 마리에 님?!”

카라가 분노로 목소리가 커진 마리에를 달랬고, 마리에는 호흡을 가다듬기 위해 멈춰 섰다.

마리에가 별생각 없이 향한 시선 끝에 안뜰을 손질하고 있는 직원 둘의 모습이 있었다.

마리에의 시선이 향한 곳을 알아차린 카라도 그쪽을 봤다.

“신입분들일까요?”

“그런 것 같네.”

두 사람이 시선을 향한 곳에서는 젊은 신입 직원이 어처구니없다는 태도를 보이는 베테랑한테 꾸지람을 듣고 있었다.

"좀 더 성실하게 임하는 게 어떤가? 자네가 손질한 정원수를 보게. 전부 심각하지 않나. 여긴 이제 됐으니까 잡초 제거라도 하고 있게."

마리에는 잠시 불쌍하다며 동정했지만, 젊은 직원의 태도가 너무 지독해서 곧 생각을 바꾸었다. 금발의 젊은 남자였는데, 정말이지 의욕이 없었다. 그는 오히려 지도하는 베테랑을 깔보고 있었다.

"이만큼 하면 충분하죠? 이제 퇴근해도 됩니까?"

"안 되는 게 당연하지 않나."

불만스러운 듯한 태도를 숨기지 않는 젊은 직원에게 베테랑은 골치를 썩이고 있는 모양이었다. 이래서는 마리에도 꾸지람을 듣는 쪽을 동정할 수 없었다.

마리에는 조금 전까지 그 세 사람의 보호자처럼 필사적으로 사과하고 있던 자신을 떠올리고, 젊은 직원이 괜히 더 괘씸하게 느껴지기 시작했다.

게다가 마리에가 봐도 안뜰의 손질 상태가 심각했다.

"내가 해도 이것보단 잘하겠네."

마리에가 젊은 직원한테 화를 내고 있자, 카라가 유학했을 무렵을 떠올렸는지 슬픈 듯이 미소 지었다.

여름철의 초목이 매일같이 자라는 걸 기억해내고 지친 표정을 지었다.

"아하하하── 정말로 큰일이었죠. 여름철 때는 식물이 왕성해지니까 매일같이 정원 손질을 하지 않으면 금방 난잡해져서. 저, 도구 사용법도 얼추 다 배웠어요. 손도 물집투성이가 됐고요."

"나도 그래."

그 정도는 자신도 할 수 있다──라는 가벼운 마음으로 말한 게 아니라, 마리에는 유학처에서 정원 손질이 얼마나 힘든지를 실제로 경험했다.

진심을 발휘하면 젊은 직원보다 착실하게 일할 만큼의 역량이 있었다.

마리에는 젊은 직원에게서 시선을 돌리고 걷기 시작했다.

"학원도 일손 부족인 걸까? 전에는 직원도 골라 뽑았다고 들었는데."

이전의 학원이었다면 저런 사람은 채용하지 않았을 거다.

카라가 자기 예상을 입에 담았다.

"왕국이 힘든 시기니까요. 여러모로 일할 사람이 부족한 것 아닐까요?"

유학하러 나가기 전과 상황이 너무 변해서 마리에는 작게 한숨을 내쉬었다.

마리에의 시선 끝에 여자를 거느린 백작가 후계자가 거들먹거리며 걷는 모습이 비쳤다.

"방해된다. 비켜."

"시, 실례했습니다."

남학생이 당당하게 학원을 걸으며 여자에게 거만한 태도를 보이고 있었다. 여자들은 사과하고 곧바로 길을 비켰다.

'우리가 1학년일 때는 이런 일이 없었는데. 변하려면 변하는 법이네. 마치 남성향 미소녀 게임 세계 같아. 그쪽 게임은 잘 모르지만.'

마리에가 보기에 남자의 권력이 강해진 지금의 학원은 여성향 게임이 아니라, 플레이한 적은 없는 남성향 미소녀 게임처럼 보였다.

'남자한테 유리한 세상이 되었네. 오빠는 기뻐할까?'

지루한 입학식이 끝나고 신입생들이 강당을 나가는 와중에 나는 약혼자 중 한 명인【안젤리카 라파 레드글레이브】── 안제한테 왼쪽 귀를 잡힌 채 끌려가고 있었다.

"아파. 아프다니까."

율리우스가 재학생을 대표하여 인사한 게 용납되지 않는지 안제는 불만스러운 얼굴이었다.

"전하한테 양보할 거면 먼저 말해라, 바보 녀석이."

"아니, 나도 갑자기 부탁받은 거였어. 이런 건 미리 알려주지 않으면 곤란하다고."

"나한테도 미리 상담해 줬으면 했다."

"그건 죄송합니다."

당일에 대뜸 모두의 앞에서 인사하라는 말을 들어도 곤란하다고 말했더니 【올리비아】── 리비아도 동의했다.

"갑자기 그런 말을 들으면 긴장하죠. 그런데 어째서 갑자기 리온 씨한테 부탁한 걸까요?"

고개를 살짝 갸웃하는 리비아도 의문스럽게 느낀 모양이다.

세 명째 약혼자이자 공화국 출신인 【노엘 질 레스피나스】가 자기 예상을 말했다.

노엘은 출신을 따지자면 공주님이지만, 자란 환경은 일반인과 같았기에 편한 말투를 썼다.

헤어스타일은 오른쪽으로 묶은 사이드 포니테일로, 지금은 학원 교복 차림이었다.

"리온이 갑자기 출세해서 학원도 곤란했던 거 아니야? 그 왜, 여전히 백작이었다면 율리우스 전하가 맡아도 괜찮지만, 후작이 되었으니~ 하고 조정하느라 옥신각신했다든가?"

귀족의 입장 등 여러 가지로 생각한 결과 답이 나온 게 당일이었다는 걸까. 있을 법한 이야기지만, 그런 걸로 고민했다는 말을 들어도 그다지 기쁘지 않군.

다만, 리비아는 납득하여 손뼉을 쳤다.

"있을 법한 이야기네요!"

"그렇지~?!"

둘이 사이좋게 대화하고 있자, 불만스러운 듯한 안제가 겨우 날

놓아주었다. 그리고는 그대로 이번 일의 사정에 관해 알려주었다.

"유감이지만 아니다. 리온을 선택한 이유는 율리우스 전하한테 맡기고 싶지 않았기 때문이다."

나는 빨개진 왼쪽 귀를 손으로 누르며 그 이유를 물었다.

"그 녀석이 멍청이라서?"

"그 의견도 부정하기 어렵다만, 문제는 따로 있다. 저쪽에서 우리를 바라보는 신입생이 보이나?"

안제가 시선을 향한 곳에는 강당에서 나오는 신입생들 맨 끝줄에서 우리를 보고 있는 금발 남학생이 있었다.

그 옆에는 키가 크고 빨간 머리카락이 눈에 띄는 학생이 있었다.

"저 사람들하고 아는 사이야?"

노엘한테 그런 질문을 받은 나는 고개를 가로저었다. 리비아도 마찬가지였다.

하지만 안제는 면식이 있는 모양이었다.

"제이크 전하다. 빨간 머리 쪽은 제이크 전하의 젖형제인 오스칼이지."

"전하? 율리우스의 동생인가."

제이크 전하의 이름은 마리에한테 들어서 알고 있었다. 그 여성향 게임 3탄의 공략 대상 중 한 명이며, 마리에 말로는 무법자 같은 느낌의 왕족이라고 한다.

하지만 그보다도 자세한 설명을 안제한테서 들을 수 있었다.

"정확하게는 율리우스 전하의 이복동생이다. 현재 왕위 계승권

제1위로, 다음 왕태자 최유력 후보지."

리비아는 의문스럽게 느꼈는지, 곧바로 안제에게 질문했다.

"최유력 후보? 저기, 율리우스 전하가 폐적되면 곧바로 왕태자가 되는 게 아닌가요?"

"여러 사정이 있어. 게다가 제이크 전하는 야심 넘치는 분이다. 율리우스 전하가 왕태자일 무렵부터 왕위에 앉을 거라고 공언하고 다닌 적도 있지."

율리우스가 다음 왕이라고 정해져 있을 때부터 내가 왕이 되겠다! 라고 말하고 다녔다고? 제법 성가신 왕자님이군.

노엘이 턱에 손을 대면서 말했다.

"형제끼리 싸우고 있으니까 한쪽에 인사를 맡기는 걸 피하고 싶었다는 거네. ──학원이 너무 신경 쓰는 거 아냐?"

나도 동감이다. 형제 싸움에 날 끌어들이지 않았으면 한다.

"가만히 있으면 다음 왕이 되는 거잖아? 그럼 딱히 본인도 뭔가 문제를 일으키려고 하지는 않겠지."

내가 그리 말하자 안제는 시선을 내렸다.

"제이크 전하는 왕궁에서 문제아로 통한다. 그리고 학원은 이런 섬세한 문제를 건드리는 걸 싫어하지. 과민하게 반응하는 것도 이게 이유다."

"뭐어~?"

학원 측도 배려할 정도로 권력을 가진 문제아라니, 너무 성가셔서 엮이고 싶지 않군.

내가 그렇게 생각하고 있으니 마침 제이크 전하와 오스칼이 강당을 나섰다.

안제가 그 모습을 보고 내게 주의를 촉구했다.

"리온, 이제부터 네게 접근하는 자가 늘어날 거다. 어중이떠중이라면 그나마 괜찮지만, 개중에는 성가신 녀석들도 많다. 어설픈 약속은 절대로 하지 마라."

"설마. 이런 이름뿐인 후작한테 아첨하는 녀석이 있겠어?"

나는 실실 웃으며 말했지만, 안제의 얼굴은 진지함 그 자체였다.

"네가 이름뿐이면, 왕국 귀족은 전부 무능한 인간이겠군."

결국 나도 불성실한 태도를 고쳤다.

"아~, 역시 앞으로 큰일이려나?"

내가 태도를 고친 걸 보고 안제는 표정을 약간 누그러뜨려 주었다.

"네가 껄끄러워하는 상류계급 간의 교류가 현저히 늘어날 테지. 앞으로는 함부로 상대한테 마음을 허락하지 마라. ──내 친정도 경계해라."

"안제의 친정? 아니, 레드글레이브 가문에는 지금도 신세를 지고 있잖아?"

레드글레이브 가문을 경계하라고 말하는 안제의 진의가 신경 쓰였다. 본래 레드글레이브 가문은 내가 의지해야 할 상대다.

안제도 뭔가 증거가 있어서 경계하고 있는 건 아닌 듯하지만, 그래도 가족 사이에서 불온한 낌새를 느낀 모양이었다.

"아버님과 오라버니가 뭔가를 꾸미고 있다. 아무 일도 없다면 괜찮지만, 절대로 아무 일 없다고는 나도 단언할 수 없으니까."

노엘은 자기 친정을 경계하라고 말하는 안제한테 의문을 던졌다.

"보통은 거꾸로 아니야? 리온한테 친정을 도우라고 말할 장면이라고 생각하는데."

그러자 안제가 허리에 왼손을 대고 가슴을 펴더니 오른손을 가슴에 댔다.

"나는 리온의 아내가 될 여자다. 미안하지만 발트파르트 후작가의 이익이 최우선이야."

안제는 자신만만하게, 그리고 당당하게 선언했다. 여전히 여성인데도 남자답구만.

그 말을 듣고 리비아가 쿡쿡 웃었다.

"즉, 리온 씨가 최우선이라는 거죠?"

리비아가 이야기를 정리해 주었는데, 그 말을 들은 나는 어떤 반응을 해야 하지?

무언가를 기대하는 세 명의 시선이 모였기에, 나는 고개를 돌리고 머리를 긁적였다.

그 모습을 보고 있던 루크시온이 어처구니없어했다.

『이럴 때 센스 있는 대사로 답하지 못하는 게 정말이지 마스터답군요.』

시끄러워, 입 다물어.

오히려 모범 답안이 있다면 가르쳐달라고.

◇

"어째서 나는 대낮부터 너희랑 같이 있는 거지?"

입학식이 끝난 오후.

오늘은 오후부터 자유시간이기에 나는 학생 기숙사 뒤뜰로 와 있었다.

이 자리에 있는 건 나와 루크시온—— 그리고 마리에와 유쾌한 동료들이다.

점심 식사를 권유받았을 터인데, 정신 차리고 보니 뒤뜰에 와 있었다.

율리우스가 벽돌을 쌓아 올려 만든 화로에 철망을 올리고, 그 위에서 꼬치에 꿴 고기와 채소를 구웠다. 익숙한 손놀림으로 콧노래까지 부르고 있었다.

"다들, 금방 구워지니까 기다려다오."

왕자님이 구워 준 꼬치구이를 먹는다니, 어떻게 보면 사치일지도 모르겠군.

다섯 문제아 중에서 유독 쓰레기인 질크가 율리우스가 구운 꼬치구이를 받아 취미가 고약한 접시에 담으며 말했다.

"전하, 이만 교대하시는 게 어떻습니까? 계속 굽기만 하시면 만족스럽게 먹을 수 없습니다."

"신경 쓰지 마라. 나는 꼬치를 굽는 쪽이 행복해."

꼬치구이에 매료되어 버린 왕자님이라니, 보고 있으면 재미있지만 관계자가 되면 이야기는 별개다. 어떻게 해야 정상적인 왕자님으로 되돌릴 수 있을지 고민이 끊이질 않는다.

하지만 정말로 기쁜 듯이 꼬치를 굽고 있으니, 본인은 이대로 내버려 두는 편이 행복할지도 모른다.

교복을 개조한 바보 중 한 명인 그렉은 닭고기만 골라서 먹고 있었다. 이 녀석은 교복 소매를 찢어 버렸고, 바지는 무릎 위 언저리까지 찢어 반바지처럼 만들어 놓았다.

근육이 늘어나서 움직이기 쉬운 차림새를 하려는 건가? 그게 아니면 단련한 근육을 과시하고 싶은 건가? 이유는 어느 쪽일까?

"율리우스가 식사하자고 권하니까 안 좋은 예감이 들었단 말이지."

그렉은 그다지 기쁘지 않다는 투로 말했다.

그야 그렇겠지.

율리우스가 식사 준비를 하면 반드시 꼬치구이가 나온다.

녀석도 일단은 다양한 꼬치를 준비하지만, 결국 꼬치구이라는 점은 변함이 없다.

당연히 마리에를 비롯해 모두 금방 질리고 말았다.

한편, 교복 상의를 핫피처럼 개조한 크리스는 수건을 비틀어 머리띠처럼 머리에 감고 있었다. 꼬치구이의 김 때문에 안경이 흐려지면서도 식사를 하고 있었다.

"연일 꼬치구이를 먹으면 질릴 수밖에 없지. 전하, 하다못해 주

1회로 하지 않겠습니까?"

크리스가 그런 제안을 하자, 율리우스는 고개를 들고 의외로 찬성했다.

"그런가? 알았다. 그렇다면 주에 1회—— 꼬치구이가 아닌 날을 두도록 하지."

"거꾸로입니다, 전하. 일부러 틀린 것 아닙니까?"

크리스가 율리우스의 잘못을 지적하는 모습을 본 나는 너희들의 옷차림이야말로 뭔가가 잘못된 것 아니냐고 묻고 싶었다.

다섯 명 중에서 가장 화려한 교복을 입은 브래드는 어떻게 해서 꼬치구이를 우아하게 먹을지 생각 중이었다.

"으음~, 더 우아하게 꼬치구이를 먹을 수 있다면 내 매력은 더욱—— 흐아아앗?! 교복에 소스가 흘러 떨어졌어?!"

새 교복을 더럽혀 탄식하는 브래드를 무시하고, 나는 마리에와 카라 쪽으로 시선을 돌렸다. 둘은 대화를 나누는 중이었다.

카일—— 마리에의 전속 사용인은 지금의 학원에 데려올 수 없기에 내 본가에 맡겨 두었다.

두 사람은 이 자리에 없는 카일의 화제로 들떠 있다.

"카일이 없으니 힘드네. 우리 둘이서 다섯 명을 돌봐야 하잖아."

마리에는 교복에 소스를 흘린 브래드를 차가운 시선으로 쳐다보았다. 분명 세탁이 큰일이라든가, 그런 걸 생각하고 있는 것이리라.

카라가 꼬치구이를 먹으며 고개를 끄덕였다.

"그래도 덕분에 카일 군은 가족끼리 오붓하게 보낼 수 있게 됐잖아요."

"그건 그렇지. 아, 이 꼬치구이, 오늘까지 먹은 것 중에서 제일 맛있는 거 같은데."

마리에가 자기도 모르게 감상을 입 밖에 내자 율리우스가 기쁜 듯이 반응했다.

"마리에에게는 특별히 최고의 꼬치구이를 준비했다. 사육장이 철거되었으니까, 영계인 잭을 오늘 잡았어. 개구쟁이에 귀여운 녀석이었지."

가축에 이름을 붙였다는 사실에 모두의 움직임이 멈췄다.

나도 율리우스의 말을 듣고 완전히 질색했다.

모두를 대표해서 입을 연 건 마리에였다.

"율리우스, 가축한테 이름 붙이지 말라고 말했지? 그리고 식사 중에 추억 얘기하지 마. 먹기 껄끄럽다구!"

꾸중을 들은 율리우스가 반론했다.

"아니, 생명을 먹는다는 것을 다 같이 배우고자──."

율리우스의 변명이 끝나기 전에 이 자리에 손님이 나타났다.

"오랜만이군요, 형님."

젖형제인 오스칼을 대동한 제이크 전하의 등장이었다.

율리우스가 앞치마를 걸친 차림으로 제이크 전하와 마주 봤다.

"제이크인가. 인제 와서 새삼 내게 무슨 볼일이지?"

"볼일 따위 없습니다. 여자한테 놀아나 폐적된 형님에게는 아무런 흥미도 없어요."

여자한테 놀아났다는 발언에 율리우스 이외의 바보들이 당장이라도 달려들려고 했지만, 율리우스는 오른손을 들어 그들을 제지했다.

"여전하구나. 그러면 어째서 이 자리에 온 거지? 날 비웃으러 온 건가?"

"그것도 좋지만, 내가 만나러 온 건 다른 인물입니다."

제이크 전하는 그렇게 말하고는 내 앞에 오더니, 사나운 미소라고 말하면 좋을까? 호전적인 미소를 내게 향했다.

"몇 번인가 봤지만, 자기소개가 아직이었지. 나는【제이크 라파 호르파트】다. 왕위 계승권은 저기 있는 멍청이를 제치고 현재 1위이지."

곱슬기가 있는 금발을 단발머리로 정리한 푸른 눈동자의 남자는 그림으로 그린 듯한 왕자님이었다. 조금 키가 작고, 건방져 보이는 얼굴을 한 미남이었다.

겉모습대로 언동도 건방질 것 같은 후배였다.

제이크 전하가 비스듬히 자기 뒤에 서 있는 남자에게 시선을 향하며 말을 이었다

"이쪽은 내 젖형제인 오스칼이다."

빨갛고 긴 머리를 포니테일로 묶은 키가 큰 1학년은 탄탄한 체격을 지녔으며, 성실해 보이는 남학생이었다.

"【오스칼 피아 호건】이라고 합니다. 이후, 기억해 주시기를 바

랍니다."

오스칼이 서툴러 보이는 인사를 건넸다. 이쪽도 마리에 말로는 공략 대상 중 한 명이라는 듯하다.

둘에게 인사를 받은 나는 한숨을 내쉰 뒤 자기소개를 했다.

"알고 있을지도 모르지만, 너희 아버지가 억지로 승진시킨 리온이다. 미안하지만 나한테는 재력도 권력도 없다고. 기댈 거면 딴 사람을 알아봐."

나는 엮이고 싶지 않다는 태도를 보였지만, 제이크 전하는 여유로운 미소를 띠고 있었다. 아무래도 이 정도로는 물러나지 않을 모양이다.

"공화국을 쳐부순 영웅의 힘이 있다면 재력도 권력도 나중에 얼마든지 손에 들어오지. 누구 편에 설지 잘못 선택하지 않는 한은."

"즉, 제이크 전하 편에 서라고?"

"나는 번거롭게 돌아서 가는 방식을 좋아하지 않아. 발트파르트, 단도직입적으로 말하지. 내 파벌에 가세해서 나의 뒷배가 되어라. 그렇게 하면 너를 더욱 출세시켜 주지. 거기 있는 멍청한 녀석한테는 불가능한 일이다."

제이크는 득의양양한 얼굴로 율리우스를 바라보며 말했지만, 솔직히 나는 어이가 없었다. 이 녀석은 아무것도 모른다. 내가 좋아서 출세했다고 생각하는 걸까?

그리고 호칭도 안 붙이고 이름을 막 부르다니, 정말로 건방진 놈이구만.

"거절합니다."

내가 즉답하자 마리에와 유쾌한 동료들이 '뭐, 그렇게 되겠지' 하고 고개를 끄덕였다. 하지만 제이크 전하는 달랐다.

잠시 당황해서 말을 잃더니, 황급히 내게 바싹 다가와 따졌다.

"너, 너는, 내 말을 듣고 있었던 거냐? 날 따르면 공작도 꿈이 아니라고!"

"나는 출세하고 싶지 않았다고!"

출세하고 싶지 않았다는 내 말을 듣고, 상승 지향 덩어리 같은 제이크 전하는 진심으로 이해할 수 없다는 표정이 되었다.

그는 고개를 가로젓고는, 젖형제인 오스칼에게 명령했다.

"그러면 조금 이야기를 하지 않겠나. 오스칼, 후작을 동행시켜."

"옙! 발트파르트 후작, 거친 행동을 용서해 주십시오."

오스칼이 앞으로 서 날 붙잡으려 했으나, 그렉이 그걸 막아섰다.

차림새는 꼴불견이지만, 상사를 구하는 점을 보면 유능한 남자다.

"기다리라고. 리온을 그리 쉽게 데리고 갈 수 있을 것 같냐?"

"──훗."

위협하는 그렉을 보고 오스칼은 어째서인지 미소를 띠었다. 그 태도가 기분에 거슬린 그렉은 분노로 근육이 조금 부풀어 올랐다.

상의를 벗은 그렉은 오스칼을 노려봤다.

"해보자는 거냐?"

어째서인지 그렉은 격투기 자세가 아니라 근육을 어필하는 포즈를 취했다. 대흉근을 어필하는 포즈에 자신감을 드러내 보이는 그렉. ──조금이라도 이 녀석한테 기대한 내가 어리석었음을 뼈저리게 실감했다.

넌 뭘 하는 거냐?

그걸 본 오스칼도 상의를 벗어 던졌다. 그가 그렉에게 등을 향하고 포즈를 취하자, 근육이 솟아올라 훌륭한 배근을 드러내 보였다.

그 모습에 그렉이 놀라서 눈을 휘둥그레 떴다.

"아, 아니?!"

오스칼도 그렉에게 지지 않는 근육의 소유자인 모양이었다. 슬림한 체격이지만 맨몸으로 단련한 그 근육은 그렉과는 다른 듬직함이 있었다.

"진정한 남자란 등으로 말하는 법입니다. 앞쪽만 단련하는 당신은 이해 못 하겠지만 말입니다."

"제, 젠장!"

서로 자랑거리인 근육을 어필하는 두 사람.

하지만 오스칼이 우리한테 등을 향하면, 앞면은 과연 누구를 향하고 있을까?

제이크 전하가 소리쳤다.

"오스칼! 지저분한 남자 둘이 날 노려보고 있다고, 오스칼!"

근육을 어필하기 위해 그렉도 오스칼도 힘을 주느라 표정이 험

상긋어졌다. 그렉은 앞을 향하고, 오스칼이 우리한테 등을 향하고 있으니 자연스럽게 남자 두 명이 제이크 전하를 노려보는 꼴이 됐다.

"오스칼, 마치 내가 고립된 것 같다고! 너는 내 편이 아닌 거냐?!"

이 자리에 있는 모두의 시선이 모여 불안해하는 제이크 전하가 딱하게 느껴졌다. 게다가 아무래도 오스칼이라는 남자는 천연덕스러운 성격인 듯했다.

"전하, 정신이 흐트러지니 조용히 해 주십시오. 이건 남자끼리의 싸움입니다."

"내 명령을 잊지 말라고, 오스칼! 그리고 너는 내 젖형제이자 제일가는 가신이잖아?! 좀 더 날 중요시하란 말이다!"

나는 그 모습을 보며 율리우스한테 제이크 전하에 관해 물어보았다.

"제이크 전하는 평소에도 이런 느낌이냐?"

율리우스는 복잡해 보이는 표정으로 제이크 전하를 쳐다보고 있었다.

"보는 바와 같이 상승 지향 덩어리 같은 녀석이다. 하지만……음……. 오스칼도 나쁜 녀석은 아니지만 보는 바와 같다."

슬슬 제이크 전하와 오스칼 콤비가 불쌍하게 느껴지기 시작한 차에 질크가 같은 젖형제 입장에서 감상을 말했다.

"오스칼은 변함없군요. 머릿속까지 근육이라서야, 제이크 전하도 고생하겠습니다. 전하는 제가 젖형제라서 다행이군요."

질크는 자기가 오스칼보다 우수하다고 믿어 의심치 않는 대사에 더해, 깔보는 듯한 표정으로 미소를 띠고 있었다. 정말로 성격 나쁜 쓰레기다.

율리우스는 그런 질크와 오스칼을 번갈아 보더니, 대뜸 본심을 털어놓았다.

"나는 너보다 오스칼 쪽이 좋았다만."

그러나 질크는 농담이라고 생각했는지 조금도 꺾이지 않았다.

"전하는 농담이 능숙하군요."

"아니, 진심으로 그렇게 생각한다."

"──예? 저, 전하, 그건 무슨 의미이지요?"

"말 그대로의 의미다."

이번에야말로 질크는 그 자리에서 굳어 버렸다.

너저분한 남자 둘의 시선을 받는 제이크 전하는 겁을 먹었는지 몸을 떨고 있을 뿐, 여전히 움직이지 않고 있었다. 뭐, 나라도 저런 상황이라면 생각이 멈춰버릴 것 같다.

뭘 어떻게 해야 근육 자랑이 시작되는 것인가?

마리에가 호쾌하게 꼬치구이를 먹으며 내 옆으로 다가왔다.

"이거, 어쩔 거야?"

"어쩌기는, 그야 학원 측에 보고해야지."

입학식이 끝난 직후에 안제가 말했지만, 학원은 왕가의 후계자 싸움을 꺼리는 경향이 있는 듯하다. 제이크 전하에게 확실하게 못을 박아 놓으라고 하자.

"뭐, 그렇게 되겠지."

꼬치구이를 우물우물 먹은 마리에는 다 먹은 꼬치를 미리 마련된 쓰레기통에 던졌다. 컨트롤이 좋았는지 마리에가 던진 꼬치가 쓰레기통에 스윽 들어갔다.

마리에가 손가락에서 딱 소리를 냈다.

"아싸~!"

기뻐하는 마리에를 보고 있던 나는, 문득 누군가의 시선을 느꼈다.

내가 신경 쓰여 주위를 둘러보자, 교사에서 우리를 보고 있는 낯선 남학생과 눈이 마주쳤다.

갈색 피부에 은발이 눈에 띄는 그 남학생은 내 시선을 눈치채자 곧장 자리를 떠났다.

"뭐지?"

이유는 모르겠지만, 나는 그 남학생이 묘하게 신경 쓰였다.

"젠장!"

학원에서 준비한 근신실에 갇힌 제이크는 문을 난폭하게 한 번 찼다.

소란을 일으켰다는 이유로 교원들한테 끌려왔는데, 마찬가지로 소란을 피운 율리우스 일행은 엄중 주의만 받고 풀려났다.

제이크는 이 취급 차이가 너무나도 괘씸하게 느껴졌다.

그는 근신실에 있는 의자에 거칠게 앉고는, 문 건너편에 있는 오스칼한테 말을 걸었다.

목제 문에는 작은 창이 있는데, 거기에도 창살이 달려 있었다.

"도무지 용납할 수 없는 취급이라고 생각하지 않나, 오스칼?"

"그렇습니까?"

"이럴 때는 의문으로 여기지 말고 순순히 고개를 끄덕이라고! 나도 행동이 지나쳤다고 생각하지만, 너까지 차가운 반응을 하지 말란 말이다!"

이게 평범한 싸움이라면 제이크도 엄중 주의로 그쳤겠지만, 학원에 왕궁 내부의 권력 싸움을 끌고 들어온 것이 문제였다.

후계자 싸움이라는 매우 섬세한 문제를 끌고 들어온 것이 교사들한테는 용납되지 않았던 모양이다.

왕궁으로부터도 이 문제에 대해서는 엄하게 처벌하도록 지시를 받은 듯했다.

오스칼은 문 바깥에서 제이크를 타일렀다.

"입학 첫날에 후작을 권유한 건 지나쳤습니다. 계승 문제를 학원에 끌고 들어왔다고 선생님들도 몹시 당황했었습니다."

"그렇겠지. 이런 문제는 학원 측에 민폐이기 짝이 없을 테니 말이야."

"아시면서도 그러신 겁니까? 확신범이라는 거군요, 전하."

"그만 됐어. 입 다물어, 오스칼."

제이크는 다리를 꼬며 어째서 자신의 젖형제는 이렇게 어리석은 걸까? 하고 분하게 느꼈다.

'하다못해 오스칼이 질크만큼이라도 유능했다면 도움이 되었을 텐데.'

제이크는 머리 회전이 빠른 질크가 자기 젖형제였으면 좋을 텐데, 하고 진심으로 생각했다.

제이크는 한 번 심호흡하고 나서 오스칼에게 명령했다.

"여기로 발트파르트를 불러라, 오스칼."

"지, 진심입니까, 전하?"

"당연하다. 나는 한 번 실패했다고 포기하지 않아. 너는 곧바로 이 자리에 발트파르트를 불러라. 그 뒤는 내가 교섭하지."

"마침내 전하도──! 알겠습니다! 곧바로 부르겠습니다!"

"그, 그래."

오스칼의 반응에 조금 의문을 품은 제이크였으나, 아무리 그래도 지금 한 명령을 잘못 알아듣지는 않겠지, 하고 생각하여 리온을 데리고 오는 것을 기다리기로 했다.

◇

몇십 분 뒤.

오스칼이 발트파르트를 데리고 왔다.

"데리고 왔습니다, 전하! 마침내 전하도 여성에게 흥미가 생긴 것이로군요!"

오스칼이 기쁜 듯이 말했다.

오스칼이 데리고 온 사람은 틀림없이 발트파르트였다.

하지만 그건 리온이 아니라 그의 여동생이었다.

근신실 문 너머에서 간드러진 목소리가 들렸다.

"핀리 포우 발트파르트예요, 제이크 전하. 설마, 전하께서 불러 주시리라고는 생각지도 않았어요."

제이크 쪽에서 핀리의 모습은 보이지 않았지만, 오스칼이 자기 명령을 잘못 알아들었다는 것만큼은 쉽게 알 수 있었다.

너무나도 한심한 결과에 제이크는 머리를 감싸 쥐었다.

"오스칼, 어째서 너는 그 여자를 데리고 왔지?"

조용히, 그리고 천천히 묻자 오스칼이 작은 창으로 미소를 내보이며 대답했다.

"예? 전하께서 데리고 오라고 명령하시지 않았습니까. 그래서 발트파르트 양을 데리고 왔습니다. 설마 같은 반의 핀리 양을 마음에 두고 계셨다니, 저도 알아차리지 못했습니다."

제이크와 핀리는 같은 1학년으로, 같은 상급 클래스 학생이다.

하지만 이야기의 흐름으로 따지면 핀리를 데리고 오는 건 있을 수 없는 일이었다.

제이크는 거칠게 일어섰고, 앉아 있던 의자가 넘어졌다.

"내가 불러내라고 말한 건 리온 쪽이다! 바보냐? 바보인 거냐?! 그래, 넌 바보였지, 오스칼?! 내 잘못이었다. 너한테는 더 상세하게 명령해야만 했어."

　오랫동안 알고 지낸 사이인 젖형제의 바보 수준을 무르게 봤던 제이크였으나, 오스칼 쪽은 또다시 착각했다.

　"전하—— 그쪽이었습니까. 알아차리지 못한 자신이 부끄럽습니다."

　"어이, 잠깐 기다려. 넌 뭘 오해하고 있는 거냐?"

　"그러니까, 좋아하는 건 핀리 양이 아니라 리온 경이라고."

　"오스카아아아아알! 누가 언제, 내 취향에 관해 이야기했어?!"

　거기서부터 제이크는 오스칼에게 설교하기 시작했지만, 너무나도 시끄러워 교원이 와서 꾸지람을 듣고 말았다.

★ 제02화 「이레귤러」

입학식이 끝난 날 밤.

학원에서는 이야기할 수 없는 게 많기에 나는 루크시온과 마리에를 데리고 대중 선술집에 와 있었다. 칸막이가 마련된 개인실에 자리 잡았지만, 워낙 가게가 손님으로 붐비는지라 시끌벅적했다.

더구나 이곳은 대로에서 떨어져 복잡하게 얽힌 골목길에 있기에 학원 학생이 그다지 이용하지 않는 가게이기도 하다. 적어도 학원과 관련이 있는 사람이 엿들을 걱정은 없으리라.

둥근 테이블에 점원이 가지고 온 요리가 차례로 놓였다.

"오래 기다리셨습니다! 대량으로 주문하셨는데, 두 분이 다 드실 수 있겠나요?"

테이블에 놓인 요리는 맛있어 보였지만, 어느 것이고 한 그릇만 먹어도 배부를 것 같은 양이었다.

이것들을 혼자서 주문한 마리에는 눈동자를 반짝이고 있다.

"이 정도는 괜찮아! 아, 선물로 포장해 갈 것도 필요하니까 나중에 주문할게."

"아, 알겠습니다."

도저히 둘이서는 다 먹을 수 없는 양에 더해, 선물 포장까지 생각하는 마리에를 보고 점원이 약간 질색하고 있었다.

점원이 떠나가자 마리에는 "잘 먹겠습니다~!"라고 말하고는 요리에 나이프와 포크를 꽂아 고기를 큼직하게 썰어 먹기 시작했다.

그 모습에 어이없어하면서, 나는 루크시온이 준비한 사진을 나란히 놓인 접시 사이에 늘어놓았다.

"먹기 전에 이야기를 진행하자. 루크시온과 크레아레가 앞으로 중요해질 녀석들과 수상한 녀석들을 픽업했어."

『방해 행위가 없었다면 더욱 상세한 자료를 준비할 수 있었습니다만.』

학원에 마장이 잠입하면서 루크시온과 크레아레는 조사 능력이 크게 저하되었다. 그래도 우리가 조사하는 것보다 상세한 자료를 준비할 수 있으니 의지가 된다.

다만, 이번 3탄. 그 여성향 게임 3탄에 관해 우리는 제대로 된 지식을 가지고 있지 않다. 마리에마저 그 여성향 게임 3탄을 클리어하지 않았다.

마리에는 열심히 입을 움직이며 사진을 손에 쥐었다. 마리에가 실제로 게임을 플레이한 건 중반까지다. 그리고 설정 자료 등은 보지 않았고, 종반의 흐름은 공략 정보를 인터넷으로 한 번 확인한 정도인 듯하다. 즉, 중반 이후의 자세한 정보는 무엇 하나 가지고 있지 않았다.

1탄밖에 플레이하지 않은 나도 당연히 사전 지식은 전혀 없는 상태였다.

"이쪽 다섯 명은 공략 대상이네."

"한 명은 여자애가 됐지만."

아론, 아니, 아론 쨩과 제이크 전하, 그리고 오스칼── 나머지 두 명도 공략 대상이다. 마리에한테 특징을 듣고 나서 조사했으니 틀림없다.

마리에는 빵을 베어 물며 사진 한 장을 손에 들었다.

"분명 이 애가 주인공이야. 틀림없어."

마리에가 단정하자 둥근 테이블 위에 떠 있는 루크시온이 대답했다.

『그녀는 마리에의 설명으로 금방 특정하여 조사할 수 있었습니다. 볼데노와 신성 마법 제국 출신 유학생입니다.』

제국 이름을 듣고 마리에는 포크를 문 입으로 손잡이 부분을 위아래로 움직였다.

"그러면 틀림없네. 근데 정말로 유학하러 왔구나."

"야, 상스럽다."

"우리밖에 없는데 매너 같은 걸 신경 써? 오빠는 이상한 데서 까다롭네."

상스러워서 주의를 시킨 것뿐인데 이런 말을 듣다니.

여동생이란 정말로 싫은 존재다.

마리에가 포크를 입에서 떼고는 다음 내용을 이야기했다.

"왕국이 여러 가지로 성가신 상황이니까 안 올 줄 알았는데."

공국과의 전쟁에 더해 공화국에서도 쿠데타 소동까지 있었다.

이런 상황에 왕국으로 유학을 오는 건 용기가 필요했으리라.

마리에는 주인공의 사진을 내게 건넸다.

신입생인 주인공은 붉은 기가 감도는 갈색 머리를 포니테일로 묶은 작은 몸집의 여자아이였다. 가냘프다고 해도 틀린 말은 아니지만, 눈앞에 있는 마리에보다는 살짝 키가 크고—— 몸매도 좋았다.

"너, 1학년한테 몸매로 졌—— 푸읍!"

내가 비웃으려 하자, 마리에가 약간 남아있던 컵의 물을 나한테 끼얹었다.

"미안하게 됐네!"

농담이 통하지 않는 녀석이라고 생각하고 있자, 루크시온이 발언했다.

『그녀의 이름은 【미아】. 유학생이며 상급 클래스에 배치되었습니다. 다만, 마리에의 정보와 다른 점이 있습니다.』

"뭔데? 상급 클래스에 들어갔다면 시나리오대로야."

『그녀 곁에 수호 기사라 불리는 존재가 있었습니다.』

그 말을 들은 마리에가 고개를 갸웃했다.

"수호 기사가 뭐야?"

『제국의 제도로는 신분이나 지위가 높은 여성을 지키기 위해 전속 기사를 거느릴 수 있다는 것 같습니다. 그러한 기사를 수호 기사라 부르는 모양입니다.』

"어? 뭐야, 그거. 난 그런 거 몰라."

마리에가 모르는 정보에 곤혹스러워하는 동안 나는 사진 한 장을 손에 들었다.

주인공과 같이 제국에서 유학하러 온 남학생은 오늘 낮에 우리를 멀리서 보고 있던 바로 그 남자였다.

빨간 눈동자에 갈색 피부, 긴 은발을 머리 뒤로 묶은 잘생긴 남자다.

키도 크고 체격도 탄탄했으니 제법 단련했을 거라는 생각은 들었지만, 설마 제국의 기사일 줄은 상상도 못 했다.

마리에가 내가 들고 있는 사진을 알아차렸다.

"누구야, 그거? 나한테도 보여줘."

내게서 억지로 사진을 빼앗은 마리에는 이레귤러인 수호 기사를 보고 눈동자를 반짝였다.

"엄청 꽃미남이잖아!"

여전히 얼굴이 잘생긴 남자한테 약한 마리에를 보고, 나는 어처구니가 없어서 웃고 말았다.

"그 녀석이 수호 기사야."

나는 이 녀석을 낮에 봤지만, 마리에는 아무것도 눈치채지 못했는지 느긋하게 수호 기사 사진을 보고 있었다.

"이름은?"

루크시온에게 시선을 향하자 빨간 렌즈를 사진으로 향했다.

『【핀 루타 헤링】입니다. 미들 네임인 루타는 제국에서는 기사를 나타내는 것 같군요. 그 이외의 자세한 정보는 입수할 수 없었습니다만, 이쪽을 꽤 경계하고 있습니다.』

루크시온한테 조사시켰지만, 제대로 된 정보는 거의 손에 넣지 못했다. 아무리 조사 능력이 저하되어 있더라도, 루크시온이 알아낼 수 없다는 게 마음에 걸렸다.

　"낮에 이쪽을 보고 있던 것도 신경 쓰이지."

　낮의 화제를 꺼내자, 마리에가 흥미를 나타냈다.

　"있었어? 알려줬으면 좋았을 텐데."

　"——너, 우리 목적을 잊은 거 아니냐? 그 3탄에 등장하지 않는 녀석이 주인공 곁에 있으면서 우리를 경계하고 있다고."

　미남에 들떠 위기감이 희박해진 마리에한테 주의를 촉구했다.

　"확실히 신경 쓰이지만 말이야~."

　존재하지 않을 터인 기사—— 우리와 같은 전생자인지, 아니면 무관한 기사인지. 어느 쪽일지 생각을 거듭하고 있자, 가게 바깥이 소란스러워졌다.

　"크, 큰일이야! 밖에서 사람이!"

　술에 취한 사람이 상황을 보러 가게 안에서 밖으로 나가더니, 낯빛이 변하여 금세 돌아왔다.

　나는 신경 쓰여 상황을 보러 가기로 했다.

　"조금 보고 오겠어. 루크시온, 와라."

　『예, 마스터.』

◇

가게를 나오자 수십 미터 앞에 인파가 생겨나 있었다.

길이 좁고 복잡하게 얽힌 장소에 있는 대중 선술집 주위에는 건물이 많다.

그런 장소에 소란이 일어났기에 주위에서 사람이 모여들어 있었다.

"누가 이런 끔찍한 짓을."

"제법 옷차림이 좋군."

"귀족이다. 수행원까지 같이 살해당한 모양이야."

구경꾼들한테 사과하면서 현장을 보러 가자, 그곳에 귀족으로 보이는 남성이 쓰러져 있었다.

근처에는 호위를 겸한 수행원이 같이 쓰러져 있었고, 싸운 흔적은 거의 없었다.

순간적으로 입가를 손으로 눌렀지만, 슬프게도 시체를 보는 게 익숙해졌는지 식욕이 달아났을 뿐, 구역질은 나지 않았다.

인간은 싫은 것에도 끝내 적응하는 생물인 듯하다.

내가 쓰러진 귀족 남성을 살펴보고 있자, 갑자기 누군가가 내 어깨에 손을 얹었다.

"기묘한 우연이군, 애송이."

후드가 달린 로브로 얼굴을 가린 수상한 남자였지만, 나는 곧바로 누구인지 알 수 있었다.

"어째서 네가 여기에 있지?"

미심쩍은 표정을 드러내는 나를 보고, 후드를 조금 들어 올린 롤랜드가 씨익 웃었다.

"내가 어디서 뭘 하건 상관없지 않으냐?"

"어차피 여자겠지."

"여성과의 달콤한 한때만이 날 치유해 준단 말이지. 뭐, 지금은 그게 중한 게 아니야. 잠깐 따라와라."

따라오라는 롤랜드의 말에 나는 반사적으로 경계했지만, 본인이 비교적 진지한 표정이었기에 이야기만은 듣기로 했다.

나는 롤랜드를 따라 좁은 골목길로 들어갔다.

인기척이 없는 장소에 도착하자 롤랜드는 살해당한 귀족의 신원을 내게 말해 주었다.

"저 남자는 왕궁에서 그럭저럭 지위가 있는 관리다."

옷차림을 보아 하급 관리는 아닌 것 같았는데, 중간 관리직 같은 직역을 맡고 있었던 모양이다. 롤랜드는 그 관리의 상세한 사항을 내게 들려주었다.

"원래는 기사 가문 출신으로 잡일을 했었지만, 네가 일으킨 소동으로 상사들이 없어지는 바람에 출세했지."

공국과의 전쟁 때 적을 앞에 두고 도망치는 바람에 제거된 가문이 많았다. 그 덕분에 승진한 하급 귀족── 기사 가문도 많았다.

"그건 내 탓이 아니라 자업자득일 텐데."

나는 농담으로 응수했지만, 롤랜드는 무시하고 이야기를 이어갔다.

"──그때 출세한 귀족을 노린 사건은 이걸로 다섯 건째다."

"다섯 건째? 이런 일이 이미 몇 번이나 있었다고?"

"두각을 나타낸 관리들만 집요하게 노리고 있다. 전부 최근의 일이지."

"연속 살인사건인가? 범인이 잡히지 않는다니, 이 나라 정말 괜찮은 거야?"

"어쩌려나? 그런 건 나보다 밀렌이 자세해서."

"너, 정말로 왕 맞냐?"

"왕이 모든 걸 지배한다고 생각하다니, 너도 아직 무르군. 그런 너는 어쩌냐. 밖에서 성녀님과 밀회라니, 수상하기 짝이 없는데? 약혼자들이 알면 슬퍼할 거라고?"

마리에와 가게에 있었던 사실이 알려지고 말았다.

이 자식은 이럴 때 쓸데없이 유능하니까 열 받는다.

"너와는 다르게 난 뒤가 켕기는 짓은 하지 않았어."

"그걸 판단하는 건 네가 아니라 상대나 세간이다. 어이쿠, 난 볼 일이 있으니까 이만 실례하마. 그리고 애송이, 에리카한테 절대로 접근하지 마라. 알겠냐, 절대로다. 가까이 다가가면 처형해 주지."

단단히 일러두고 떠나가는 롤랜드의 모습을 지켜본 뒤, 나는 숨어 있던 루크시온에게 말을 걸었다.

"에리카가 누구야?"

『마리에 말로는 악역 왕녀인 【에리카 라파 호르파트】. 율리우스와 마찬가지로 밀렌을 어머니로 둔 신입생입니다.』

가게에서 사진을 보기 전에 소란이 일어났기에 밖으로 나오고 말았다.

"3탄의 악역인가. 그 이야기는 나중에 하자고. 문제는 사건 쪽이지. 학원 바깥이라면 문제없이 조사할 수 있겠냐?"

뒤돌아보니 사건 현장에 여전히 인파가 몰려있었다.

『마장의 방해 행위는 왕도 전역에 미치고 있습니다. 우리를 아직 특정하지 못했기에 광범위하게 재밍을 걸고 있는 것이겠지요. 성가신 일입니다.』

아무래도 적은 아직 우리의 정체를 밝히지 못한 듯하다.

하지만 이래서는 우리도 적이 어디에 숨어 있는지 알 수가 없군.

왕도 전역에서 방해 행위가 가능하다니, 상대도 너무 치트다.

"어라? 넌 괜찮은 거냐? 온 왕도가 방해받고 있는데 너만 링크가 끊기지 않다니, 이상하잖아?"

루크시온의 구체 보디는 본체인 우주선의 부속 단말이다.

그러니 통신 방해를 받으면 루크시온의 본체와 링크가 끊겨도 이상하지 않다.

『이 보디는 특별 제작품입니다. 마스터를 서포트하기 위해 최우선으로 링크를 확보하고 있지요. 고성능 전용 중계기를 몇 개나 준비해 두었습니다.』

"아, 그러냐. 다른 것도 그렇게 하지 그래?"

『불가능하니까 곤란한 겁니다만?』

무슨 바보 같은 말을, 이라는 느낌으로 말하는데, 조금 납득이 안 되는군.

"──이야기를 되돌리겠는데 마장과 이 사건, 연관이 있다고 보냐?"

루크시온에게 넌지시 묻자, 좋지 못한 대답이 돌아왔다.

『마장으로 추측되는 반응을 검지(檢知)했습니다. 방해 행위를 펼치는 녀석과 동일범인지는 판단할 수 없습니다만, 틀림없이 마장이 관련되어 있습니다.』

"최악이구만."

상당히 위험한 녀석이 이 왕도에 잠입한 모양이다.

학원 안팎이 모두 위험하다면, 경솔히 움직일 수 없군.

생각에 잠겨서 사건 현장을 바라보고 있자, 인파 속에 있는 사복 차림 남자가 눈에 들어왔다.

그 남자도 내 존재를 알아차리자, 고개를 돌리고 그 자리를 벗어났다.

"수호 기사가 어째서 이런 곳에?"

학원을 빠져나와 일부러 이런 장소에 온 수호 기사에 대한 경계심이 강해졌다.

루크시온한테 시선을 향하자, 내 의중을 알아차리고 작게 끄덕였다.

『그를 추적하는 자립형 드론의 수를 늘리겠습니다.』

"부탁한다. 저 녀석은 철저하게 마크해."

왕도에 있는 오래된 건물.

수염을 기른 신사풍 남자가 지하로 이어지는 계단을 내려가고 있었다. 라셀 신성 왕국에서 파견된【가비노】라 불리는 남자였다.

가슴을 펴고 당당하게 행동하고는 있지만, 본인은 이마 오른쪽에 상처가 있는 것을 신경 쓰고 있었다. 머리카락을 늘어뜨려 가리고는 있으나 틈새로 상처 자국이 보였다.

그는 마음에 드는 회중시계를 왼손에 들고, 이따금 의미도 없이 덮개를 열어서는 시각을 확인하고 있었다.

가비노는 이전에는 알제르 공화국에 파견되어 쿠데타 측에 협력하고 있었다.

리온에 의해 라셀 신성 왕국의 꿍꿍이는 저지되었지만, 그 때문에 가비노는 호르파트 왕국에 파견되었다.

그는 어둑어둑한 지하의 넓은 방에 얼굴을 내비치고는 공손하게 인사했다.

"부인분들, 오래 기다리시게 하여 죄송합니다."

장년이지만 미형인 가비노가 미소를 보내자, 지하에 있던 여성들은 약간 기분이 좋아졌다.

"시간대로예요, 가비노 경. 하지만 역시 좀 더 빨리 와줬으면 하는 게 여자 마음이지요."

"이거, 실례했습니다."

그녀들이 있는 넓은 방의 벽에는 숙녀의 숲을 나타내는 깃발이 장식되어 있었다.

숙녀의 숲이란 여존남비 풍조가 강했을 무렵의 왕국 내에서 귀족 여성들을 중심으로 모여 생긴 조직이다.

몇 번이고 돌려 입어 주름이 꾸깃꾸깃한 드레스를 입은 여성들은 지금도 귀족의 태도를 무너뜨리려 하지 않았다.

이전에는 미남 노예를 거느렸던 그녀들이지만, 현재 그녀들의 시중을 들고 있는 건 자기 자식들이나 같은 조직 소속된 신분이 낮은 여성들이었다.

숙녀의 숲에도 내부 계급이 있는데, 가장 계급이 낮은 건 시골 남작을 남편으로 둔 여성 귀족이었다. 벽 쪽에 서 있는 현재 숙녀의 숲 간부들의 시중을 들고 있었다.

그중에는 【조라】의 모습도 있었다.

그녀는 공국과의 전쟁 때 리온의 아버지 【바르카스】한테 절연당하고 나서 귀족의 지위를 잃고 갈 곳 없이 떠돌다가 숙녀의 숲에 거두어졌다.

하지만 대우는 사용인이나 다름이 없었고, 옷차림도 드레스가 아니라 평민들의 사복을 입어야 했다.

지하에 숨어 생활하는 숙녀의 숲에 얼굴을 내비친 가비노는 부하들한테 선물을 가지고 오라고 했다.

곧 나무 상자 여러 개가 운반되어 들어왔다. 상자 안에는 술이나 과자, 예쁜 드레스 등 여성들을 위한 물건이 들어 있었다.

"여러분께 드리는 선물입니다."

"어머, 센스 있네!"

간부 여성들이 앞다투어 달려들어 그것들을 쟁탈했다.

가비노는 그 모습을 보며 말했다.

"그런데 여러분── 복권(復權)은 이루어질 것 같습니까?"

복권이라는 말을 듣고 숙녀의 숲 간부들이 고개를 들었다.

그녀들의 표정은 자신을 버린 왕국을 향한 증오로 물들어 있어 상당히 흉측했지만, 가비노는 미소를 무너뜨리지 않았다.

숙녀의 숲 대표가 손에 쥔 드레스를 보며 자기한테 어울릴지 확인하면서 대답했다.

"어렵겠네. 이미 몇 명이나 암살했는데도 왕국이 흔들리는 낌새가 없어. 폐하는 여전하고, 폐하께 빌붙어 환심을 산 외국의 여우 년은 자기 좋을 대로 움직이고 있다는 모양이야."

여우 년이란 실질적으로 호르파트 왕국의 기둥이 된 밀렌을 가리키는 말이다.

그녀는 가비노에게도 성가신 상대였다.

여하간 가비노의 조국인 라셀 신성 왕국은 밀렌의 조국인 레파르트 연합 왕국과 오랫동안 싸우고 있는 관계이니까.

호르파트 왕국과 레파르트 연합 왕국이 강한 동맹을 맺고 있는 건 이음매 역할인 밀렌이 우수하기 때문이다.

그래서 숙녀의 숲에는 밀렌이야말로 여성의 지위를 떨어뜨린 존재라고 가르치고 있었다.

"성가신 분이니까요. 더구나 최근에는 발트파르트 후작을 농락하여 수하처럼 부리고 있습니다. 녀석만 없다면 여러분은 이러한 생활을 보내지 않아도 됐을 테지요."

가비노가 그렇게 말하자, 벽 쪽에 선 여성 중 한 명이 증오를 드러냈다.

"어라, 조라 씨. 왜 그러십니까?"

"아, 아니요. 아무것도."

가비노가 말을 걸자 조라는 고개를 돌렸다.

하지만 주위 여성들은 조라에게 날카로운 시선을 던졌다.

"그 귀축 기사가 자란 게 당신의 집안이었지."

"더 제대로 키웠다면 좋았을 텐데."

"정말로 쓸모없는 여자네."

그녀들은 이러한 상황에 빠진 불만을 조라에게 부딪치고 있었다. 그녀들에게 조라는 스트레스를 발산하는 상대에 지나지 않았다.

가비노는 그녀들에게 부드럽게 말을 건넸다.

"진정하시죠, 여러분. 왕비와 후작을 타도하면 곧바로 다시 옛날 생활을 되찾을 수 있습니다. 그걸 위해 라셸 신성 왕국은 전면적으로 지원할 것입니다."

대표가 가비노의 말에 미소를 띠었다.

"정말로 라셸 분은 신사적이고 멋져. 그와는 반대로, 지금의 왕국 남자들은 어쩜 이렇게나 한심한 걸까. 정말로 한탄스러워."

가비노는 대표의 손을 잡고 미소 지었다. 그 미소에 대표의 뺨이 발그레해졌다.

"머잖아 기회가 옵니다. 그때 여러분의 힘을 빌려주십시오."

"네, 네. 하지만, 정말로 괜찮은 걸까요?"

대표가 머잖아 오게 될 기회에 불안을 드러내 보이자, 가비노는 그걸 불식하기 위해 힘차게 격려했다.

"반드시 성공합니다. 게다가 저희도 강력한 비장의 수를 준비했습니다. 그 귀축 기사가 상대일지라도 패배하지 않습니다."

강력한 비장의 수가 리온을 이길 수 있다는 말에 숙녀의 숲 구성원들은 들떠 흥분했다.

그 모습을 보고 가비노는 마음속으로 중얼거렸다.

'어디 있는 힘껏 우리 라셀을 위해 일해 주실까. 마장 기사까지 끌고 나온 이상, 왕국에 큰 피해를 줘야만 해.'

◇

가비노가 떠나가자 간부들은 조라를 가혹하게 대했다.

"조라, 당신의 양아들이 저지른 괘씸한 짓은 당신이 속죄하세요."

"무, 물론입니다!"

조라가 위압적인 여성들에게 머리를 숙이면서까지 버티는 건 이곳에서 쫓겨나면 갈 곳이 없기 때문이었다.

한때는 귀족이었으나 지금은 단순한 평민에 지나지 않는다. 수입도 없고, 과거와 같은 사치도 부리지 못하며, 전속 노예도 모두 도망쳤다.

살아갈 방법을 모르는 조라는 숙녀의 숲에 의지할 수밖에 없었다.

대표가 조라의 머리카락을 붙잡고 고개를 억지로 들게 했다.

"네 자식들은 제대로 역할을 다해내고 있겠지?"

"맡겨 주세요. 루트아트는 무사히 학원에 잠입했습니다. 메르세도 문제없이 표적과 접촉했습니다."

"그렇다면 됐어."

풀려난 조라는 그 자리에 주저앉고는 증오스러운 리온의 얼굴을 떠올렸다.

'어째서 내가 이런 꼴을. 이것도 다 그 망할 꼬맹이 탓이야. 그녀석이 쓸데없는 짓을 해서……!'

밖에서 리온은 왕국을 구한 영웅으로 통하지만, 조라를 비롯한 숙녀의 숲 여자들한테는 상관없었다. 자기들이 몰락한 건 대 출세를 이룬 리온이 나쁘기 때문이라고 진심으로 믿고 있었다.

'하지만 이 생활도 앞으로 조금이야. 조금만 버티면 다시 그때와 같은 생활이 돌아올 거야. 그렇게 되면 날 버린 바르카스와 그 가족들을 처형해 주겠어.'

발트파르트 가문에 복수심을 불태우며, 조라는 이 괴로운 생활을 버텼다.

깊은 밤.

분위기가 좋은 바에 온 롤랜드는 한 젊은 여성과 즐겁게 술을 마시고 있었다.

"그렇다고~. 아내가 시끄러워서 마음이 편안해지질 않아."

롤랜드는 밀렌에 대한 푸념을 늘어놓으며 여성의 손을 잡으려 했다.

하지만 여성은 그 손을 잽싸게 피했다.

"리온 씨도 큰일이네요~."

리온—— 롤랜드는 리온의 이름을 가명으로 사용하여 여성과의 한때를 즐기고 있었다.

"오늘도 쌀쌀맞잖아, 메르세. 나는 슬퍼."

"그, 그런가요? 하지만, 역시 여자라면 좀 더 몸가짐을 조심히 해야지요."

자신을 피한 데 슬퍼하는 기색을 보이는 롤랜드한테 여성—— 메르세는 황급히 얼버무렸다.

그런 두 사람에게 백발에다 코밑수염을 기른 통통한 남성이 말을 걸었다.

모자를 벗은 남성은 어색해하는 것처럼 보였다.

"로—— 리온 씨, 오늘은 슬슬 돌아가실 시간입니다."

남성에게 그런 말을 들은 롤랜드는 한숨을 내쉰 뒤 자리에서 일어섰다.

"즐거운 시간은 금방 지나가는군. 메르세, 오늘은 즐거웠어. 다음은 언제 만날 수 있을까?"

메르세는 그제야 풀려났다며 안도로 미소를 짓고는, 다음에 만날 수 있는 날을 알려줬다.

"일주일 뒤에 예정이 비어 있어요."

"그러면 일주일 뒤에 또 만나지. 어이쿠, 그전에 잠깐 화장실에 가야겠어."

롤랜드가 그 자리를 떠나자, 메르세는 성대한 한숨을 내쉬었다.

그리고 말을 건 남성에게 바짝 다가서더니 그를 노려봤다.

"말 거는 게 너무 늦잖아!"

"그, 그런 말씀을 하셔도……. 오히려 너무 빨리 말을 걸면 의심을 살 겁니다."

"나한테 거역하는 거야? 너, 우리한테 약점을 잡혔다는 걸 잊은 건 아니겠지? 협력하지 않으면 네 비밀을 폭로해서 인생을 끝장낼 거야."

"그것만큼은 부디 용서를!"

남성은 메르세에게 약점을 잡혀 거역할 수 없었다.

메르세는 남성과 거리를 벌리고는 테이블 위에 있었던 술을 손에 들고 전부 들이켰다.

그리고 롤랜드가 돌아올 때까지 불평을 늘어놓았다.

"정말로 어처구니가 없어. 정말 저런 변장으로 속일 수 있다고 생각하는 걸까? 게다가 가명이 리온이라니, 최악이잖아."

남성은 메르세가 자신에게 동의를 구하자 주위 시선을 신경 쓰며 겁내는 것처럼 대답했다.

　"그러네요. 다만, 조금 더 목소리를 낮춰 주십시오."

　"알았어."

　메르세가 입을 다물자 롤랜드가 화장실에서 돌아왔다. 그는 메르세한테 안겨들어 키스를 요구했다.

　"오늘은 이걸로 작별이야, 메르세. 마지막으로 키스를──."

　그런 롤랜드의 입술에 메르세는 손등으로 답했다.

　"다음 기회에 하도록 해요, 리온 씨."

　"──매정하네. 그럼, 다음 기회에 하지."

　롤랜드한테서 해방된 메르세는 미소를 지으며 가게에서 나갔다.

　그녀가 떠나가는 모습을 지켜본 롤랜드는 남성한테 푸념을 늘어놓았다.

　"조금 더 애교가 있어도 좋다고 생각하지 않나?"

　남성은 주위 시선이 없는지를 확인한 뒤 롤랜드에게 대답했다. 그는 오래전부터 알고 지낸 사이로, 왕궁에서는 롤랜드 전속 의사였다.

　그는 롤랜드의 학창 시절 친구이기도 하여 롤랜드와는 상당히 친밀한 관계였다.

　이름은【프레드】라고 한다.

　"폐하, 놀이가 지나치십니다."

　"딱히 이 정도는 괜찮지 않나. 자, 프레드, 좀 더 놀 거니까 너도 같이 어울려라. 실은 노리는 여성이 있어서 말이지. 조금만 더 하면 좋은 대답을 받을 수 있을 것 같다고."

"또 여자 놀이입니까? 정말로 질리질 않으시는군요."

롤랜드는 프레드를 데리고 또 다른 가게로 향했다.

★제03화「역전」

내가 사건 현장에서 가게 안으로 돌아왔을 때는 이미 마리에가 요리 대부분을 먹어 치운 상태였다.

이전 생보다도 식탐이 과해진 마리에의 모습을 보고, 정말이지 슬픈 기분이 들었다.

"그 작은 몸으로 잘도 먹는구만."

마리에의 작은 몸 어디에 이 많은 게 들어가는지 수수께끼다.

본인은 이전 생보다도 여러 가지로 작은 몸이 불만인지 곧바로 기분이 언짢아졌다.

"쓸데없는 오지랖이야! 그래서, 바깥은 어땠어?"

"그 이야기는 학원에 돌아가서 하자. 먼저 3탄에 관해 한 번 더 확인한다."

"또오?"

현시점에서는 마리에의 어렴풋한 기억만이 의지할 데여서, 이야기하는 동안에 떠올리는 것도 있겠지 싶어 몇 번이나 확인하고 있다.

전생하고 나서 제법 시간이 지났다.

이전 생에서 플레이했던 게임 내용은 잊어버린 부분도 많다.

"이야기하는 사이에 떠올리는 것도 있잖냐?"

"이 이상은 못 기억해내. 나도 3탄은 중반까지밖에 플레이하지 않았다구. 공략 사이트를 보고 대략적인 흐름은 파악했지만, 자세한 내용은 확인하지 않았단 말이야."

공략 사이트를 보며 플레이했고, 그마저도 도중에 질려서 집어치웠다는 모양이다.

하지만 지금은 그런 얕은 지식이라도 없는 것보다는 낫다.

"알겠으니까 말해 봐."

"——제국에서 유학하러 온 주인공 미아가 왕국 학원에서 학교 생활을 보내는 이야기야. 당연하다는 듯이 꽃미남들이랑 알게 되고, 악역 왕녀인 에리카한테 행짜를 당하는 게 초반의 흐름이지."

"악역 왕녀라. 악역 영애에서 진화한 건가."

나는 테이블 위에 있는 악역 왕녀의 사진을 손에 쥐었다.

완만하게 물결치는 검고 긴 머리카락의 소유자로, 비교적 작은 몸집이면서도 가슴 쪽은 보통 수준이라는 인상이다. 온화해 보이는 표정을 짓고 있지만, 이런 표정 하고서 성격이 나쁜 모양이다.

"성격은 지독해. 겉으로 내숭을 떠는 짜증 나는 여자의 전형이야. 병약하다는 설정도 있지만, 그 성격이라면 거짓말 같아. 뒤에서는 지독한 짓도 태연하게 하고, 정말로 속이 부글부글 끓게 만드는 여자야."

"동족 혐오냐?"

내가 비웃었더니 마리에가 나무 숟가락을 던지는 바람에 얼굴에 맞았다.

마리에가 날 노려봤기에 입을 다물자, 계속해서 이야기했다.

"1학년 즈음에 공국과의 전쟁 이벤트가 일어나고, 그때의 비화 같은 이야기가 있었어."

"비화?"

"전쟁의 뒤편에서 무슨 일이 있었는가~ 라든가? 거기서 제이크 전하 일행과 호감도를 버는 이벤트도 있었는데, 지금 상태라면 이벤트 같은 건 거의 없어지겠네."

이미 공국 비장의 수였던 최종 보스들은 우리가 쓰러뜨렸다.

왕국의 위기가 제거된 것만큼은 안심이군.

"어쨌든 1학년 이벤트가 끝나고 2학년이 되는데, 헤르트라위다가 유학하러 와. 헤르트라위다와도 교류하지만, 패전국의 공주님이니까 힘든 처지였지. ——뭐, 이쪽에는 이미 없지만 말이야."

헤르트라위다 양은 전쟁 때 마술피리로 수호신이라 불리는 최종 보스를 불러낸 대가로 목숨을 잃었다.

이렇게 확인하고 있으려니, 우리가 이 세계에 끼친 영향이 제법 크군.

"여전히 에리카한테 괴롭힘을 당하지만, 2학년 중반에 미아가 제국에 도로 불려가게 돼. 병으로 쓰러진 황제 폐하가 미아의 아버지였다는 이야기가 나온단 말이지."

마리에의 설명에 루크시온이 혜살을 놓았다.

『이번에도 특별한 핏줄이라는 설정입니까. 올리비아, 노엘에 이어 미아도 제법 뛰어난 핏줄의 소유자군요.』

마리에는 루크시온의 비아냥에 동의했다.

"그런 설정이 인기가 있으니까 말이야. 그래서, 미아는 황녀로 인정받게 돼. 그렇게 제국에서 호위 비행 전함을 끌고 돌아오면서 에리카가 더는 그녀를 괴롭힐 수 없게 되지. 결국 그 괴롭힘은 헤르트라위다한테 향하게 돼."

『국력만 따지면 신성 마법 제국이 호르파트 왕국보다도 위니까 말이지요. 외교적으로 생각해서 에리카가 미아를 괴롭히는 건 악수입니다.』

본래라면 괴롭힘 자체를 하지 않는 게 좋지만, 그걸 하니까 악역 왕녀인 것이리라.

다만 안제나 루이제 양을 봐 온 나로서는 정보만으로 단순한 악역인지 판단하기가 어렵다. 악한 녀석이 아니었을 경우도 생각해서 행동해야겠군.

나는 마리에한테 다음 내용을 이야기하도록 재촉했다.

"그래서, 중반 이후는?"

"에리카가 헤르트뤼더를 모욕하는 이벤트가 있어. ──그래서 헤르트라위다가 격노해서 공국 함대를 움직여 전쟁이 일어나. 하늘과 바다에서 괴물이 나오니까 미아는 제이크를 비롯한 사람들의 힘을 빌려서 바다 쪽 최종 보스를 쓰러뜨려. 하늘 쪽은 성녀 올리비아가 쓰러뜨리는 흐름이야. 이후에 에리카는 지금까지의 악행이 폭로되어 비참한 말로를 맞이해."

조금 전과 다르게 설명이 매우 대충인 건 마리에도 자세히 모르기 때문이다.

"거기에 수호 기사 혜링의 등장은 없는 거지? 종반에 등장한다든가, 히든 캐릭터 같은 포지션도 아닌 거지?"

본래라면 유학하러 오지 않았을 터인 수호 기사의 존재는 나나 마리에한테는 상정했던 범주 밖이다.

주인공을 지키는 수호 기사라는 존재 자체가 수상쩍다.

"없었어. 히든 캐릭터도 없었을 거야. 애초에 수호 기사 같은 건 난 모르고."

공략 정보가 애매한 마리에가 단언한들 미심쩍지만, 이렇게까지 말한다면 게임에는 등장하지 않았을 가능성이 크다.

"수호 기사에 관해서는 신중하게 조사한다 치고, 문제는 이후의 전개로군."

악역 왕녀 에리카의 사진을 눈높이에 맞추어 바라보고 있자, 시야에 마리에의 모습도 들어왔다. 이렇게 두 사람을 나란히 놓고 보니, 어째서인지 닮은 듯한 느낌이 들었다.

머리카락 색깔, 표정, 그리고 체형도 다르기에 닮은 요소가 많지 않은데도.

내가 진지하게 비교하며 보고 있자, 또 놀림당할 거라 생각한 마리에가 뺨을 부풀렸다.

포크를 꽉 쥐고 언제든지 던질 수 있도록 준비하는 모습을 보고, 괜한 말은 해서는 안 되리라고 판단하여 입을 다물었다.

◇

입학식 다음 날.

신입생들도 수업이 시작되었지만, 내용은 이후에 관한 설명뿐이었다.

본격적인 수업이 개시되는 건 조금 더 나중이 될 것이다.

그런 가운데 제국에서 온 유학생인 미아는 긴장한 기색으로 자리에 앉아 있었다.

외국인이라는 이유로 교실 안에서 미아에게 말을 거는 학생은 적었다.

대부분이 멀찍이 둘러싸서 보고 있을 뿐이다.

'우으으으. 긴장돼~.'

익숙하지 않은 환경에 긴장하는 나날인 미아였으나, 아는 사람이 한 명 있다.

키가 크고 한층 눈에 띄는 잘생긴 남학생이 교실에 들어왔다.

같은 유학생이자 미아의 수호 기사에 지원한 핀이었다.

같은 외국인인데도 핀에게 향한 시선은 미아와는 다르게 호의적이였다. 물론 남학생들한테서 질투 어린 시선을 받았지만, 태반의 여자들한테서는 호의를 받았다.

그런 자랑스러운 기사가 미아 옆에 앉더니 말을 걸었다.

"왕국은 귀족 취미가 지나치군. 학원 복도가 마치 궁전 같다. 제국이었으면 궁전이라 우겨도 통할 것 같아."

학교 건물치고는 도가 지나치다고 말하는 핀에게 미아가 자신 감 없이 타일렀다.

"기사님, 너무 험담하는 건 좀 그렇지 않을까 싶어요."

미아가 핀을 대할 때 자신감이 없는 건 자기가 일반인이라는 자각이 있기 때문이다. 본래라면 핀 같은 기사가 자기 수호 기사가 되어 줄 리가 없다.

하지만 핀은 타이르는 미아에게 미소를 지어 보였다.

"이거, 실례했습니다. 저의 공주님. 하지만 험담 같은 게 아닙니다. 단순한 비아냥입니다."

공손하게 접하는 핀에게 미아는 얼굴이 빨개지며 대답했다.

"비, 비아냥도 안 된다고 생각해요."

"저의 공주님은 제멋대로이시군요. 하지만 저는 당신의 수호 기사이니 따르도록 하지요."

핀이 그렇게 말하며 쿡쿡 웃자, 놀림당한 걸 깨달은 미아가 빨개진 얼굴을 돌렸다.

"미아를 놀리셨군요. 기사님은 너무해요."

"농담이야. 그리고 나한테 그리 긴장할 것 없어. 더 편한 태도를 보여줬으면 하는군."

"그, 그런 건 무리예요. 왜냐면 기사님은 제국에서도──."

핀이 얼마나 대단한 기사인지 알고 있는 미아는 황공하다고 말하려 했으나, 뒷말을 잇기 전에 소란스러운 목소리에 대화가 중지되고 말았다.

"정말로 죄송했습니다, 핀리 양!"

교실에 들어오자마자 여학생에게 사과하는 남학생한테 주위 시선이 모였다.

사과받은 여학생── 핀리는 어처구니없어하고 있었다.

"오스칼 씨, 이제 사과하지 않아도 돼요. 하지만 앞으로는 오빠와 절 착각하지 마세요. 정말로 창피했다고요."

"죄송합니다. 설마 발트파르트라고 한 게 오빠분 쪽이었으리라고는 생각지 못했습니다."

"제가 말하는 것도 뭣하지만, 오스칼 씨는 좀 더 머리를 쓰는 편이 좋아요. 전하의 이야기를 들으면 열 명 중 열 명이 제가 아니라 오빠를 부르러 갈 테니까요."

"그, 그렇겠지요. 저는 자주 머리를 쓰라는 말을 듣습니다. 쓰고 있다고 생각하는데 말입니다."

필사적으로 사과하는 오스칼을 보고 핀리는 어이없어했다.

무슨 일이 있었던 것일까? 싶어 그쪽을 보고 있던 미아였으나, 핀의 낌새가 신경 쓰여 시선을 움직였다.

핀은 진지한 표정으로 핀리를 보고 있었다.

"핀리 양인가. 분명, 발트파르트 후작의 여동생이었지."

미아는 발트파르트라는 이름을 듣고 자기도 알고 있다고 핀에게 말했다.

"미아도 알고 있어요. 제국에도 소문이 전해지고 있으니까요. 듣자니 엄청나게 강한 나라를 내부에서부터 무너뜨린 영웅이라지요? 별명은 분명── 귀축 씨?"

제국에까지 전해진 리온의 소문이었으나, 실은 그렇게까지 정확하지 않았다.

핀은 살짝 어이없어했으나, 재미있었는지 웃음을 참고 있다.

"후작의 별명은 귀축 기사야."

"그런가요? 하지만 귀축 기사란 거 대단하죠. 뭔가 이렇게, 이름만으로 엄청나게 무서운 사람이라는 게 상상돼요."

"──그렇군."

핀이 진지한 표정을 짓고는 교실 안에서 인파가 생겨 있는 장소로 시선을 향했다.

그곳에 있던 건 동급생인 호르파트 왕국의 제1 왕녀 전하였다. 오늘도 그녀를 추종하는 수많은 여학생에게 둘러싸여 있었다.

그 모습을 보고 미아는 동경에 찬 시선을 보냈다.

"에리카 님이네요. 오늘도 아름답죠."

"그렇군."

핀이 건성으로 대답하며 에리카를 보자, 미아는 부루퉁해졌다. 조금 전까지 자기를 공주님이라고 불렀던 자신의 기사가 다른 여성을 보고 있는 게 신경 쓰였다.

"기사님도 역시 공주님 같은 사람이 좋으신가요?"

심술궂은 질문을 했다는 자각이 있는 미아는 대답을 듣는 게 무서워져서 고개를 숙이고 말았다.

하지만 핀 쪽은 그런 미아를 보며 눈치 있게 답했다.

"내 공주님은 미아뿐이야."

이가 간질간질해질 것 같은 핀의 겉치레 대사였지만, 미아는 그것이 거짓말이라도 기뻤다.

다만, 미아가 보기에 에리카는 정말로 아름다웠다.

'공주님은 정말로 아름답네.'

윤기 있는 검은 머리카락에, 나이에 걸맞지 않게 침착한 분위기를 지닌 그 여학생은 반 안에서도 한층 눈에 띄는 존재다.

미아가 한동안 에리카를 바라보고 있었더니 에리카도 시선을 알아차렸는지 이쪽을 보며 생긋 미소 지었다. 미아도 어색하게 미소로 답했다.

자기를 인식해 주는 게 기뻐서 곧바로 핀을 봤다.

"기사님, 지금 거 봤어요? 기사님?"

그러나 에리카를 바라보는 핀의 얼굴은 어느샌가 미소가 사라지고 무표정하게 변해 있었다.

◇

방과 후.

나는 학생 기숙사의 내 방에 친구 둘을 초대했다.

일찍이 내가 소속되었던 가난한 남작가 그룹의 동료인 다니엘과 레이먼드, 두 사람으로부터 상담할 것이 있다는 말을 들어서 내 방으로 데리고 왔다.

커다란 테이블이 놓인 방을 보고 다니엘이 감탄했다.

"리온도 마침내 이렇게까지 출세한 건가."

학원 측에서 좋은 대우를 받고 있음을 방을 보고 판단한 것이리라.

한때는 같은 동료라고 생각했던 내가 구름 위 존재가 되자 두 사람 다 어찌 대해야 할지 몰라 곤란해했다. 레이먼드는 특히 심각했다.

"이제는 존칭을 붙여서 부르는 편이 좋을지도 모르겠어. 같은 그룹으로 묶는 건 실례가 될지도."

친구가 거리를 두는 듯한 태도를 보이니 왠지 모르게 쓸쓸해지는군.

애초에 내 안에 든 것은 입학했을 무렵과 아무것도 변하지──아니, 조금 정도는 변해야겠지. 아무런 성장도 하지 않았다는 건 내가 슬프다.

"신경 쓰지 마. 출세해 봤자 영지도 수입도 없으니까 가난한 건 마찬가지라고."

그렇게 말하자 다니엘이 어깨를 으쓱였다.

"잘도 말하는구만. 공작가의 공주님과 약혼한 시점에서 인생 승리자일 텐데. 뭐, 하지만 리온이 변함없어서 안심했어. 갑자기 '너희들과는 신분이 다르다고!'라는 말을 들으면 어째야 할지 모르겠거든."

내 태도가 변함없는 것에 다니엘도 레이먼드도 기쁜지 미소를 지었다.

레이먼드는 안경 위치를 바로잡으며 동의했다.

"그렇지 않으면 우리도 마음 편히 상담할 수 없으니까."

나는 둘에게 차를 내어 주고 상담 내용을 확인했다.

"그래서 대체 무슨 상담인데? 돈에 관한 것 이외라면 상담에 응해 주지."

돈에 관한 상담도 응할 수 있지만, 친구 관계에 금전 문제를 끌고 들어오는 건 좋지 않다는 걸 전생에서 학습했다.

도저히 손을 쓸 수 없는 상황이라면 도와주겠지만, 그런 경우 이외에는 거절할 생각이다.

다행히 다니엘도 레이먼드도 금전 상담은 아닌 듯했다.

두 사람이 제대로 된 친구라는 사실에 감사해야겠군.

다니엘이 심각한 표정으로 상담 내용을 말하기 시작했다.

"실은 여자한테서의 권유가 작년부터 급증했다."

"그건 1학년 때부터 고생한 날 비꼬아 말하는 거냐? 자랑 이야기라면 돌아가."

무례한 친구들을 쫓아내려 하자, 레이먼드가 황급히 자세한 사정을 설명해 주었다.

"자, 잠깐! 우리는 진심으로 고민하고 있어! 그야 처음에는 우월감도 있었지. 지금까지 우리를 무시해 왔던 여자들이 아양을 떨려고 필사적인 모습은 나도 기분이 좋았어."

거짓 없는 레이먼드의 감상에 나는 약간 이야기를 들을 생각이 들었다.

뭐, 모든 사람이 성인군자는 아니니까 말이지.

꼴 좋다! 하는 생각이 들었어도 납득이 간다. 나도 그 자리에 있다면 우월감을 느꼈을 터다.

다만―― 두 사람 모두 금세 현실을 깨달은 듯했다.

다니엘이 고개를 숙이며 말했다.

"나중에는 필사적으로 어필하는 여자들을 보고 있자니, 1학년 때의 우리를 보는 것 같아서 도리어 가슴이 아프더라고. 반쯤 장난으로 차갑게 대하는 것도 꺼려지고 말이야. 그렇게 생각했더니 권유에 응해서 차를 마시는 것도 마음이 무거워지기 시작했어."

1학년 때는 남자가 여자한테 권유했지만, 현재는 여자 쪽에서 남자를 권유하고 있는 모양이다.

변하려면 변하는 법이군, 하고 생각하며 홍차를 한 모금 마시자 레이먼드가 머리를 감싸 쥐었다.

"그런데 우리는 1학년 때 겪은 게 있어서 여자애들이 어떤지 알고 있잖아. 아무래도 여자가 겉꾸리고 있을 뿐이라는 게 눈에 보인다고. 그래서 교제까지 발전하지를 않아."

난 작년에 유학 중이었기에 학원 사정을 거의 모른다. 그래서 이참에 두 명이 본 학원 상황을 듣기로 했다.

"다른 그룹은 어떻게 됐어?"

가난한 남작가 그룹의 사정은 들을 수 있었지만, 다른 그룹이 어떻게 됐는지는 여전히 모른다. 부잣집이나 지위가 높은 그룹도 많았고, 그 녀석들의 사정도 알고 싶었다.

다니엘이 불쾌하다는 얼굴로 작년의 수라장을 알려주었다.

"아주 최악이었지. 네가 유학을 간 건 오히려 다행이었어. 여기고 저기고 전부 약혼 파기라. 아비규환이라는 말이 딱이었다고."

작년에는 지옥 같은 광경이 펼쳐졌다는 듯하다.

레이먼드도 고개를 숙이며 작년의 참혹함을 이야기했다.

"우리 이외의 그룹은 약혼을 정한 사람이 많았으니까 말이야. 결혼을 서두를 필요가 없다고 해서 대부분이 약혼을 파기하고 수라장이 됐어. 매일같이 우는 여자와 마주치는 건 몹시 괴롭다고."

다니엘이 배를 손으로 눌렀다.

"속이 더부룩해질 정도로 남녀의 수라장을 봐 왔지."

아주 조금 보고 싶은 생각도 들지만, 두 사람이 이만큼 싫어한다면 안 본 게 정답이었으리라.

"대부분이 약혼 파기인가—— 어이, 그럼 밀리와 제시카는 어떻게 됐어?! 그 두 사람도 약혼 파기당했다면 곧바로 말을 거는 게 좋다고."

나는 두 사람의 말을 듣고 1학년 때 여신 취급했던 밀리와 제시카, 둘의 이름을 꺼냈다. 두 사람은 지독한 여자가 많은 가운데 가난한 남자 그룹에도 상냥했다.

그 둘의 약혼이 정해졌을 때는 남자 대부분이 울면서 축복해 줬었을 정도다.

나도 그중 한 명이다. 울지는 않았지만 둘의 행복을 빌었다.

그도 그럴 것이 엄청나게 착한 애들이었다고.

다니엘과 레이먼드도 둘을 떠올렸는지 표정이 험해졌다.

"그 아비규환 속에서도 밀리와 제시카의 약혼자들은 절대로 약혼을 파기하지 않겠다고 말했어. 하지만 그녀들에게 다가가고 싶은 남자가 어디 한둘이겠냐. 기회다 싶어서 곧바로 약혼자 놈들을 붙잡아서 호되게 사실 확인을 했지."

"아주 여럿이서 둘러싸서 묶은 다음 매달았다고."

아무래도 약혼 파기 소동을 틈타서 밀리와 제시카의 약혼 상대를 매단 모양이다.

이 녀석들도 제법 과격하구만.

나는 결과가 빤히 보였기에, 홍차를 마신 뒤에 느긋하게 입을 열었다.

"그래서, 갈라놓는 데 실패했다고."

다니엘이 테이블에 주먹을 내리쳤다.

"그 자식들, 그 둘과 절대로 헤어지지 않겠다더군! 자기를 1학년 때부터 지탱해 준 소중한 사람이니까 마지막까지 지키겠다면서 말이야! 꽃미남은 마음마저 꽃미남인 거냐!"

둘 다 부잣집 출신에 잘생긴 녀석들이었던 걸로 기억하는데, 그 와중에도 밀리나 제시카와 약혼을 파기하는 건 있을 수 없는 일이라고 단언한 모양이다. 뭐, 나라도 그렇게 말하겠지만.

원래부터 성격이 좋은 밀리와 제시카는 약혼 후에도 약혼 상대 두 명과 친밀하게 지내는 모습을 봤다.

그들도 밀리와 제시카를 버리고 새로운 상대를 찾고 싶다고는 생각지 않을 것이다.

레이먼드가 안경을 벗고 눈물을 닦았다.

"나는 밀리와 제시카가 행복하다면 그걸로 충분해."

말은 그렇게 하지만, 너도 둘을 매달았잖아?

난 밀리와 제시카가 행복한 듯해서 안심했다.

"그럼 지금 학원에는 소동 후에도 소중히 여겨지는 여자와, 그렇지 않은 여자가 있다는 거군. 명암이 확실하게 나누어졌네."

어떤 상황이건 행복을 붙잡은 여자들이 있는 것이다.

이걸로 평소 행실이 얼마나 중요한가를 알 수 있다.

약혼 파기당한 여자들에 관해서는—— 뭐, 힘내라고밖에 할 말이 없다.

다니엘이 날 보며 부럽다는 듯이 말했다.

"넌 좋겠네. 약혼 상대가 공작 영애고, 덤으로 특대생도 함께잖냐? 공화국에서는 공주님하고도 약혼했고!"

안제와 리비아, 그리고 노엘하고까지 약혼한 덕분에 나는 결혼이라는 문제에서 해방되었다. 아니, 오히려 문제인 건 이제부터인가?

레이먼드가 날 보는 눈동자에도 질투가 느껴졌다.

"아무튼, 이런 상황이라서 우리는 누구를 선택하면 좋을지 알수가 없게 됐어. 그래서 너한테 상담하러 온 거야. 뭔가 해결책이 있을까 해서."

"나한테 해결책을? 오히려 나는 작년에 학원을 떨어져 있었으니까 너희보다 사정에 어둡다고. 아, 그리고 공화국 이야기가 나와서 말인데——."

나는 두 사람에게 공화국 학원에 관해 알려주기로 했다.

"——공화국 학원은 말이다, 나 같은 녀석도 일류신사 같은 취급을 받더라. 여기서는 그게 당연한 건데, 공화국에서는 여자가 기뻐해 주더라고~."

자랑하는 식으로 이야기하자, 다니엘과 레이먼드가 이마에 핏대를 세웠다.

미소를 띠고 있기는 하지만, 나한테 상당히 화가 난 듯했다.

"그, 그건 부러운데."

"우리가 힘들 때 해외에서 혼자 즐겁게 지냈다는 거네."

부러워하는 둘을 보고 나는 우쭐해졌다.

"이야~. 귀중한 청춘을 맛봤어. 너희도 함께 유학하면 즐거웠을 텐데 말이다."

내가 도발하자 두 사람이 내게 달려들었다.

"이 자식!"

"역시 리온은 리온이야! 우리 기분도 모르고!"

두 사람한테 관절기를 당한 나는 곧바로 항복 선언을 했다.

"항복! 이제 항복!"

남자 셋이서 소란을 피우고 있자, 문을 노크하는 소리가 들렸다.

◇

방에서 나오자 바깥은 어두워지기 시작하고 있었다.

날 부르러 온 건 노엘이었다. 그녀는 제법 다급한 표정이었다. 다니엘과 레이먼드도 우리를 따라왔다.

노엘은 내 손을 잡고 서둘러 현장으로 가려고 했다.

"자, 서둘러."

"갑자기 부르기에 무슨 일인가 했는데, 단순한 싸움이잖아?"

"결과적으로는 그렇지만 왕국 사정에 자세하지 않은 내가 보아도, 그건 곤란하다고 생각해."

내가 불려 나온 이유는 학원 내에서 싸움이 일어났기 때문이었다.

물론 이게 동성끼리의 다툼이라면 노엘도 날 의지하지 않았을 것이다.

하지만 이번에는 남녀의 싸움이었다.

이전의 학원이라면 있을 수 없는 일이지만, 지금은 그렇지도 않았다.

"내가 가도 중재할 수 없다고 생각하는데 말이지. 애초에 싸움의 이유도 모르고."

의욕이 없는 내 태도에 노엘이 눈살을 찌푸리자 뒤에서 다니엘이 끼어들었다.

"리온, 너 몰랐냐? 지금의 학원은 네가 알고 있던 무렵과는 엄

93

청나게 달라."

"뭐가 다르다는 건데?"

걸으면서 뒤돌아보자 레이먼드가 자세한 사정을 알려주었다.

"우리 때와 다르게 남자가 우대받고 있어. 한 살 아래 후배들도 상당하지만, 신입생들은 더욱 지독하겠지."

"지독하다니, 뭐가?"

"우리가 1학년이었을 때의 여자 입장이 남자로 바뀌었어."

현장이 가까워짐에 따라 소란스러운 소리가 들려왔다.

구경꾼인 학생들이 둘러싸고 있는 건 서로 노려보는 신입생 남자와 여자였다. 중재에 들어간 교사도 있었지만, 서로 노려보는 둘은 교사의 말을 듣지 않았다.

그리고 또 한 명, 안제의 모습이 그곳에 있었다. 뒤에는 리비아가 서 있었다.

안제는 험악한 얼굴로 노려보는 두 사람을 중재하는 중이었다.

"너희들, 언제까지 싸울 셈이지? 이만한 소란을 일으킬 문제가 아닐 텐데."

노엘한테 끌려가 구경꾼들을 헤치며 안으로 들어가자, 여학생 쪽이 격노하는 소리가 들려왔다.

"이자를 용서하라고 말씀하시는 건가요?! 저는 잘못하지 않았사와요. 나중에 와서 제 친구를 밀친 건 이자예요!"

그녀의 친구라는 여학생은 넘어졌을 때 찰과상을 입은 듯이 보였다. 그녀는 아가씨 말투를 쓰는 여학생 뒤에서 바들바들 떨며

"이제 괜찮아" 하고 친구를 말리고 있었다.

한편 남학생 쪽은 추잡한 미소를 띠며 실실 웃고 있었다.

"내 앞을 느릿느릿 걷는 너희가 잘못한 거라고. 여자는 남자한테 길을 양보하는 게 당연하잖아?"

"뭐라고요?"

"걸레가. 그런 태도면 아내로 받아줄 사람이 없어진다고."

"! 그, 그런 협박에는 굴하지 않아요."

아가씨 말투 여학생은 그렇게 말했지만, 불안한지 시선이 이리 저리 헤매고 있었다.

나는 레이먼드가 한 말을 단번에 이해했다.

"우와~. 진짜 지독하네."

얼마 전이라면 상상도 할 수 없었던 광경에 나는 완전히 질색 하고 말았다. 불쾌한 남녀역전 현상을 봐 버렸군.

내 모습을 알아차린 리비아가 안제의 팔을 붙잡고 당기며 날 가 리켰다. 나를 발견한 안제는 작게 한숨을 내쉬며 안도했다.

안제와 리비아에게 다가가 자세한 사정을 들으려 했더니 주위 가 술렁였다.

"3학년의 리온 선배다."

"진짜 후작님이야."

"생각했던 것보다 약해 보이는데."

누구냐, 날 약해 보인다고 말한 녀석은? 난 그릇이 작은 남자 니까 나중에 루크시온한테 조사시켜서 앙갚음해 주겠어.

95

아무튼, 나는 학생들 사이에서 묘하게 눈에 띄고 있는 것 같아 거북했다.

1학년 때도 안 좋은 의미로 눈에 띄었지만, 지금의 눈빛도 묘하게 근질근질하다.

노엘이 안제한테 날 내밀었다.

"데리고 왔어."

"이제야 왔나. 리온, 미안하지만 네가 중재해다오."

안제의 부탁이니 순순히 따를 생각이지만, 이걸 어떻게 중재해야 하지?

난 일단 싸우고 있는 둘을 봤다.

"아~. 저기."

내가 말을 걸려고 하자 아가씨 말투 여학생이 한 발짝 뒷걸음질했다.

"히익!"

이유는 모르겠지만 나한테 몹시 겁을 먹은 듯 보였다. 이건 본의가 아닌데.

이래서는 이야기를 들을 수 없어서 대신 남학생 쪽을 봤더니 그는 도리어 내게 호의적이었다.

"3학년의 리온 선배군요. 저는 놀스 백작가의 오남인 마르코입니다. 선배의 소문은 이전부터 들었습니다. 썩은 학원의 풍습을 깨부순 영웅이라며 형도 칭찬했었습니다."

"그건 좋은데 말이야. 어째서 이런 장소에서 서로 노려보고 있는 거지? 조금 전에 들은 이야기로는 네가 나중에 와서 밀쳐냈다는 것 같은데, 뭔가 이유가 있어?"

뭔가 사정이 있는 건가 싶어 물어봤지만, 예상보다 지독한 대답이 돌아왔다.

"아뇨, 즐거운 듯이 수다를 떨고 있었기에 열받아서요."

"──뭐?"

"저보다 낮은 신분으로 제 앞을 걷는 게 마음에 들지 않았습니다. 이런 여자는 예의범절을 가르쳐줘야죠."

나는 잘못 들은 건가 싶어 안제에게 시선을 향했다. 안제는 내가 하고 싶은 말을 헤아렸는지, 허리에 손을 대고 고개를 끄덕였다.

"세상 물정 모르는 녀석이라는 거다."

호르파트 왕국에서는 백작가 이상의 집안이라면 예외가 있긴 해도 대부분은 상식적인 사고방식을 갖고있다.

하지만 눈앞에 있는 남학생은 바로 그 예외인 듯했다.

마르코는 내가 자기 편을 들어줄 것이라고 믿어 의심치 않는지, 내 옆에 서더니 아가씨 말투 여자를 향해 손가락으로 가리키며 선언했다.

"내게는 후작인 리온 선배가 붙어 있다고. 너희 같은 여자는 곧바로 퇴학 처분을 당하게 해줄 거다."

나는 마르코가 무슨 생각을 하고 있는지 이해할 수 없었다. 애초에 나한테 그런 권한은 없고, 할 생각도 없다.

어떻게 봐도 잘못한 건 마르코 쪽이었다.

하지만 아가씨 말투 여학생은 새파래진 얼굴로 다리가 떨리고 있었다. 내게는 아무 결정권도 없는데 마치 퇴학이 결정된 것 같은 분위기였다.

동료인 척 구는 마르코한테 나는 당연하다는 듯이 말했다.

"아니, 잘못한 건 어떻게 생각해도 너잖냐. 얼른 사과해."

하지만 내 말을 들은 마르코는 이해가 안 된다는 표정을 짓고 있었다.

"어?"

"어? 가 아니라. 네가 잘못했으니까 사과하라고. 뒤에서 갑자기 밀치다니, 뭔 생각이야?"

마르코가 갑자기 얼굴이 빨개졌고, 침을 튀기며 내게 불만을 표했다.

"웃기는 소리 마! 어째서 내가 사과해야 하지?! 나는 백작가 사람이라고!"

"신분을 따지면 중재하고 있던 안제는 공작가 사람이잖아. 왜 순순히 따르지 않았어? 자, 얼른 사과해. 벌써 밤이 됐잖냐."

주위를 보니 완전히 어두워져 있었다.

난 어째서 신학기가 시작하자마자 이런 바보를 상대하고 있는 거지?

마르코는 분노로 부들부들 떨다가 이윽고 날 향해 때리고자 덤벼들었지만, 그의 동급생이 그걸 필사적으로 막았다. 아무래도 마르코의 측근인 듯했다.

"마르코 도련님, 상대가 누구인지 보세요! 심기를 건들면 정말로 죽을지도 모른다고요! 후, 후작님 죄송했습니다. 정말로 죄송합니다. 용서해 주십시오!"

측근의 말을 듣고 냉정해진 마르코가 뒤늦게 떨면서 사과했다.

"──죄송했습니다. 저, 저기, 돈은 곧바로 마련할 테니, 부디 목숨만큼은 살려 주십시오. 보, 본가에도 부탁해서 준비할 수 있는 대로 돈을 마련하겠으니."

"아니, 사과는 내게 할 게 아니라……."

어째서 이렇게나 겁먹고 있는 걸까? 그렇게 생각했더니, 주위에서 마르코를 비웃는 목소리가 들려왔다.

"아~아, 저질렀네."

"후작님께 싸움을 걸었다간 끝장이지."

"저 녀석이 먼저 퇴학당하겠네."

다들 날 어떻게 생각하는 건지 신경 쓰이면서도, 그들이 하는 말들이 어째서인지 불쾌하게 느껴졌다.

그러자 내 낌새를 알아차린 안제가 먼저 내게 말을 걸었다.

"네가 와 준 덕분에 살았다. 나머지는 내가 할 테니 먼저 방으로 돌아가다오. 자세한 사정은 나중에 이야기하지."

"그, 그래……."

◇

같은 날 밤.

안제가 혼자 내 방을 찾아왔다.

내가 방으로 들이고 마실 것을 내어 주자 의자에 앉은 안제가 컵을 들고 조금 전 일의 자세한 사정을 이야기해 주었다.

"영웅이란 적뿐만 아니라 아군에게서도 외포(畏怖) 받는 존재다. 네가 생각하는 것보다 네 영향력이 크다는 거지. 나도 공작가 사람이지만 너는 후작이면서 나라의 영웅이다. 학생들의 반응을 봤지? 지금의 너는 나 이상의 영향력을 가지고 있다."

"루크시온의 힘을 빌린 가짜지만 말이야."

가볍게 농담한 내 모습을 보고 안제는 슬픈 듯이 미소 짓고 있었다.

이야기를 듣고 있던 루크시온이 안제에게 의문을 던졌다.

『백작가의 오남은 제법 귀족 사회에 어두운 모양이군요. 공작 영애인 안젤리카의 중재를 무시하다니 의외입니다. 그게 아니면, 안젤리카의 권한이 저하된 것일까요?』

안제의 영향력이 떨어졌다는 발언에 나는 루크시온을 나무랐다.

"말이 지나치다고. 딱 보기에도 바보 같아 보이는 녀석이었으니 세상 물정을 모르는 것뿐이겠지."

『학원 전체에서 그 세상 물정 모르는 녀석이 증가하는 경향을 보입니다.』

"──그런 거야?"

루크시온한테서 안제 쪽으로 시선을 옮기자, 안제는 멍청한 남자가 늘어난 이유를 알려주었다.

"귀족의 남녀 성비를 알고 있겠지? 남성이 적어 여성은 결혼이 어려워진 상태다. 말하자면 남성 우위 사회로 변한 것인데, 그걸 알게 된 일부 남자들의 태도가 나빠졌다. 작년에는 이 정도로 심하지 않았으니, 올해부터 그런 남자가 늘어났다고 봐야겠지."

"백작가 이상 집안은 비교적 정상이지 않았어?"

"마르코는 오남이다. 놀스 백작가는 적남이 착실하고, 차남부터 사남까지도 우수했다고 들었다."

그것만 듣고 루크시온은 납득한 모양이다.

『이미 예비의 예비도 존재하고, 오남이 가문을 이을 일도 없다. 그 때문에 교육을 대충 한 것이겠지요.』

"막내를 오냐오냐한 결과겠지. 사남까지는 우수했던 게 괜히 더 아쉬울 따름이다."

귀족 사회에 밝은 안제 덕분에 나도 왠지 모르게 이해됐다.

세상 물정 모르는 도련님 때문에 괜한 민폐 행위에 말려들고 말았다.

마르코의 태도는 지금 떠올려도 지독하다.

"세상 물정 모르는 건 조금 고쳤으면 좋겠네. 내가 명령하면 퇴학시킬 수 있다니, 대체 뭘 생각을 하는 건지."

『안젤리카, 마스터의 권한을 사용하면 그 여학생을 퇴학시킬 수 있었습니까?』

루크시온이 무슨 생각인지, 마르코가 한 말이 나한테 가능했는지를 물었다. 그런 게 가능할 리가 없을 텐데.

그러나 안제는 컵을 내려놓고 턱에 손을 대며 생각에 잠겼다.

"정규 절차로는 어렵지만, 간접적으로는 가능하겠지. 그 여자애는 자작가 출신이니, 리온이 바라면 퇴학시킬 수 있어."

안제의 대답을 듣고 나는 굳어 버렸다.

"아니, 무리래도. 학원장은 스승님이야. 그런 걸 절대로 용납하지 않으실 거라고."

지금의 학원장은 내 스승님이다. 완벽신사인 스승님이 거의 생트집에 가까운 이유로 여학생을 퇴학시키는 일 따위는 있을 수 없다.

하지만 안제는 내게 "너는 무르군"이라고 말한 뒤 퇴학 방법을 이야기했다.

"학원장이 보기에는 신입생 여학생과 너는 신용도가 다르다. 네가 그럴듯한 증거를 날조해서 퇴학을 요구하면 큰 의심 없이 허가를 내리겠지."

"스승님의 신뢰를 이용한다니, 절대로 있을 수 없어!"

내가 즉답하자 안제는 심기가 복잡해 보이는 표정을 지어 보였다. 날 타박하는 듯한, 그러면서도 어딘가 안도하는 듯한 얼굴이다.

"학원장이 여성이 아닌 게 행운이군. 여성이었다면 리온은 우리를 버리면서까지 학원장을 선택했을 거다."

"아니, 그렇지는 않겠지. 난 성별에 상관없이 스승님의 차(茶)에 반한 거라고!"

오해를 풀려고 했는데 안제의 시선이 한층 험악해졌다.

"──그런 걸로 쳐 두마."

"어, 어째서 화내고 있는 거야?"

도움을 요청하는 것처럼 루크시온에게 시선을 향했지만, 외눈을 가로젓고 있었다.

『평소 행실이 좋지 못하니까 신용을 얻지 못하는 겁니다. 차보다 먼저 여자 마음을 더 공부하는 게 어떻습니까?』

어째서 나는 인공지능한테서 여심에 관해 설교받고 있는 걸까?

안제는 작게 한숨을 내쉰 뒤 내 얼굴을 바라봤다.

"리온, 너는 네가 생각하는 것보다도 왕국에서 강한 영향력을 지니고 있다. 라셀이 네게 현상금을 건 이야기는 알고 있겠지? 500만 디아라니, 지금까지 전례가 없었던 금액이다. 녀석들은 너를 국가의 적으로 인정한 거다."

"최악이군. 나는 가능한 한 피해가 나오지 않도록 한 건데."

"너의 상냥함은 나도 바람직하게 생각하지만, 그걸 모욕으로 받아들이는 인간이 많으니까. 그건 그렇고, 남녀의 입장이 역전되었을 뿐이라니, 정말이지 한심한 결과로군."

이전은 남자가 시달렸고 지금은 여자가 시달림을 받고 있다.

결과적으로 학원의 상황은 변하지 않았거나, 악화했다고 말할 수 있으리라.

다만, 루크시온은 처음부터 이런 결과를 예상했던 모양이었다.

『제 관점에서 말씀드리자면 이 결과는 상정했던 범위 내의 일입니다.』

루크시온은 처음부터 마르코 같은 존재가 나타나리라고 예상했던 듯하다.

득의에 찬 기색으로 말하는 루크시온을 보고 있자, 나는 꽤씀한 기분이 들기 시작했다.

"알고 있었으면 알리라고."

『저는 의견을 요구받지 않았습니다.』

단호한 루크시온의 말에 내가 대꾸하지 못하고 있자, 진지한 표정을 짓고 있던 안제가 미소를 지었다. 우리의 대화를 보고 재미있었던 모양이다.

"너희를 보고 있으면 안심이 되는군. 뭐 일단 리온이 여학생을 감쌌으니 남학생들도 조금은 침착해질 거다."

내 말만으로 문제가 해결되리라고는 생각지 않지만, 생각했던 것 이상으로 학원 상황이 심각해졌군. 아니, 변하지 않은 건가?

★제04화「조사」

신입생도 학원에서의 생활에 익숙해졌을 무렵.

핀리는 휴일에 부유섬 항구에 와 있었다.

일부러 왕도 근처에 떠 있는 이 섬의 항구로 온 것은 본가에서 도착한 편지가 원인이었다.

핀리는 약속 장소에서 언니인 제나가 보낸 편지를 펼쳤다.

거기에는「볼일이 있어서 왕도로 갈 거니까 마중 잘 부탁해」라고 적혀 있었다.

핀리는 벤치에 앉아 제나를 기다리며 깊은 한숨을 내쉬었다.

"왜 내가 귀중한 휴일을 쓰면서 일부러 언니를 마중 나와야 하는 거야."

휴일이 사라지는 게 불만이었으나, 한편으로는 제나와 만나는 걸 약간 기대하고 있었다.

학원 생활은 어느 정도 익숙해졌지만, 그만큼 집을 떠올리는 때도 늘어났다.

핀리는 절대로 인정하지 않겠지만, 가벼운 향수병이었다.

비행선 트랩에서 제나가 내려오자 그 뒤에서 두 명 분량의 짐을 든 카일이 따라 내렸다.

"오랜만의 왕도다~!"

감동하는 제나 뒤쪽에서 짐을 품에 안은 카일이 어처구니없다는 표정을 지었다.

"이쪽에서 볼일을 끝마치는 걸 잊지 마세요."

"안 까먹었어."

제나가 핀리를 알아차리고는 크게 손을 흔들었다. 핀리는 벤치에서 일어나 작게 손을 흔들었다.

'우와~. 눈에 띄네.'

카일을 대동한 제나에게 주위 시선이 쏠렸다.

이유는 전속 사용인이라는 제도가 거의 폐지되었기 때문이다. 숨어서 아인종 노예를 둔 여성도 있지만, 당당히 데리고 다니는 사람은 줄어들고 있었다.

그래서 괜히 더 제나는 눈에 띄었다.

제나도 주위 시선을 알아챘지만, 무시하고 핀리에게 다가가더니 껴안았다.

"보고 싶었어, 핀리!"

"놔줘. 그것보다 용케 엄마랑 아빠가 왕도에 오는 걸 허락했네."

"한 달 동안 필사적으로 일했더니 기회를 줬어. 둘 다 의외로 쉽다니까."

제나의 그런 대사에 핀리는 기가 막혔다.

"그렇게 우쭐대고 있으면 어디선가 실수를 저지를걸."

"그건 절대로 싫어! 그건 그렇고 너도 슬슬 다회의 계절 아니야? 남자한테서 권유받았어?"

제나는 히죽히죽 웃으며 팔꿈치로 핀리를 쿡쿡 찔렀다.

제나는 놀릴 생각인 것 같지만, 핀리는 어깨를 으쓱였다.

"언니가 학원에 다닐 때랑은 달라. 5월의 다회는 여전히 남아 있지만, 연애 관련은 아니야. 정말로 남자랑 차를 마실 뿐이야."

"어, 그래?"

"애초에 여자도 다회를 열라는 말을 듣는다고. 나는 오빠의 도움을 받을 예정이지만."

"아~ 리온은 차에 시끄럽단 말이지. 별 대단한 것 없는데도 잘난 듯이 행동하고, 정말로 성격 나쁜 바보 동생이야."

"그렇지?! 게다가 통금 시간은 반드시 지키라든가, 여하간 시끄러워서 견딜 수가 없어."

제나는 자신의 학창 시절과 지금을 비교하고 너무나도 변한 모습에 놀랐다.

"학원도 꽤 변했네. 지금의 학원장은 예전 매너 강사였던가? 여자가 남자를 다회에 권한다니, 의미를 모르겠네."

"난 어느 쪽이든 괜찮은 것 같아. 친구를 권해도 좋으니까, 꼭 뭔가 하라고 하더라."

"괜히 더 의미를 모르겠는데. 만남도 없는 다회라니, 단순한 시간 때우기 아냐?"

그러자 둘의 대화를 듣고 있던 카일이 얼른 가자는 듯이 끼어들었다.

"저로서는 어느 쪽이든 상관없지만 말이에요. 하아, 주인님이랑 다른 사람들은 건강히 잘 지내고 있으려나요?"

이 자리에 없는 마리에와 다른 사람들을 걱정하는 카일에게 핀리는 문제없다고 알려주었다.

"학원에서는 조금 붕 떠 있지만, 문제없는 것 같아."

"조금 붕 떠 있는 거라면 평소대로네요. 그 말을 듣고 안심했어요."

카일이 안도하자 마침 트랩에서 핀리의 오빠인 닉스가【도로테아 포우 로즈블레이드】의 손을 이끌며 내려왔다.

둘의 모습을 본 핀리는 곧장 제나에게 무슨 일인지 물었다.

"어째서 저 둘도 있는 거야?"

"여러 가지로 물건을 사러 온 거야."

처음에는 신경 쓰지 않았는데, 지금 보니 제나 일행이 타고 있던 건 발트파르트 가문이 소유한 것 중 가장 큰 비행 전함이었다.

닉스가 가까이 다가와 핀리에게 말을 걸었다.

"오랜만이구나. 건강해 보여서 안심했다. 리온이 소동을 일으키지는 않았겠지?"

몸의 안전보다도 성가신 일을 일으키지 않았나 걱정 당하는 리온이었다.

"살금살금 움직이고 있는 것 말고는 얌전해. 나도 오빠 덕분에 비교적 평온한 학원 생활을 보내고 있어."

리온의 여동생이라는 점만으로도 주위가 쓸데없는 짓을 하지 않는 건 핀리에게도 고마운 일이었다.

"뭐, 이상한 것도 달라붙지만 말이야."

"이상한 거라니?"

닉스가 고개를 갸웃하자, 옆에 서 있는 도로테아가 검지를 세우며 설명했다.

"환심을 사서 빌붙으려는 자들이에요, 닉스 님. 리온 군은 정말로 인기인이네요."

거기서 핀리의 이름이 나오지 않는 건 주위가 핀리를 통해 리온을 보고 있기 때문이다. 핀리한테는 그것이 열받는 일이었다.

부루퉁해진 여동생을 본 닉스는 화제를 바꾸었다.

"리온이야 그렇다 치고, 네가 신경 쓰이는 남자는 없냐?"

그 말에 핀리는 평소 대화하는 오스칼의 얼굴을 떠올렸다. 정말로 바보 같은 남자지만, 미워할 수 없는 좋은 녀석이다.

"한 명 있지만, 걔는 친구 같은 거야."

"친구라도 있는 게 어디냐."

핀리 일행은 그대로 대화를 나누며 이동하여 왕도로 향했다.

휴일의 학원 교사.

많은 학생이 휴일을 즐기고 있어서 교사에 인기척은 적었다.

지금 학원에 있는 건 이유가 있어서 등교한 학생이거나, 교직원이 대부분이다.

그런 인기척 적은 교사의 도서실에 마리에는 살금살금 숨어들어 있었다.

"왜 내가 이런 짓을……."

마리에의 목적은 특정 인물들의 조사였다.

리온한테서 주인공인 미아와 악역 왕녀 에리카, 이 두 사람에 대한 조사를 지시받았다.

마리에 옆에는 크레아레의 모습도 있었다.

『어쩔 수 없잖아. 마스터랑 루크시온은 학원 밖에서 조사를 개시했으니까.』

"아~, 연속 살인사건을 쫓고 있던가? 탐정 흉내를 낼 시간이 있으면 학원 내부 조사를 우선했으면 하는데."

마리에는 타깃에게 접근하기 위해 몸을 숙이고 발소리를 지운 채 이동했다.

"애초에 오빠는 현상금이 걸려 있지? 바깥을 돌아다니는 편이 위험한 거 아냐?"

『루크시온이 있으니까 괜찮아──라고는 말할 수 없는 상황이구나. 그래도 그 녀석의 본체도 왕도 근처에 대기하고 있고, 아로간츠는 언제든 움직일 수 있는 상태로 해 놨어.』

"흉흉하지만 안심이네. 그 탓에 나 혼자 주인공과 악역 왕녀를 조사하게 됐지만. 그 수호 기사한테는 절대로 접근하지 말라고 단단히 주의를 받았고."

『마스터가 경계하고 있었지.』

마리에와 크레아레는 타깃을 향해 가까이 다가가다가 근처 책장 뒤편에서 남녀의 목소리가 들려 움직임을 멈췄다.

아무래도 같은 책을 손에 잡으려다가 손이 서로 맞닿고 만 모양이었다.

"실례했다."

"아뇨, 이쪽이야말로 실례했습니다."

마리에는 마치 이벤트 같은 만남을 이룬 두 사람이 부러워져 살며시 얼굴을 내밀어 엿봤다.

"도서실에서 만남 이벤트라니, 마치 주인고──읏?!"

책장과 책장 사이로 난 통로에서 제이크와 한 여학생이 서로 마주 보고 있었다. 여학생은 평균보다 키가 약간 작은 제이크가 올려다봐야할 정도로 키가 컸다.

구석구석까지 손질이 잘 된 윤기 있는 아름다운 갈색 머리카락은 허리까지 닿는 길이였고, 몸매도 좋으며 자세도 좋았다. 무언가 무술을 익혔는지 중심이 잘 잡혀 있었다.

제이크는 여학생을 올려다보며 손에 든 책을 상대에게 밀어붙였다.

"나는 다른 책을 찾으마."

"아뇨, 그건 제가 죄송한걸요. 게다가 저도 급한 건 아니니까 괜찮아요."

여학생이 정중하게 대답하자, 그녀를 바라보던 제이크는 약간 놀란 얼굴이 되었다.

"──무술 소양이 있는 듯했기에 거친 녀석이려나 싶었는데, 체격에 걸맞지 않게 마음이 약한 모양이군. 그만한 키와 체격이라면 제법 강할 것같다만?"

제이크가 거리낌 없이 말하자 여학생은 조금 놀라면서도 부끄러운 듯이 대답했다.

"실은 키가 큰 건 신경 쓰고 있어요. 귀엽지 않으니까요."

키를 신경 쓰고 있다는 여학생의 말에 제이크는 정신이 번쩍 들어 사과했다.

"아, 미안했다. 나는 네 체격이 좋아서 부럽다고만 생각했는데, 여자에게는 실례인 말이었군. 용서해 주었으면 한다. ──나는 제이크라고 한다. 너는?"

여학생은 난처한 듯이 미소 짓고는 정중하게 인사했다.

"2학년인 아론이에요. ──친한 사람들한테서는 아레라 불리고 있답니다, 제이크 전하."

"날 알고 있었나. 그나저나 아론이라……. 음, 아레 쪽이 잘 어울리는군. 나도 그리 부르게 해줬으면 한다만, 어떻지?"

상대가 선배인데도 제이크의 태도는 변하지 않았다. 원래는 실례이지만, 본인은 이게 자연스러우며 당연하다는 태도였다.

그에 대해 아론──【아레】는 아무 말도 하지 않고 미소 짓고 있었다.

"모쪼록 부탁드리겠습니다."

"내 태도에 화를 낼 줄 알았다만── 훗, 너는 재미있는 여자군.

마음에 들었다. 너도 날 제이크라고 불러라. 전하는 필요 없어.”

"그, 그건 안 돼요.”

"내가 정한 일이다. 지키지 않으면 불경죄를 묻겠다.”

경칭을 생략하지 않으면 불경죄에 처하겠다는 터무니없는 말에, 아레는 마지못해 납득했다.

이들의 대화를 들은 크레아레가 분개했다.

『아론이 아레? 리비아가 붙여 준 내 애칭이랑 똑같잖아! 이건 용납 못 해, 무조건 항의할 테야.』

한편 마리에는 핏기가 가셔 얼굴이 새파래져 있었다.

"이거—— 제이크 전하의 조우 이벤트잖아!”

마리에는 그들의 대화로 뒤늦게 이벤트 장면을 떠올렸다.

이 장면이 주인공과 제이크가 서로 알게 됐을 때 발생하는 대화와 몹시 비슷했기 때문이다.

하지만 실제 대화 상대는 문제가 많았다.

"어째서 공략 대상끼리 이벤트를 소화하는 거야!”

터무니없는 전개에 마리에가 여기 온 목적을 잊고 머리를 감싸쥐며 몸부림치고 있자니, 누군가가 자신에게 말을 걸었다.

"무슨 일 있으신가요?”

"어?”

마리에에게 말을 건 사람은 조사 대상 중 한 명—— 악역 왕녀 에리카였다. 아무래도 마리에를 걱정하여 말을 건 모양이었다. 어느샌가 크레아레는 모습을 감춘 상태였다.

마리에는 자신을 바라보는 에리카의 얼굴이 어쩐지 기억 속 인상보다 온화하게 느껴졌다.

마리에는 황급히 일어섰다.

"아, 아무것도 아니야. 머리가 좀 아팠던 것뿐이니까."

"그건 괜찮지 않아요."

"이제 괜찮아. 여러 가지로 받아들일 수 없는 일이 잇달아 일어나서 패닉에 빠진 것뿐이니까. 걱정할 필요 없어."

억지 미소로 이 자리를 타개하려는 마리에를 보고, 에리카는 고개를 살짝 갸웃하며 미소 지었다.

"그런가요. 그래도 도서실에서는 조용히 하는 편이 좋다고 생각해요, 마리에 선배."

"……날 알아?"

어째서 자기를 알고 있는 것인가? 마리에의 등에 식은땀이 흘렀다.

에리카는 쿡쿡 웃고는 이유를 말했다.

"이래 보여도 왕녀이니까요. 성녀님에 대해서도 알고 있어요. 그…… 오라버니가 무척 신세를 지고 있다는 것도요."

듣고 보니 에리카는 왕족이기에 마리에가 벌인 일을 알고 있어도 이상하지 않았다.

마리에는 "아, 아하하하, 이쪽이야말로 신세 지고 있어요"라고 인사했다.

그때 제이크와 아레(아론)이 마리에 쪽으로 다가왔다. 제이크는 에리카를 보자마자 귀찮은 녀석을 만났다는 표정이 되었다.

마리에는 두 사람이 맞닥뜨린 것에 안 좋은 예감이 들었다.

'곤란하네. 이 둘, 게임에서는 사이가 나쁘단 말이지.'

"뭐야, 여기 있었냐."

"오라버니도 도서실에 계셨군요."

"오라버니라고 부르지 마라. 고작 생일이 몇 달 차이 날 뿐이 잖냐."

"그래도 오라버니는 오라버니예요."

제이크는 배다른 남매인 에리카를 껄끄럽게 여기는 듯했다. 다만 제이크에게 마리에가 생각했던 강한 경계심은 없었고, 애초에 두 사람의 모습도 게임에서 봤던 이미지와는 크게 달랐다.

그 모습을 보고 마리에는 한층 혼란스러워졌다.

'어떻게 된 거야? 제이크 전하는 에리카의 나쁜 성격을 어느 정도 눈치채고 있었지? 그래서 경계하고 있었을 텐데.'

◇

나는 밤의 왕도를 사복 차림으로 걸으며, 모습을 감춘 채 옆에 있는 루크시온에게 작은 목소리로 말을 걸었다.

"누나 녀석은 뭘 생각으로 왕도에 온 거야? 얌전히 본가에 있으면 좋을 것을."

『결혼 상대를 찾겠다고 말하고 계셨죠. 제가 유전자적으로 최고의 파트너를 찾아드릴까요?』

"누나가 보는 건 상대의 외모와 재산뿐이라고."

『예로부터 능력이 있다는 건 중요한 요소입니다. 그만큼 우수하다는 증거이기도 합니다. 제가 곁에 있기에 더할 나위 없이 유능한 마스터한테 여성이 그다지 다가오지 않는 건 문제라고 생각하지만요. 능력 이외에 문제가 있는 것 아닙니까?』

변함없이 마스터한테 신랄한 녀석이다.

"약혼자가 세 명이나 있다면 충분하고도 넘칠 정도잖냐. 이 이상은 사치라는 거다. 겸허한 마스터를 둬서 기쁘지?"

『겸허한 인간은 약혼자를 세 명이나 만들지 않겠지만요──. 마스터, 사건 발생입니다.』

"또냐."

루크시온의 유도에 따라 사건 현장으로 가니 그곳에 인파가 생겨나 있었다.

왕도 순찰을 강화했는지 이미 등불을 든 병사들이 천을 덮어씌운 시체 주위에 서 있었다.

"또 관리냐고."

"위쪽 녀석들이 또 시끄럽게 떠들어 대겠구만."

구경꾼을 뚫고 가까이 다가갈 수 있는 분위기가 아니었기에, 정보 수집은 광학 미채로 모습을 감춘 루크시온을 의지했다.

다만, 그런 루크시온도 마장의 방해로 인해 정보 수집 능력이 저하된 상태였다.

"이걸로 일곱 건째인가."

『피해자는 지금까지와 마찬가지로 최근에 출세한 관리군요. 마장을 사용한 흔적이 있습니다.』

일부러 현장에 나왔는데 새로운 정보를 손에 넣지 못해 진전이 없었다.

"정말로 집요하게 근래 출세한 관리만 노리고 있군."

『저로서는 마장을 사용하는 게 더 수수께끼군요. 어디서 손에 넣은 것일까요?』

나는 마장을 사용한 흑기사 할아범이나 세르주를 떠올리고는 고개를 가로저었다. 그런 건 인간이 써도 될 물건이 아니다.

"그런 게 근방에 널려 있다고는 생각하고 싶지 않군."

『당연합니다. 존재하는 것만으로도 용서할 수 없습니다.』

마장에 강한 혐오감을 지닌 루크시온은 이 사건에 관해서 적극적으로 협력했다.

처참한 사건 현장에서 떠나는 순간, 어떤 인물과 엇갈렸다.

황급히 뒤돌아보자 상대도 날 알아차렸는지 멈춰 서서 상반신만을 이쪽으로 향했다. 제법 놀란 표정을 짓고 있지만, 그건 나도 마찬가지였다.

"제국의 수호 기사가 어째서 이곳에 있지?"

내가 물어보자, 헤링 녀석은 날 경계하며 대답했다.

"왕도의 상황을 보고 싶었던 것뿐이다. 관광이야. 그런데 너와 사건 현장에서 조우하는 건 이걸로 두 번째군."

나보다 수상한 남자가 무슨 말을 하는 거지.

"기묘한 우연인데. 나도 그 생각을 했어."

그 여성향 게임 3탄에 존재하지 않는 수호 기사를 사건 현장에서 두 번이나 만나다니, 몹시 수상하다.

하지만 증거가 없기에 나는 일단 물러났다. 여기서 어설프게 적대했다가 세르주 같은 결과가 되는 것만큼은 사절이다.

우선은 철저하게 조사하도록 하자.

"관광이라면 더 유명한 장소가 있다고. 거기 가는 건 어때?"

그렇게 말하고는 이 자리를 떠나려 하자,

"──그러도록 하지."

헤링도 떠나갔다.

현장에서 상당히 떨어졌을 때, 루크시온이 내게 경고했다. 헤링을 상당히 경계하는 기색을 보였다.

『마스터, 저 헤링이라는 남자는 위험합니다. 미세하게 마장의 반응이 느껴집니다.』

"그 녀석이 범인인가?"

『그럴 가능성이 큽니다. 신성 마법 제국은 신성 왕국과 오래전부터 관계가 있었으니까요.』

둘 다 국명에 신성이라는 말이 붙어 있으니 확실히 비슷하다고는 생각했지만. 그렇게 오래전부터 관계가 있었던가? ──아, 그러고 보니 수업에서 배웠던 것 같기도 하고.

나로서는 라셀 신성 왕국은 밀렌 씨의 적! 이라고밖에 생각하지 않았다.

"수업에서 그런 말을 들었던 것 같군."

『――모르셨던 겁니까?』

마장의 반응을 감지한 루크시온은 헤링에게 최대한의 경계를 보였다.

"그 녀석의 목적도 조사하고 싶군. 무슨 생각으로 이런 사건을 일으키고 있는 건지."

『마장에 논리를 요구하는 건 잘못입니다. 마스터, 녀석들은 신인류의 병기이자 이 세계를 멸망시킨 원흉입니다. 생각해 봤자 헛수고입니다. 이 자리에서 제 본체와 아로간츠의 사용 허가를 내려 주십시오.』

"각하다. 왕도를 허허벌판으로 만들 셈이냐?"

인공지능 주제에 마장이 연관되면 금세 감정적으로 변하는 녀석이다.

하지만 내가 봐도 헤링은 수상했다.

"――루크시온. 안제와 리비아, 노엘, 마리에한테 통금 시간은 반드시 지키게 시켜. 그리고 밤에는 가능한 방에서 나오지 말라고도 덧붙여 둬."

『잘 알겠습니다.』

심야의 학원에 여성 한 명이 침입했다.

여성이 찾아간 곳은 도구 등이 보관된 헛간으로, 그녀가 오자 문이 열렸다.

방 안에 들어간 여성은 가득한 먼지에 손수건으로 입가를 누르고 자기도 모르게 눈살을 찌푸렸다. 정원을 손질하는 도구가 놓인 방은 빈말로라도 깔끔하다고는 말할 수 없었다.

"좀 더 쾌적한 장소를 준비할 수 없었어?"

여성—— 메르세가 동생인 루트아트더러 센스가 없다며 타박했다.

때문은 작업복 차림인 루트아트는 하루하루의 일로 바빠서 짜증이 나 있었다. 익숙지 않은 일을 하면서 불만이 쌓인 탓에 어조도 거칠어졌다.

"직원한테 그런 권한이 있겠냐. 기왕이면 사무직으로 잠입하고 싶었다고. 흙을 다루다니, 나한테 어울리는 일이 아니야."

루트아트는 숙녀의 숲이 손을 써서 학원에 직원으로 잠입하여 학원의 정보 수집이나 공작 등을 맡고 있었다.

하지만 잘 풀리지 않고 있는 모양이다.

"일해본 적도 없는 주제에."

"시, 시끄러워! 나한테 어울리는 일이 있으면 반드시 활약할 거라고. 원래는 내가 더 후작에 걸맞은데."

메르세는 리온과 자신의 처지를 비교하여 질투하는 루트아트의 모습을 차가운 눈으로 바라보았다. 누나가 봐도 동생한테 그만한 재각(才覺)은 없었다.

"나도 그 쓰레기 녀석이 싫지만, 네가 그 녀석한테 이길 수 있을 리 없잖아. 닉스한테도 지고 있으면서 무슨."

"지, 지지 않았어! 계획이 성공하면 이 내가 그 녀석들의 모든 것을 빼앗아 후작이 되겠어!"

강한 척하는 루트아트한테 메르세는 흥미 없다는 듯이 굴었다.

"그럼 어디 한껏 열심히 해봐. 그것보다도 역할은 제대로 완수할 수 있는 거지? 실패는 용납되지 않아."

"여자를 납치하는 것뿐이잖아? 나도 그 정도는 할 수 있어."

"실패하면 안 된다고 가비노 님도 말씀하셨어. 우리가 원래 생활로 돌아가기 위해서도 말이야."

"당연해. 이런 취급은 잘못됐다고."

자기들은 잘못하지 않았다. 그렇게 생각하여 두 사람은 라셀 신성 왕국의 지원을 받아 왕도에서 암약을 계속하고 있었다.

◇

"공략 대상이 공략 대상을 공략했다? 야, 이제 뭐가 뭔지 모르겠고, 나는 이해하고 싶지도 않아. 그만 좀 봐줘. 내가 뭘 했다고 이러는 거야."

학원에 돌아온 나는 마리에로부터 보고를 받고 머리를 감싸 쥐었다.

무슨 이유에서인지 아론, 아니, 아레―― 이래서는 크레아레의 애칭이랑 겹치니까 아레 쨩이면 되나? 아레 쨩이 제이크 전하와 만남 이벤트를 일으키고 말았다.

공략 대상끼리 좋은 느낌이 된다니, 누가 예상이나 했을까?

마리에도 나와 마찬가지로 이 머리 아픈 문제에 이마를 손으로 누르고 있었다.

"나도 몰라. 이제 생각하고 싶지 않아. 이걸로 미아의 연인 후보가 단숨에 두 명이나 탈락이라니 웃을 수 없다구."

"너희들 때문이라고. 공략 대상을 여자로 만든다니, 머리가 이상하잖냐."

"나도 이렇게 될 줄 알았으면 여자애로 안 만들었어! 전부 크레아레가 나쁜 거야!"

『마리에, 너무해!』

서로 헐뜯는 우리를 보고 루크시온이 기막혀했다.

『정말로 진보가 없는 사람들이군요. 아예 차라리 이쪽에서 미아와 공략 대상의 관계를 주선하는 건 어떻습니까?』

루크시온의 제안이 옳은 기분도 들지만, 나한테는 불가능했다.

"――아니, 그건 그만두겠어."

무리하게 제이크 전하와 미아를 대면시켜도 좋지만, 개입함으로써 쓸데없는 문제가 발생하는 건 피하고 싶었다.

인제 와서 새삼스럽다는 느낌도 들지만, 이 이상의 이레귤러는 우리로서도 좀 봐줬으면 하는 기분이다.

게다가 공화국에서는 노엘 건도 있었다.

전생자인 여동생 렐리아가 억지로 노엘과 로이크를 사귀게 하려고 했던 결과, 터무니없는 결과가 되었으니까 말이지.

우리가 같은 짓을 하지 않는다는 보장도 없으니 흐름에 맡기기로 했다.

게다가 최대의 걱정거리인 최종 보스는 우리가 이미 쓰러뜨린 후다.

나와 루크시온, 그리고 마리에와 크레아레는 수풀에 숨어 서로 얼굴을 맞댄 채 이후의 일에 관해 상담했다.

"화제를 바꿀까. ──바깥 상황 말이다만, 일곱 번째 사건이 발생했다."

"또야? 오빠도 나다니지 않는 편이 좋아. 살인귀가 무섭지도 않아?"

"안심해라. 나도 살인귀니까."

사람을 죽인 숫자로 말하자면 이번 사건 따위는 나에게 비할 것도 못 된다. 그래서 전장에 나가서 수많은 사람을 죽인 내 쪽이 살인귀에 걸맞다는, 블랙 조크로 말하려던 심산이었는데…….

엷은 미소를 띤 내게 마리에가 화를 내며 고개를 돌렸다.

"이상한 농담은 하지 마."

"미안. 뭐, 우리 쪽은 괜찮아. 일부러 내보이는 것처럼 돌아다니고 있으니까. 그것보다 너희야말로 학원 안이라고 해서 안심하지 마라."

학원 안팎으로 위험이 많다.

학원 내의 경비를 담당하는 크레아레가 맡겨달라고 말했다.

『그쪽은 내가 어떻게든 할게. 그것보다도 마장은 루크시온이 대처해. 나로는 맞설 수 없어.』

전원의 시선이 루크시온에게 향하자 본인은 의욕을 내보였다.

『맡겨 주십시오. 신인류의 유물은 전부 소멸시키겠습니다.』

믿음직하지만 조금 무섭네.

◇

5월 다회.

내게는 오랜만의 행사지만, 내용은 크게 바뀌어 있었다.

이전에는 남자가 초대하는 쪽이었는데 올해부터 남녀 상관없이 초대할 수 있게 되었다.

나는 차를 널리 퍼뜨린다는 스승님의 숭고한 목적에 감명받아 적극적으로 참가하기 위해 핀리의 다회에도 참견하는 중이었다.

"너는 차를 뭐라고 생각하는 거냐!"

"히익?!"

핀리가 준비한 홍차를 마신 나는 잘못된 점을 지적했다. 아니, 그렇다기보다 애초에 잘못된 점밖에 없었다.

"전부 다 글렀어. 그저 준비하기면 하면 된다는 네 경박한 감정이 차에서 배어 나오고 있다고. 게다가 다과도 꽝이야. 조합을 전혀 이해하지 못하고 있어. 처음부터 다시 준비해."

"그렇게까지 화낼 거 없잖아!"

"네가 이상한 다회를 열면 나까지 신용이 떨어지잖냐."

"오빠는 자기 다회만 신경 쓰면 되잖아!"

"나는 4월부터 준비하고 있으니까 문제없어."

"뭐야, 그게. 도리어 무서워. 평소엔 뭐든 건성인 주제에, 어째서 그렇게 차에 집착하는 거야?"

"됐으니까 다시 해."

기력이 쭉 빠진 핀리는 어깨를 떨구고 다시 차를 준비하기 위해 주방으로 향했다.

그런 핀리를 왜 이 자리에 있는지 모를 오스칼이 격려했다.

"파이팅입니다, 핀리 양."

같이 핀리가 준비한 홍차나 과자를 먹고 마신 이 남자는 이 자리에 있는 게 자연스럽다는 듯한 기색이었다.

"오스칼, 어째서 네가 여기에 있지? 넌 제이크 전하의 젖형제잖아? 자리를 비워도 괜찮은 거냐?"

나는 질크처럼 전하 곁에 있으라고 에둘러서 말했지만, 눈치가 없는 오스칼에게는 무의미했다.

"마음 씀씀이 감사합니다. 하지만 지금의 전하는 아레 양과의 시간을 소중히 하고 싶으신 것 같습니다. 젖형제로서 두 사람의 방해를 할 수는 없습니다."

눈치는 없지만, 근본은 좋은 녀석이군.

율리우스가 질크와 바꾸고 싶어 하는 것도 납득이 간다.

하지만 말이다── 부탁이니까 너는 자기가 공략 대상 중 한 명이라는 자각을 가져 줘! 아니, 이쪽의 제멋대로인 요청이지만 말이야!

"핀리와 사이가 좋아 보이네. 그── 사귀고 있는 건 아니지?"

슬쩍 떠보자, 오스칼이 아주 싫지만도 않은 표정을 지었다.

"친근하게 대해 주고 있습니다만, 아쉽게도 친구의 거리감에서 멈춰 있습니다."

"아쉬워?! 너, 저 녀석의 뭐가 좋은 거야?! 반에 더 귀여운 애들도 있잖아? 그 왜, 유학생 여자애라든가 말이야!"

주인공을 의식하고 있지 않은지 확인하자, 이 녀석은 고개를 갸웃했다.

"죄송합니다. 클래스메이트의 이름을 전부 기억하는 건 아니기에 누구를 말하는 것인지 잘……."

"제국에서 온 유학생 정도는 기억해 두라고!"

"아~, 얼굴은 왠지 모르게 기억납니다. 귀여운 느낌의 분이었지요. 하지만, 그것이 뭐 어쨌다는 것입니까?"

그다지 흥미가 없는 듯한 오스칼의 태도에 나는 힘이 빠졌다.

그런 오스칼이 흥미를 보인 게 무슨 이유인지 핀리라고 하니 놀랄 일이다.

이거, 마리에랑 크레아레한테 뭐라고 보고하지?

　　　　　　　◇

　"바보 아니야? 오빠, 진짜로 바보 아냐?"

　『설마 핀리가 공략 대상 중 한 명의 마음을 사로잡다니 예상 밖이네. 하지만 이건 마스터의 책임이지?』

　어째서 그게 내 책임이 되는 건데?

　수풀 속에서 여느 때의 넷이 서로 얼굴을 맞대고 이후의 상담을 하고 있었다.

　내가 오스칼 건에 관해 상담했더니 마리에와 크레아레한테서 타박받았다.

　크레아레는 오스칼한테 뭔가 꿍꿍이가 있는 것 아닌가? 하고 상상하고 있는 모양이다.

　『이거, 어쩌면 핀리를 노리는 게 아니라 마스터가 목적 아냐? 아, 성적인 의미가 아니야. 마스터와의 연줄을 노리고 핀리한테 접근했을 가능성이 있어.』

　그런 크레아레의 의견을 마리에가 곧바로 부정했다.

　"그렇게까지 머리가 잘 돌아가는 애가 아니란 말이지. 바보이긴 해도 나쁜 애가 아니고."

　그 오스칼이 전부 계산하고 행동하고 있다면 오히려 칭찬해 주고 싶을 정도다.

　게다가 나쁜 녀석이 아니라는 건 확실하다.

　──바보이긴 하지만.

문제는 그런 오스칼이 핀리한테 푹 빠져 있다는 점이다.

얼마 전에 제이크와 아레 건으로 둘을 타박한 나는 핀리 건으로 둘에게서 타박받고 있다.

"이걸로 남은 건 두 명인가."

마리에가 남은 공략 대상 수를 나직이 중얼거렸다.

이대로는 공략 대상 세 명이 우리 때문에 주인공 연인 후보에서 탈락하고 만다.

아레 건 말고는 이번에는 아무것도 하지 않았을 터인데도!

제05장 「라셀 신성 왕국」

밤.

프레드는 인기척이 없는 뒷골목에 와 있었다.

그는 겁을 먹고 떨면서 주위를 빈번히 신경 쓰고 있었다.

최근 관리를 노린 사건이 빈번했기에 프레드는 자기도 습격을 당하는 게 아닌가 불안해하고 있었다.

그때 프레드는 후드를 뒤집어쓰고 어둠에 숨어 손짓하는 여성을 발견했다.

프레드가 다가가자 여성은 후드를 벗었다. 여성의 정체는 메르세였다.

"늦었네, 프레드."

프레드는 왕궁에서 의사를 맡은 귀족이지만 메르세는 신경 쓰지 않고 그를 막 불렀다. 약점을 잡힌 프레드는 말대답하지 않고 가지고 온 짐을 메르세에게 건넸다.

"약속한 물건을 가지고 왔다."

내용물을 확인한 메르세는 작은 병을 손에 들고는 장난꾸러기 아이 같은 미소로 프레드를 쳐다봤다.

하지만 그 눈동자 속은 요사스러운 빛을 띠고 있었다.

"착실히 가져와서 기쁘네. 그런데 이거, 정말로 내가 바란 조건을 갖춘 물건이야?"

메르세가 프레드에게 건네받은 건 독이었다.

"원하던 대로 지효성에 무미 무취, 마실 물에 섞어도 위화감이 없는 독이다. 그, 그래서 이걸로 약속은 지켜 주는 거겠지?"

"물론, 당신의 비밀은 입 다물고 있어 줄게. 친구인 폐하까지 배신해가면서 지킨 비밀인걸~."

메르세는 프레드를 조소하며 약이 든 작은 병을 집어넣었다.

그리고 프레드의 멱살을 잡고 끌어당겼다.

"그 무능한 왕이 쓰러지면 당신은 예정대로 행동하도록 해. 뭐든 좋으니까 시간을 들여서 혼란스럽게 만들면 돼."

협박하는 메르세에게 프레드는 창백해진 얼굴로 물었다.

"너, 너희들은, 대체 뭘 꾸미고 있는 거지?!"

메르세가 프레드를 떠밀쳤고 프레드는 엉덩방아를 찧었다.

메르세는 그런 프레드를 내려다보고는 짓궂은 얼굴로 웃고 있었다.

"너는 아무것도 몰라도 돼. 음, 그래도 특별히 힌트를 주자면, 왕국이 본래 모습을 되찾을 날이 가까워지고 있어. 기대되지?"

기분이 좋아진 메르세는 그렇게 말하고는 롤랜드가 기다리는 가게로 향했다.

◇

"이제 곧 만난 지 한 달이 되는데, 여전히 메르세는 차갑네."

심야, 롤랜드는 술집 앞에서 메르세와의 오늘 밤 놀이를 끝맺으려 하고 있었다. 놀이라고 해도 같이 술을 마시는 것뿐이고, 그 이상의 짓은 아무것도 하지 않았다.

"또 그런 말씀 하시고. 저는 가벼운 여자가 아니에요."

오늘의 메르세는 제법 기분이 좋음을 알아차린 롤랜드는 키스를 요구하기로 했다.

"그러면 작별 키스를——."

롤랜드가 얼굴을 가까이 대자 메르세의 손가락이 입술에 닿았다.

"그건 다음에 만났을 때의 즐거움이에요. 즐거웠어요, 리온 씨."

기분 좋게 떠나가는 메르세의 뒷모습을 바라보며, 여전히 리온이라는 가명을 쓰는 롤랜드는 깊은 한숨을 내쉬었다.

"다음에 만났을 때의 즐거움이라니, 마지막까지 짓궂은 여자로군. ——자, 그럼 난 슬슬 돌아갈까."

롤랜드와 헤어진 메르세는 숙녀의 숲 아지트로 향했다.

마침 있던 가비노가 메르세를 알아차리고 미소를 지었다.

"메르세 양이 아닙니까. 보아하니 계획이 순조로운 것 같군요."

"네, 넵, 가비노 님. 지시하신 대로 완수했어요."

신사적이고 다정한 가비노를 보고 메르세의 술로 취한 얼굴이 한층 더 빨개졌다.

가비노는 지시대로 움직인 메르세에게 다가가 손을 잡고는 크게 기뻐했다.

"정말입니까! 잘 하셨습니다. 이걸로 왕국은 대혼란에 빠지겠지요. 여러분의 고생이 이제야 보답받는 겁니다! 당신은 멋진 여성입니다, 메르세 양."

"그, 그런가요?"

한동안 남성에게서 칭찬받은 적이 없었던 메르세는 가비노의 말에 기분이 좋아졌다.

그런 모습을 보고 있던 조라가 메르세와 경쟁하는 것처럼 가비노에게 다가갔다.

"가비노 님, 저도 힘내고 있답니다."

"예, 잊지 않았고 말고요. 고귀한 태생이면서도 이런 지하에서의 괴로운 나날에 잘 견디셨습니다. 이제 며칠 후면 왕국은 옛 모습을 되찾을 겁니다. 그때는 다시 우아한 생활로 돌아갈 수 있습니다."

숙녀의 숲에 소속된 여성들이 가비노의 말에 안도했다.

숙녀의 숲 대표가 단단히 잠긴 두꺼운 문을 보며 가비노에게 말했다.

"가비노 님—— 또 한 명 준비했답니다."

많은 시선이 두꺼운 문으로 향했다.

두꺼운 문 너머에서는 괴로워하는 남성의 목소리가 들려왔고,

여성들은 그 목소리에 겁을 먹고 있었다.

가비노는 미소 지었다.

"그러면 조정을 시작할까요."

◇

숙녀의 숲 아지트를 나온 가비노는 부하를 한 명 데리고 왕도를 걷고 있었다.

수첩에는 숙녀의 숲 외에도 왕도에 숨어 있는 전(前) 귀족이나 불만을 가진 집단 조직의 이름이 적혀 있었다.

수첩을 보며 생각에 잠긴 가비노의 뒷모습을 보며 부하가 물었다.

"어째서 독약을 구하는 일까지 전부 맡기신 겁니까?"

번거롭게 메르세를 통해 독약을 구하지 않아도 직접 전달했으면 금방 처리할 수 있었던 게 아니냐는 당연한 의문이었다.

그러나 가비노는 부하에게 "무르군"이라고 말한 뒤 굳이 번거로운 방식을 쓰는 이유를 이야기했다.

"우리에게 중요한 건 독이 아니다. 그 녀석들이 정말로 원하는 바를 이룰 수 있다고 생각하나? 우리의 본래 목적은 따로 있다는 걸 잊지 마라."

"하지만 그들이 성공하면 호르파트 왕국은 우리의 괴뢰국이 됩니다. 지원한 자들이 권력을 잡으면 라셸 신성 왕국은 레파르트에 집중할 수 있습니다."

부하의 말을 들은 가비노는 차가운 시선을 돌려주었다.

"결코 녀석들이 성공할 일은 없다. 우리는 그저 그 녀석들을 이용하고 버릴 뿐이지. 뭐, 여간내기가 아닌 그 롤랜드한테 정말 독을 먹인 건 조금 의외였다만."

가비노는 그렇게 말하고는 알제르 공화국에서 생긴 이마의 상처를 만지더니 미간을 찌푸렸다.

그러고 나서 곧바로 무표정한 얼굴로 되돌아오더니, 다음 아지트로 향했다.

◇

다음 날 아침.

왕궁에서는 밀렌과 롤랜드가 같은 테이블에서 식사하고 있었다.

직사각형 테이블의 맞은 편 앉아 서로 마주 보고는 있지만 거리가 멀었다.

밀렌은 그 거리가 둘의 부부로서의 거리를 나타내고 있다고 생각했다.

정략결혼으로 서로에게 사랑을 지니지 않은 관계다.

그것이 보통이라고 생각하지만, 그래도 밀렌은 평소 즐거운 듯이 밤놀이를 하는 롤랜드를 괘씸하게 느끼고 있었다.

그래서 오늘도 비아냥을 입 밖에 꺼내고 말았다.

"어젯밤에도 늦게까지 여러 술집을 돌아다니며 술을 마셨다는 모양이군요."

낯빛이 좋지 않고 식사가 더딘 롤랜드를 보고 밀렌은 또 숙취인가 싶어 어처구니가 없었다.

밀렌은 정무를 자신에게 떠넘기고 놀러 돌아다니는 롤랜드가 싫었다.

만약 그가 아무것도 못 하는 무능한 인간이라면 밀렌도 그냥 내버려 뒀겠지만, 밀렌이 정무에 관해 약간 더 뛰어날 뿐, 롤랜드의 능력이 낮은 건 아니었다.

오히려 시키면 해낼 능력이 있으니 더 괘씸했다.

할 수 있는데도 일하지 않는다는 것이 밀렌의 신경을 건드리고 있었다.

하지만 오늘의 롤랜드는 묘하게 말수가 적었다.

'평소라면 비꼬기나 비아냥으로 받아칠 텐데 오늘은 조용하네.'

신경 쓰이면서도, 밀렌은 롤랜드한테 계속해서 말했다.

"최근에는 흉흉해요. 순찰도 늘리고 있지만, 위험하니 폐하도 놀이는 자제하고——."

말이 채 끝나기 전에 밀렌은 의자를 넘어뜨리면서 자리에서 일어나 황급히 롤랜드에게 다가갔다. 주위에 있던 자들도 몹시 당황하여 롤랜드에게 달려갔다.

롤랜드는 창백한 얼굴로 의자에서 미끄러지더니 그대로 바닥에 쓰러져 일어나지 않았다.

"폐하!"

밀렌이 롤랜드의 상태를 살폈다. 아직 호흡은 하고 있었다.

곧바로 밀렌은 궁정 의사인 프레드를 찾았다.

"당장 프레드 경을 부르세요! 빨리! 폐하, 괜찮으신가요? 금방 프레드 경이 올 거예요."

밀렌이 계속해서 말을 걸자, 롤랜드가 힘겹게 눈을 떴다. 그리고 밀렌의 팔을 붙잡고는 목소리를 쥐어짜 냈다.

"내가 쓰러진 사실은 비밀로——. 그리고—— 무슨 일이 있으면—— 애송이를——."

그대로 롤랜드가 심하게 기침하자, 밀렌은 눈물을 흘렸다.

"폐하—— 여보!"

◇

학원은 다회 준비로 분주히 돌아다니는 학생이나 누구를 초대하거나 누구의 다회에 참가할지를 떠드는 학생들로 약간 소란스러워져 있었다.

나는 이 북적함을 싫어하지 않지만, 안타깝게도 지금은 다른 일로 도서실에 와 있었다.

방과 후의 도서실에서 리비아와 단둘인가.

물론 루크시온도 모습을 감추고 곁을 지키고 있었지만, 지금은 대화에 참여하지 않았다. 그 밖에도 도서실에서 책을 읽는 학생들이 있었지만, 수가 적어서 근처에 다른 사람은 없었다.

실질적으로 단둘이 있는 거나 마찬가지였다.

내가 볼데노와 신성 마법 제국에 관한 정보를 모으고 있으니 리비아가 돕겠다고 자진한 덕분이었다.

지금은 볼데노와 신성 마법 제국과 라셸 신성 왕국의 관계에 관해 적힌 책을 읽는 중이다.

수업에서 조금 배웠지만, 책에는 더욱 자세한 내용이 기록되어 있었다.

"과거 제국에서 우호의 증표로 황족에게 특별한 갑옷을 선물했다, 인가. 라셸의 국명에 신성이 붙은 것도 이 시기부터인가."

상당히 오래전에 깊은 관계를 지닌 나라 사이인 듯하지만, 현재도 그 흐름으로 교류가 있는 모양이다.

밀렌 씨의 적의 아군이라── 나한테는 적이군.

볼데노와 신성 마법 제국도 내 안에서는 싫어하는 나라 리스트에 올려 두자. 그래봤자 싫어하는 나라 리스트에는 라셸과 제국 정도밖에 없지만.

그렇게 되면 주인공은 라셸 신성 왕국과도 연관을 지니고 있다는 말이 되는군.

귀찮은 일이 되지 않도록 기도하고 있자 리비아가 입을 열었다.

"리온 씨, 또 무모한 일을 하고 있다면서요?"

나란히 앉은 리비아가 시선은 책으로 향하며 내게 물었다.

애매한 질문에 나는 무난한 대답밖에 할 수 없었다.

"성가신 일이 많아서 큰일이야. 1학년 바보들한테 설교도 해야 하고, 핀리의 다회도 도와줘야 하고."

이래 보여도 난 학원에서 제법 바쁘다.

세상 물정 모르는 남학생이 문제를 일으키면 어째서인지 내가 불려간다.

그 태반이 남녀 간의 트러블이다.

이게 연애 관련이라면 차라리 손쓸 도리가 없었겠지만 슬프게도 그 이전의 문제다. 남자가 여자한테 민폐를 끼치고 있으니까 도와줬으면 한다는 게 대부분이다.

하지만 리비아는 손을 멈추더니 내게 얼굴을 향했다.

듣고 싶었던 내용은 아무래도 따로 있는 듯하다.

"매일 밤같이 밖을 돌아다니고 있다는 모양이네요?"

"──누구한테서 들었어? 롤랜드인가?"

내가 밤에 나다니는 걸 아는 녀석이 있다고 한다면 롤랜드 정도겠지 하는 생각에 이름을 꺼내자 리비아가 고개를 가로저었다.

"빈번하게 외출하면 학원 학생도 알아차려요. 소문이 돌고 있다고요."

눈을 살짝 날카롭게 뜬 리비아의 타박하는 듯한 눈길에 나는 시선을 피했다.

밤에 외출하는 이유에 관해 자세히 설명할 수 없는 나는 얼버무리기로 했다.

"따, 딱히 켕기는 짓은 하지 않았어. 저, 정말이야."

밤마다 여자를 끼고 논다고 오해받기는 싫기에 먼저 그건 아니라고 말해 뒀다.

하지만 리비아는 내가 여자를 끼고 노는 걸 걱정하는 게 아니었다.

"여성의 냄새가 나지 않으니까 그건 걱정하지 않아요. 그래도 위험한 일을 하는 거죠?"

"──뭐어, 다소는…… 응? 냄새?"

"리온 씨, 말해 주실 거죠?"

리비아는 대체 어디까지 알고 있는 걸까? 이렇게 되면 진실도 약간 섞어서 사정을 설명하는 편이 좋아 보인다.

거짓말을 하는 요령은 그 속에 진실을 섞는 것이다. 그러나 나 같은 정직한 인간은 거짓말 따위 하지 않는다. ──불리한 진실을 숨길 뿐이다.

"아~, 이건 그거야. 최근 늘어난 연속 살인사건을 뒤쫓고 있어. 아직 범인이 잡히지 않았으니 안심할 수 없잖아?"

"그건 리온 씨의 일이 아니라고 생각해요. 게다가 위험해요."

날 걱정해 주는 리비아가 불안해하는 듯한 모습에 마음이 아팠다.

그러나 방치할 수 없는 이유도 있기에 계속할 수밖에 없다.

"괜찮아. 여러 가지로 정리가 되면 설명할 테니까, 무슨 일이 있을 때는 크레아레를 의지해 줘."

그 녀석이 있으면 문제가 일어나도 시간 벌이나 탈출 정도는 가능할 것이다.

그런 내 부탁에 리비아는 불만을 품었다.

"──그렇게나 저희가 미덥지 못한가요?"

"아니, 그런 건 아닌데."

"리온 씨가 저희를 소중히 생각해 주신다는 건 알아요. 하지만 저희를 더 의지해 주세요. 저나 안제는 리온 씨의 도움이 되고 싶어서 노력해 왔어요. 이제, 예전과는 다르다고요."

리비아나 안제가 내가 유학하는 동안에 노력했다는 건 들었다. 묻지도 않았는데 크레아레 녀석이 내게 보고했으니까 말이지.

날 위해서라는 말을 듣고 기쁘기도 했지만, 그래도 위험한 장소에 데려가고 싶지 않았다.

"그렇다고 하더라도 나는 위험한 장소에 모두를 내보내고 싶지 않아."

"리온 씨에게 저희는 필요 없나요? 저는 리온 씨가 생각하는 것보다도──."

마법에 관해서 말하자면 지식도 실력도 나보다 리비아 쪽이 뛰어나다.

나 역시 리비아의 실력은 인정하고 있다.

하지만, 그래도──라고 생각하고 만다.

"남자한테도 오기가 있으니까 말이지. 가끔은 나도 노력하지 않으면, 리비아한테 버림받을지도 모르고."

루크시온의 딤 같은 나라도 조금 정도의 오기는 있다.

다만 리비아는 이해해 주지 않았다.

"저도 안제도 절대로 버리지 않아요."

리비아가 화를 내며 시선을 책으로 되돌리는 걸 보고, 나는 좀 더 잘 구슬려야 했다고 반성하며 작은 한숨을 내쉬었다.

나도 책으로 시선을 향했을 때, 리비아의 목소리가 들렸다.

"절대로 버리지 않지만—— 버림받으면 어디까지고 쫓아가서 다시 돌아보게 만들거예요."

어찌 이리 기쁜 말일까! 라며 좋아할 수 있는 둔감한 녀석이 아닌 나는 어색하게 리비아 쪽으로 얼굴을 향했다.

리비아는 책에 시선을 떨구고 조사를 계속하고 있었다.

평소와 다름없는 모습이지만, 조금 전의 대사는 묘하게 무서 웠다.

어조도 원인이겠지만, 내 위기관리 능력이 몹시 무거운 무언가 를 감지했으니까 말이지.

"저, 저기, 정말로 죄송했습니다. 용서해 주세요."

너무나도 무서워 사과해버린 내게, 리비아가 고개를 들어 미소 를 보냈다.

"뭘 사과하시는 건가요?"

그저 상냥하게 웃는 얼굴인데 '설마, 우리를 버릴 생각이었어?' 라고 추궁당한 느낌이 들었다. 얼굴 가득한 미소가 위압감을 내 뿜고 있는 것으로밖에 보이지 않는다.

분명 내 기분 탓이리라.

다정한 리비아가 그런 무서운 여자일 리 없다.

"──아무것도 아닙니다."

애초에 버림받는다고 한다면 내 쪽일 것이다.

정나미가 떨어진 끝에, 라는 미래가 쉽게 상상되고 만다.

밤의 여자 기숙사.

안제의 방을 찾아온 노엘은 의자에 앉아 방안을 둘러봤다.

"내 방도 상당한 넓이였지만, 안젤리카 씨한테는 못 당하겠네."

학원이 노엘을 위해 준비한 방도 충분하고도 넘칠 정도로 호화로운 방이었으나, 안제와 비교하면 한 단계 급이 낮았다.

물론 노엘은 그걸 불만스럽게 느끼지는 않았다. 오히려 너무 호화로워서 진정되지 않을 지경이었다.

다만, 노엘은 안제의 방에 리비아의 물건이 많은 것을 알아차렸다.

'이 방, 둘이서 쓰고 있는 걸까?'

지금도 리비아가 자연스럽게 안제의 방에 있는데, 평소 같이 지내고 있는 것일지도 모른다.

노엘이 방의 모습을 보고 있자, 안제가 노엘을 불러낸 이유를 설명했다.

"일부러 오게 해서 미안하군."

계속 안절부절못하고 있고, 어쩐지 수상한 직원도 있고 말이야."

수상한 직원이라는 말을 듣고 리비아도 뭔가 짚이는 데가 있었던 모양이다.

"그러고 보니 얼마 전에 리온 씨랑 걷고 있었더니 저희를 노려보는 직원분이 있었어요."

"올리비아 씨도 경험했어? 실은 나도 노려보는 직원이 있었는데, 리온은 신경 쓰지 않아도 된다고 했단 말이지. 다른 애들 사이에서도 소문이 돌았는데, 연인 사이라면 노려보는 것 같네."

둘의 대화를 들은 안제는 고개를 갸웃했다.

"──나는 리온과 같이 있어도 직원이 노려본 적이 없다만?"

어째서인지 약간 불만스러운 듯한 안제에게 노엘이 마음을 썼다.

"안젤리카 씨는 이 나라에서 유명인이잖아? 신분이 높으니 상대도 위축되어서 노려보지 못했던 게 아닐까?"

"그런가? 너희와 다르게 리온과 연인으로 보이지 않았다는 건 아니겠지?"

"괘, 괜찮을 거라고 생각해."

노엘은 차마 기가 드세어 보이는 안제가 무서워서 노려보지 못한 것──이라고는 말할 수 없었다.

학원 안뜰.

마리에는 밤에 외등 밑에서 어떤 인물을 기다리고 있었다.

도서실에서 조우한 날, 마리에는 에리카와 대화를 나눌 약속을 얻어냈다.

오늘이 그 날이다.

다만, 에리카 자신은 왕족이고 측근도 많아 혼자가 될 기회가 거의 없다.

자유롭게 움직일 수 있는 건 밤 정도다.

나타난 에리카의 모습을 보고 마리에는 긴장하면서도, 에리카한테 앉도록 권했다.

어두워진 학원 안뜰에서 마리에는 외등 밑에 있는 벤치에 앉아 에리카한테 말을 꺼냈다.

"저, 저기, 에리카 님. 실은 상담이──."

대화를 이끌며 상대가 어떻게 나올지 살피려는 마리에한테 에리카는 미소 짓고는 예상 밖의 말을 꺼냈다.

"그전에 저부터 질문해도 될까요? ──마리에 선배는 전생자 아닌가요?"

"──어?!"

에리카한테서 전생자라는 말을 듣고 마리에는 혼란에 빠져 말을 할 수 없었다. 그런 마리에를 보고 에리카는 자기 가슴에 손을 댔다.

"저도 같아요. 정신을 차리고 보니 에리카 라파 호르파트로서 살고 있었어요. 정확히 말하면 빙의인 거겠지요."

"거짓말이지?! 그, 그럼, 어째서 지금까지——!"

에리카가 전생자라면 어째서 지금까지 자신들을 내버려 둔 것인가? 그 여성향 게임의 시나리오를 알고 있다면 이전부터 이변을 눈치챘을 터다.

마리에의 의문을 예상했는지 에리카는 자기 몸에 관해 이야기했다.

"작년까지 병약해서 그다지 돌아다닐 수 있는 몸이 아니었으니까요. 게다가 아버님이 과보호라 그다지 바깥에 내보내 주시지 않았어요. 그래도 성녀님과 후작님의 이야기는 제 귀에도 전해졌답니다."

나이에 걸맞지 않게 침착한 분위기를 띤 에리카를 보고, 마리에는 앉아 있던 벤치에서 미끄러지다시피 하며 지면에 주저앉았다.

"긴장해서 손해 봤잖아! 그러면 전생 전 원래 나이는? 나, 이래 보여도 상당한 연상이니까 공경하라구!"

갑자기 나이로 주도권을 쥐려 하는 마리에를 보고 에리카는 난감한 듯이 웃으며 자신의 전생 나이를 말했다.

"60을 넘었어요."

예상치 못했던 대답에 마리에는 머리를 숙였다.

"건방진 소리를 해서 죄송했습니다."

"네? 저, 저기, 신경 안 써요. 그것보다 이렇게 저와 이야기하려고 한 건 그 여성향 게임에 관해서지요?"

마리에는 고개를 들고 큰 목소리를 냈다.

"그랬지! 저기 말이야, 나도 오빠도 3탄 내용을 거의 몰라. 그러니까 알고 있다면 이것저것 가르쳐줘. 지금의 상황은 좀 난처해서 말이지."

마리에가 에리카의 손을 잡았다.

에리카는 조금 놀라면서도 마리에가 하고 싶은 말을 스스로 정리했다.

"발트파르트 후작도 전생자일지도 모른다고 생각했는데, 두 분이 전생에서 혈연관계가 있었던 건가요?"

"맞아! 오빠도 이 세계에 전생했어. 내가 게임을 떠넘긴 탓일지도 모르지만, 덕분에 엄청 힘든 꼴을 겪었지."

마리에의 이야기를 듣고 있던 에리카는 무언가를 알아차리고 질문하고자 입을 열려 했다.

하지만 이 자리에 사람을 찾고 있는 여학생이 나타나 둘의 대화는 중단되었다.

"기사님~, 어디 계시나요~. 기사니──!"

뛰면서 누군가를 찾고 있는 낌새인 여학생이 어둠 속에서 갑자기 쓰러진 것이다. 황급히 마리에와 에리카가 달려서 다가가 안아 들었다.

그 여학생은 미아였다.

괴로운 듯이 가슴을 누르고 있었다.

마리에는 즉시 치료 마법을 사용했다.

"얘, 병이 있다면 무리하지 마."

"죄송——해요. 전부터 상태가—— 나빠서. 그래서—— 기사님한테—— 약을 받고자. 이, 이 정도라면 괜찮으려나 싶어서요."

다소의 거리라면 뛸 수 있다고 생각한 모양이지만, 그 탓에 몸상태가 나빠졌다.

괴로워하는 듯하면서도 사정을 이야기하는 미아의 손을 에리카가 다정하게 잡았다.

"괜찮아. 진정하고 천천히 호흡해."

손을 잡힌 미아가 에리카의 지시대로 호흡하자 점차 괴로움이 누그러들었는지, 잔뜩 일그러졌던 표정이 제법 평온해졌다.

마리에는 안도했다.

"다행이다."

'하지만 이상하네. 어디도 나쁘지 않은 것처럼 느껴지는데.'

치료 마법을 사용했지만 마리에한테는 치료했다는 느낌이 없었다.

어디가 나쁜지도 알 수가 없어 꾀병인가 의심했지만, 미아는 정말로 괴로운 듯했다.

하지만 마리에의 치료 마법을 받고 미아의 상태는 확실히 나아졌다. 납득되지 않는 구석이 있었지만, 치료되면 상관없나, 하고 생각하여 마리에는 미아에게 말을 걸었다.

"혹시 지병이라도 있어?"

'얘는 기운찬 여자애라는 설정이었지?'

미아의 상태에 마리에는 위화감이 있었다.

"작년부터 갑자기 괴로워지는 일이 늘어났어요. 그전까지는 이런 적 한 번도 없어서, 평범하게 뛰어다녔었는데…….."

"──그렇구나."

작년부터 갑자기 병약 설정이 되었다는 미아의 말을 듣고 마리에는 에리카 쪽을 봤다.

'이쪽은 지금까지 병약했는데 갑자기 건강해졌지? 어째서 병약 설정이 뒤바뀐 거지?'

생각에 잠기는 마리에 대신 에리카가 미아와 이야기를 나눴다.

"당신의 수호 기사가 가지고 있는 약은 다른 데서는 손에 넣을 수 없는 물건이야?"

"브 구── 아, 아뇨, 맞아요. 기사님이 준비해 주는 특별한 약이라 다른 데서는 손에 넣을 수 없다고 들었어요."

"그래. ──당신의 수호 기사는 약학에도 정통하구나."

에리카가 헤링을 칭찬하자 미아의 얼굴이 쑥스러움으로 조금 빨개졌다. 헤링이 칭찬받아 기쁜 것인지, 묻지도 않은 것까지 이야기하기 시작했다.

"그렇다니까요. 기사님은 정말로 굉장한 사람이에요. 제국에서도 제일가는 기사님이라, 사실은 미아의 수호 기사를 해줄 만한 분이 아니에요. ──정말로, 미아한테는 아까운 기사님이에요."

기뻐 보이는 얼굴에서부터 서서히 의기소침해져 가는 미아를 보고 마리에는 깨닫고 말았다.

'어라? 이 애, 혹시 자기 수호 기사한테 반한 거 아니야?'

리온과 다르게 사랑이나 연애에 민감한 마리에는 미아의 낌새에서 헤링한테 호의를 품고 있다는 걸 쉽사리 꿰뚫어 보고 말았다.

"기사님은 정말로 다정하셔서, 미아를 위해서 유학처까지 따라와 주셨어요. 미아를 혼자 둘 순 없다면서."

어째서 수호 기사까지 유학하러 온 것인지 듣고, 마리에는 이 타이밍에 속을 떠보고자 대화에 끼어들었다.

"널 위해서? 뭔가 목적이 있다든가 그런 게 아니라?"

미아는 마리에한테 질문받고, 조금 생각하더니 떠올린 것을 이야기했다.

"아뇨, 달리 목적이 있다는 말씀은 듣지 못했어요."

◇

나는 밤의 왕도를 달리고 있었다.

『마스터, 이쪽입니다.』

왕도에 배치한 여러 드론이 라이트를 깜박깜박하며 서로 신호를 보내고 있다. 루크시온이 그걸 보고 내게 사건 현장까지 안내했다.

"제법 낡은 방식이구만."

『불평하지 말아 주십시오. 그 모퉁이에서 우회전입니다.』

안내받는 대로 오른쪽으로 돌자 아직 구경꾼의 모습이 없는 사건 현장에 도착했다. 그곳은 건물끼리 늘어선 틈 사이로 복잡하게 얽혀 생긴 골목으로, 십자로를 이루고 있었다.

건물끼리 등을 맞대고 있는 듯한 장소로 사람의 출입이 적다.

방금 막 살해당한 걸로 보이는 관리 주변에는 호위로 고용한 듯한 남자들 또한 쓰러져있었다.

근골이 우람한 그 호위병들이 시체가 되어 나뒹굴고 있는데도 제대로 싸운 흔적조차 없었다.

무심코 얼굴이 찌푸려지는 살해 현장 옆에는 모자를 쓰고 갈색 롱코트를 입은 수상한 남자가 한 명 서 있었다.

내가 그 남자에게 다가가자 그쪽이 먼저 뒤돌아서 얼굴을 보였다. 그의 눈동자가 빨갛게 빛나고 있었다.

"우아── 발트──파르트── 차, 찾았──다."

남자는 입가에서 침을 흘리며 이상한 움직임을 취했다. 그가 다리를 질질 끌다시피 하며 몸을 내 쪽으로 돌리자, 남자의 복부에 생긴 이상(異常)이 내 눈에 들어왔다.

나는 얼굴을 찡그리며 품 안에 감춰두었던 권총을 뽑아 겨눴다.

"취미가 고약하군."

『마장의 파편을 흡수했군요. 마스터, 이 남자는 이미 손쓸 도리가 없습니다.』

그 말을 들은 순간 내 뇌리에 세르주의 모습이 떠올랐다.

그러자 내 생각을 읽었는지 루크시온이 역할을 대신하려 했다.

『제가 처리하겠습니다.』

"잠깐 기다려. 아직 의식이 있다면 이야기를 하고 싶다."

『──그렇습니까.』

남자의 흉부에는 육안(肉眼)이 여럿 달려있었고, 찢어진 배에서는 촉수 세 개가 튀어나와 꿈틀거리고 있었다.

촉수 끝부분에는 피가 묻은 예리한 날이 있었다.

"네가 범인이 틀림없군? 너희의 목적은 뭐냐?"

"발트파르트는── 적── 우리의── 적── 죽인다."

"말이 안 통하는 건가?"

『일반인은 마장을 몸에 삽입하면 의식을 유지하기 어렵습니다. 또한, 이 남자 혼자서 일련의 사건을 저지르는 것도 불가능합니다. 뒤에 흑막이 있을 가능성이 큽니다.』

마장을 삽입하면 인간은 금방 죽는다.

루크시온이 보기에 그런 상태로 한 달이나 활동하는 불가능한 모양이었다.

그렇다면 뒤에 누군가가 있어서 마장을 삽입한 인간을 준비하고 있다고 생각하는 편이 자연스러운가.

"그럼 다음은 사건 뒤에 누가 있는지를 조사해야겠군."

내가 권총을 겨누고 정확하게 노리자 남자의 눈이 강하게 빛나며 복부의 촉수가 날 노리고 닥쳐왔다.

내가 방아쇠를 당기자 탄환이 남자의 머리를 꿰뚫었다.

남자가 천천히 뒤로 쓰러지자 촉수의 움직임도 둔해졌고, 내게 닿기 전에 지면에 떨어져 움직임을 멈추었다.

촉수는 그대로 검은 액체로 변해 사라졌고 남자의 시체만이 남았다.

나는 깊은 한숨을 내쉬고 범인의 얼굴을 확인했다.

"일단 이걸로 단서를 잡았군."

『예. 신원을 조사하여 관계자로부터 정보를 모으지요.』

"그건 그렇고 지독한 짓을 하는 녀석이 있구만."

『——마장의 파편을 이 만큼 다룰 수 있다면, 마장에 관련된 지식을 가진 자가 있다고 봐야 합니다. 아무것도 모르는 자가 어설프게 마장에 손을 대면 흡수당해 죽을 뿐입니다.』

육체와 마력을 마장의 파편에 완전히 흡수당하여 곧바로 죽고 만다는 듯하다.

"저주받은 장비 같네."

『정확하지는 않습니다만, 틀린 말도 아니군요. 사람이 손을 대서는 안 되는, 기피해야 할 병기입니다.』

"일단 뭔가 신원을 알 수 있는 물건이 없나 찾아볼까."

내가 시체에 다가간 순간, 반대편 어둠 속에서 사람의 기척을 느꼈다.

나보다 먼저 이변을 알아차린 루크시온이 경고했다.

『마스터, 아무래도 흑막이 옆에 있었던 모양입니다.』

"그런 모양이군."

남자가 어둠 속에서 이쪽을 경계하며 나타났다.

눈에 띄는 은발을 지닌 남자는 학원에서도 몇 번이나 봤던 수호 기사 헤링이었다.

그는 시체를 한번 보고 나와 내가 든 권총에 시선을 향하더니 노골적으로 표정을 일그러트렸다.

헤링이 날 위협하듯이 캐물었다

"뭐가 목적이지?"

제법 애매한 질문에 나는 '어째서 쫓아다니는 거냐?'라고 질문당한 느낌이 들었다.

그래서 나는 권총의 총구를 그에게 겨누었다.

"움직이지 마라. 질문하는 건 이쪽이다. 너한테 묻고 싶은 것이 산더미처럼──."

『마스터!』

루크시온이 내 앞으로 뛰쳐나오더니 눈앞에 장벽을 전개했다.

그 직후, 장벽에 수많은 전격이 부딪쳐 격렬한 빛을 내뿜었다.

다만 헤링은 아무런 움직임도 보이지 않았다.

헤링은 루크시온을 보고 놀란 듯했는데, 그건 나도 마찬가지였다. 헤링 뒤쪽의 어둠에서 기분 나쁜 검은 구체가 모습을 드러낸 탓이었다.

그 녀석은 루크시온과 같은 크기에 빨간 외눈을 가지고 있었다.

하지만 녀석은 루크시온과 달리 생물에 가까운 모습을 하고 있었다. 검은 부분의 재질은 짐작도 가지 않고, 그 녀석의 눈은 육안이었다.

눈동자 부분이 빨개서 딱 보기에도 꺼림칙했다.

거기서 헤링과는 또 다른 목소리가 들려왔다.

『파트너── 아무래도 안 좋은 예감은 적중했군. 귀축 기사가 데리고 있는 건 구인류가 남긴 병기라고.』

검은 녀석의 말에 내가 뭔가를 말하기 전에, 루크시온이 과잉 반응을 보였다. 마치 원수와 마주친 것 같은 반응이었다.

『마장의 코어가 현존한다고는 생각지 않았습니다. 이런 해악 덩어리는 이 자리에서 소거해야합니다. 마스터, 본체 사용 허가를 요구합니다.』

갑자기 본체를 꺼내 싸우겠다고 하는 루크시온한테, 전격을 내뿜은 검은 녀석은 몸체에서 작은 손을 하나를 꺼내더니 꽉 쥐면서 소리쳤다.

『뭐가 해악이냐, 망할 금속 자식! 너희가 훨씬 더 사악하고 존재 가치가 없잖냐! 파트너, 당장 날 걸쳐! 이 녀석들의 존재를 절대로 용납하지 마!』

격앙하는 검은 녀석은 그 눈에 핏발을 세우며 표면에 가시를 세워 성게 같은 모습으로 변했다. 자유자재로 모습을 변화시킬 수 있는 모양이다.

"할 수밖에 없나. 쿠로스케!"

『오우!』

헤링이 오른손을 내게 향하자 검은 녀석── 쿠로스케가 액체 상태로 변해 휘감겨 붙었다.

그러자 헤링의 등에 커다란 박쥐 날개가 나타났다.

"겉모습은 악마 같구만."

『농담하고 있을 상황이 아닙니다. 녀석은 완전한 상태의 마장입니다. 마스터, 아로간츠와의 합류 포인트까지 물러나지요.』

"놈이 그냥 보내 주려나."

루크시온을 따라 헤링에게 등을 돌리고 달리기 시작한 나는 곧바로 복잡하게 얽힌 골목길을 이용하여 도망쳤다.

"기다려라!"

달리면서 뒤를 쫓아오는 헤링을 향해 권총의 방아쇠를 당겼다. 하지만 총알은 어이없게 튕겨 나갔다.

"저 자식, 맨몸 부분을 노렸는데도 총알을 튕겨냈어!"

강력한 루크시온제(製) 권총도 헤링한테는 효과가 없었다.

『표면에 장벽을 전개하고 있습니다. 쏴 봤자 헛수고입니다. 그래서 제가 더 강력한 무기를 휴대하도록 진언했던 겁니다.』

나는 도망치면서 권총을 홀스터에 집어넣고, 루크시온에게 불평으로 받아쳤다.

"라이플이나 샷건을 들고 돌아다니면 내가 붙잡히잖냐!"

그런 무기를 들고 왕도를 걷고 있다간 수상한 인물로 경찰관한테 붙잡혀 불심검문을 당할 거다. 그리고 붙잡힌 날 롤랜드가 비웃겠지.

나는 루크시온이 안내하는 경로를 따라 좁은 골목길을 달려 빠져나간 후, 길에 놓인 나무 상자에 뛰어올라 그대로 지붕 위로 올라갔다.

그러자 헤링이 골목에서 튀어나와 날 내려다볼 수 있는 위치까지 상승했다.

"부럽네, 혼자 날아다니고. 루크시온, 나도 갖고 싶으니까 준비해 줘."

『이런 상황에도 농담을 할 수 있는 마스터를 둬서 저는 행복합니다.』

빈정거리는 루크시온의 빨간 외눈이 깜박깜박 점멸했다.

그때 헤링과 쿠로스케라는 녀석의 목소리가 들려왔다.

「너한테 묻고 싶은 게 있다. 얌전히 있어라!」

『인공지능 녀석은 먼저 파괴할 거지만!』

쿠로스케인가 하는 녀석도 루크시온에게 혐오감을 품고 있는 듯하군.

구인류와 신인류의 병기끼리 현재도 서로 으르렁거리고 있는 것이다.

"미안하지만 얌전히 있어야 하는 건 너희들이라고."

나는 다시 권총을 뽑아 상공에 있는 헤링을 쐈지만, 상대는 위협을 느끼지 않는지 피하지도 않았다.

「헛수고다. 권총 따위로──.」

말이 끝나기 전에 루크시온이 헤링에게 말했다.

『유감인 건 당신입니다. 신인류가 남긴 오물은── 여기서 전부 소멸시키겠습니다.』

그 순간 어디선가 튀어나온 아로간츠가 헤링을 들이받아 날려 버렸다.

아로간츠는 곧바로 콕핏 해치를 열고 내가 있는 곳으로 내려왔다.

나는 서둘러 올라타 해치를 닫았다. 간발의 차이로 해치에 전격이 부딪쳐 아로간츠가 흔들렸다.

"위험해라?!"

나는 등줄기에 식은땀을 흘리며 아로간츠의 조종간을 잡고 기체를 상승시켰다.

루크시온은 무슨 일이 있어도 쿠로스케를 숯덩어리로 만들고 싶은지 전투 의욕이 치솟고 있었다.

『마스터, 중화기 제한을 해제하겠습니다.』

"너는 마장이 얽히면 바보가 되는 거냐? 우리 밑은 왕도라고. 위험한 무기를 쓸 수 있겠냐. 본체도 가능한 한 공격시키지 마."

『녀석을 없애 버릴 수 있다면 왕도의 피해 따위, 오차에 불과합니다.』

나는 계속해서 설득하려는 루크시온을 무시하고 모니터에 비친 헤링의 모습을 살폈다. 마침 어디선가 검은 액체가 솟아 나와 헤링의 몸을 감싸더니 몇 번이고 마주했던 마장의 모습으로 변하는 중이었다.

다만 기존에 봤던 마장과는 달리, 온몸에 출현했던 육안은 어디에도 없었고 멀쩡한 갑옷의 형태를 갖추고 있었다.

등에는 박쥐 같은 날개가 있었으며, 허리 부근에 파충류처럼 긴 꼬리도 달려있었다.

달빛에 비친 모습이 꺼림칙하면서도 아름답게 보였다.

「어디선가 봤다 싶었는데── 설마, 브레이브냐.」

내 말에, 검은 갑옷의 빛나는 눈이 날카롭게 변했다.

「어째서 쿠로스케의 이름을 알고 있지?」

내가 대답하기 전에 검은 마장을 두른 헤링은 직진하여 아로간츠 눈앞까지 닥쳐왔다.

지금까지 본 어떤 마장보다도 재빠른 움직임이었다. 내 등에 기분 나쁜 땀이 솟아 나왔다.

예리한 손톱을 지닌 마장의 손이 아로간츠를 스치자 표면 장갑에 흠집이 났다.

"아로간츠의 장갑을 이리 쉽게 깎아 내다니."

『이게 진정한 마장입니다. ──데이터 대조 완료했습니다. 다소의 차이는 있습니다만, 녀석은 네임드입니다. 마스터가 조금 전에 말했던 브레이브입니다.』

과거 전쟁에서 구인류에게 큰 타격을 남긴 기록이라도 있는 건지, 루크시온의 데이터에도 브레이브의 이름이 있는 모양이었다.

"기쁘지 않은 정보구만!"

아로간츠의 추진 장치를 분사하여 도망치자, 마장의 양손이 파직파직 방전하는 전기를 뿜어 둥근 공 두 개를 만들더니 이쪽을 향해 던졌다.

나는 곧바로 방향을 바꿨지만, 전격은 아로간츠를 추적했다.

"이 녀석도 추적 기능이 달린 거냐고!"

『지금까지 조우한 어떤 마장보다도 정확도가 높습니다. 대(對) 마법 플레어, 사출합니다.』

아로간츠의 백팩에서 마법의 추적을 방해하는 빛을 뿜어내자, 전격이 그쪽을 향해 충돌하여 폭발했다.

그러자 왕도 주민들이 마치 불꽃놀이를 바라보듯 우리를 올려 다보는 모습이 아로간츠의 모니터에 비쳤다.

"여기서 싸우는 건 위험하군."

이대로 헤링을 데리고 왕도에서 멀어지고자 생각했으나, 상대 가 날 붙잡으려 필사적이었다.

「놓칠까 보냐!」

「끈질긴 남자는 여자가 싫어한다고.」

가벼운 농담을 던지자, 상대는 쓸데없이 진지한 성격인지 응답 했다.

「딱히 곤란함을 겪은 적은 없다.」

헤링의 대답에 열받아 조종간을 쥐는 손에도 힘이 들어갔다.

「미남은 여성 문제로 곤란할 일이 없다는 거냐? ──너만은 반 드시 후려갈겨 주마.」

◇

그 무렵.

가비노는 왕도에 잠입한 부하들을 소집했다.

마음에 드는 회중시계를 오른손에 들고, 예정 시각이 됨과 동시에 덮개를 닫은 뒤 전원에게 말했다.

"시간이다. 지금부터 왕도에서 행동하던 녀석들이 소란을 일으킬 거다. 그 틈을 타서 우리는 목적을 달성한다."

가비노 일당이 모인 곳은 왕도에 있는 창고 거리였다.

가비노는 창고 중 하나를 숙녀의 숲이나 그 밖의 조직한테 준비시키고 자국에서 병사들을 불러들였다.

그들은 라셀의 병사라는 걸 알 수 없도록 모두가 공적의 옷차림을 하고 있었다.

창고 벽에는 리온의 수배서가 덕지덕지 붙어 있었다.

어느 것이고 낙서가 되어 있거나, 찢어져 있는 등 상태가 좋지 않았다.

"작전 개시 후 소란이 일어나면 귀축 기사가 나타나는 게 우리의 예상이었으나, 우연히 지금 누군가와 전투 중인 듯하다. 예정과는 다르지만, 우리의 행동에 변경은 없다. 작전을 개시한다!"

가비노의 말에 병사들이 일제히 경례하고는 곧바로 달려 나가 행동을 개시했다.

가비노는 웃으며 왕도가 불바다가 되는 미래를 예상했다.

"우리를 왕도에 들인 것이 왕국의 인간이라는 게 실로 우습군. 왕도에 가능한 한 큰 피해를 내주마. 우리 라셀 신성 왕국을 위해서."

가비노는 그렇게 말하고 품에서 나이프를 꺼내 리온의 수배서를 향해 던졌다.

나이프는 수배서에 그려진 리온의 이마에 꽂혔다.

가비노는 자기 이마에 난 상처를 만졌다.

"귀축 기사, 네가 열받아 어쩔 줄 몰라하는 얼굴이 벌써 기대되는군. 이번에야말로 이 상처의 빚을 반드시 갚아주마."

◇

학원 안뜰에서 불꽃놀이처럼 하늘이 번쩍이는 걸 본 마리에는 밤하늘에 작은 빛이 복잡하게 움직이는 것을 알아차렸다.

"오빠는 뭘 하는 거야!"

왕도 상공에서 싸우는 건 본래 금지되어 있다.

그걸 깨면서까지 싸우고 있는 상황이 마리에는 도무지 믿기지 않았다. 동시에, 그만큼 위기 상황이라는 것도 예상됐다.

하늘에서 빛이 정신없이 반짝였고, 번개 같은 것이 공기를 가르기도 했다.

그걸 본 미아가 입가를 손으로 누르며 중얼거렸다.

"기사님과 브 군이 싸우고 있어?"

마리에는 그 작은 목소리를 놓치지 않았다.

"잠깐. 브 군이라는 게 뭐야? 저거, 네 수호 기사야?"

마리에가 무서운 표정으로 추궁하자 미아는 뒷걸음질 치고 말았다. 어떻게든 해서 얼버무리고자 시선을 이리저리 헤맸지만, 마리에는 그걸 용납하지 않았다.

"분명하게 대답해!"

"그, 그건……."

미아가 고개를 숙이고 입을 다물자 그녀를 감싸듯 에리카가 둘 사이에 끼어들었다.

"그렇게 강하게 추궁하면 위축되서 할 수 있는 말도 못 할 거예요."

"저기 말이지, 이쪽은 서두르고 있다구! 그 애의 기사가 원인이라면 어떻게 해서든 멈춰야 해. 큰일이 날 거란 말이야."

헤링 때문에 큰일이 날 거라는 말을 듣고 미아가 고개를 들었다. 그리고 소중한 자신의 기사를 지키기 위해서인지 고함을 질렀다.

"기사님이 원인일 리 없어요! 기사님은 착하신 분이에요. 싸운다고 해도 뭔가 이유가 있을 거예요!"

미아가 헤링을 신뢰하는 것처럼, 마리에도 리온이 나쁘다고 생각하지 않았다.

"너, 오빠가 나쁘다고 말하고 싶은 거야?!"

미아한테 덤벼들려던 마리에였으나, 에리카가 하늘을 올려다봤다.

"기다려 주세요. 낌새가 이상해요."

어느 사이에 학원 상공에 비행선이 멈춰있었다.

비행선은 저공비행하며 조명으로 학원 이곳저곳을 비추고 있었다.

비행선에는 공적을 나타내는 깃발이 내걸려 있었고, 지상으로 로프가 내려와 사람이 잇따라 나오고 있었다. 통솔된 움직임으로 일사분란하게 움직이는 모습이 도무지 공적으로 보이지 않았다.

마리에는 곧바로 에리카와 미아의 손을 잡고 매우 급하게 자리를 피했다.

"이쪽으로 와."

마리에는 둘을 데리고 서둘러 어떤 장소로 향했다.

학원 상공의 비행선 내부.

가비노는 정장 차림으로 회중시계를 바라보며 공적으로 분장한 라셀 신성 왕국 병사들을 지휘하고 있었다.

그는 시간을 확인하고 병사들에게 명령했다.

"귀축 기사가 돌아오기 전에 서둘러서 주요 목표를 확보해라. 그 이외는 상황을 봐서 움직여도 된다. 만약 저항하면 주요 목표 이외는 죽여도 상관없다. 지금 우리는 공적이니까."

가비노는 비행선 함교에서 야비한 미소를 지으며 학원에 내려가 움직이는 아군 병사를 창너머로 바라보았다.

병사들은 교실을 무시하고 곧장 학생 기숙사로 향했다.

학원에 잠입한 직원의 보고로 목표가 이 시간에 어디에 있는지를 미리 알고 있기에 가능한 움직임이었다.

그들의 목표는 바로 리온의 약혼자들이었다.

"다시 말하지만 귀축 기사의 약혼자만은 반드시 확보해야 한다. 최악의 경우 알제르의 무녀만이라도 사로잡아라. 그 녀석은 인질 이외에도 이용 가치가 있다."

가비노의 뒤에 선 부하가 대답하고는 주위에 지시를 내렸다.

"너희들, 들었지? 증오스러운 귀축 기사에게 라셀의 분노를 가르쳐 줘라!"

리온이 이렇게까지 원한을 산 이유는 알제르 공화국에서 쿠데타를 진압한 것이 원인이었다.

쿠데타에 협력했던 라셀 신성 왕국은 쿠데타 실패로 큰 손해를 입었고, 공화국에 파견한 함대는 사령관이 리온한테 붙잡혀서 항복하는 굴욕을 당했다.

리온은 라셀 신성 왕국의 프라이드를 짓밟고 막대한 피해를 남긴 인물이 되었다.

더구나 가비노에게는 알제르 공화국에서 전투에 말려들어 이마에 상처를 입은 개인적 원한도 있었다.

이미 리온은 가비노를 비롯해 라셀 신성 왕국에 있어 용서할 수 없는 적이었다.

이에 라셀 신성 왕국은 가비노에게 굳이 리온의 약혼자를 인질로 잡는 작전을 하달했다.

호르파트 왕국에 피해를 주는 것도 중요하지만, 진짜 목적은 리온을 꺾는 것이었다.

　그만큼 라셀 신성 왕국은 리온을 위험하게 여기고 있었다.

　지상에 강하한 병사들이 비행선을 향해 신호를 보냈다.

　아무래도 전투가 개시된 모양이다.

　가비노는 멀리서 전투를 계속하는 중인 귀축 기사── 리온의 갑옷을 보고 작전이 성공하는 미래를 예상했다.

　"네 약혼자들은 우리 손안에 있다, 귀축 기사."

　그 무렵.

　여자 기숙사 앞에서는 공적으로 분장한 병사들이 훈련받은 움직임으로 현관을 부수고 내부로 침입하고 있었다.

　"생각보다 싱겁군."

　"어차피 꼬맹이들이란 거겠지."

　"왕국인이 아무리 억세도 학생은 결국 이 정도인가."

　병사들이 중얼거리며 잇달아 내부로 들어섰다.

　그런데 그들이 경계하며 앞으로 나아가려는 순간, 계단 위에서 갑자기 총탄이 쏟아져 내렸다.

　그들은 황급히 그늘에 숨었지만 총탄의 비는 도무지 멎을 줄을 몰랐다.

예상과 다른 상황에 병사들은 혼란에 빠졌다.

기숙사에 장식되어 있던 꽃병이 깨지고 총에 맞은 병사가 잇달아 쓰러지며 신음을 흘렸다.

"비살상탄인가? 얕보고 있어."

그러나 살상력이 없다고 해도 맞으면 고통으로 사실상 전투 불능에 빠지기에 경솔하게 행동할 수는 없었다.

부하들에게 손으로 신호를 보낸 대장은 그늘에서 공격을 개시했다. 그러나 적을 향해 라이플로 반격해도 병사들이 들고 있는 총으로는 연사가 불가능한 한편, 적의 사격은 끊이지 않아 상황이 불리했다.

"어떻게 탄이 계속 나오는 거지? 신형 라이플인가?"

기관총을 모르는 그들로서는 이해할 수 없는 상황이었다. 어떻게든 하고자 수류탄에 손을 뻗었을 때 총격이 멈췄다.

대장은 부하들을 돌아보고 고개를 한 번 끄덕인 뒤 수류탄을 던졌다.

수류탄은 바닥에 부딪히자 연기를 뿜어내기 시작했다. 훈련을 받지 않은 사람은 괴로워서 눈도 뜰 수 없는 연막이었다.

병사들은 입과 코를 천으로 덮고, 눈 쪽은 참으면서 뜨고 있다.

지금쯤 적은 눈이 보이지 않아 괴로워하고 있을 것이다──라고 예상했다.

"좋아, 너희들 먼저──."

부하들을 돌격시키려 했더니 발소리가 들려왔다.

이상한 마스크를 쓴 여성이 서 있었고, 본 적도 없는 총을 들고 있었다. 총구는 대장들을 향해 있었다.

여성은 망설이지 않고 방아쇠를 당겼고, 대장들에게 비살상 탄환이 쏟아져 내렸다. 죽지는 않았지만, 맞은 부분은 뼈까지 전해질 듯한 고통이 느껴졌다.

너무나도 심한 격통에 몸부림치는 대장과 부하들.

쓰러진 병사들을 보고 마스크를 쓴 여성은 지시를 내렸다.

"곧바로 무기를 빼앗고 포박해라."

대장이 쓰러진 채 올려다보자 연기가 바람에 날려 사라져 갔다.

마스크를 벗은 여성은 금발을 땋아 올린 헤어스타일에 빨간 눈동자가 특징적이었다. 심지가 강해 보이는 얼굴을 한 여성을 보고 대장이 놀랐다.

"목표 중 한 명이었던 거냐."

안제가 대장을 알아차리자 총구를 겨누고 방아쇠를 당겼다.

대장의 의식은 거기서 끊기고 말았다.

가스마스크를 벗은 안제는 이마의 땀을 닦았다.

주위에서는 여학생들이 무서워하면서도 쓰러진 병사들을 잇달아 구속했다.

안제가 들고 있던 기관총의 탄창을 빼자, 무장한 작업용 로봇들이 허공에 뜬 채 다가왔다.

"학원을 습격하다니 대담한 녀석들이군."

실내에서도 활동 가능한 크기의 로봇들은 안제 주위에 떠서 주위를 경계하고 있었다.

그것들의 모습을 보고 안제는 미소를 지었다.

"리온은 이걸 다 예상했던 건가?"

안제는 이럴 때를 예상하고 대비해 둔 리온에게 기가 막히면서 한편으로는 감탄했다.

평소 생각 없이 실실거리며 다니는 것처럼 보이지만, 뒤로는 이것저것 준비하고 있었던 것이리라.

로봇 한 기가 안제한테 탄창을 건넸기에 받아서 교환했다.

"그나저나, 공적치고는 통솔이 너무 잘 되는군. 디어드리가 말했던 대로인가."

디어드리의 이름을 꺼낸 안제는 조금 떫은 표정을 지었다가 곧바로 표정을 다잡았다.

그때 다른 곳에서 굵직한 남자들의 비명이 들려왔다.

비명이 들린 방향으로 고개를 돌린 안제는 작은 한숨을 내쉬었다.

"노엘이 있는 쪽인가."

◇

여자 기숙사에 있는 노엘의 방.

교복 상의를 입은 노엘은 푸념을 늘어놓으면서도 나갈 준비를 했다.

"곧바로 내 방을 찾아내다니, 역시 학원 내부에 협력자가 있는 모양인데. 그나저나 이거……."

방금 전, 공적들이 문을 부수고 방으로 침입했다.

하지만 곧장 노엘의 오른손 손등에 있는 문장이 빛나더니, 방 온갖 곳에서 식물의 가지나 뿌리가 나타나 공적들과 무기를 휘감아 옥죄어 무력화했다.

전부 무녀의 문장이 지닌 힘이었다.

식수(植樹)한 성수의 묘목이 무녀인 노엘을 지키기 위해 능력을 행사한 결과였다.

노엘이 아무것도 하지 않아도 자동으로 공적들을 물리쳤다.

그런 노엘의 방에 로봇들을 거느린 크레아레가 들어왔다.

『이렇게 될 거라고 예상했지만, 정말 화려하게 저질렀네.』

방의 참상을 본 크레아레의 감상에 노엘은 약간 초조해했다.

"내, 내가 한 거 아니야!"

『알고 있지만, 결국 방이 부서진 건 마찬가지잖아? 수선 비용이 꽤 나올 거 같은데.』

호화로운 방이 식물에 지배당해 바닥은 뚫려 있고, 벽에는 금이 가 있었다.

노엘은 머리를 감싸 쥐었다.

"성수야, 힘 좀 조절해."

『괜찮아. 이런 건 마스터한테 떠넘기면 돼.』

자신을 지켜 준 건 고맙지만, 학생 기숙사가 엉망이 되어버렸다.

◇

그 무렵, 마리에는 미아와 에리카를 데리고 공적들한테서 도망치고 있었다.

"이쪽이야. 빨리!"

하지만 미아는 가슴을 누른 채 달리는 속도가 빨라지지 않았다.

더는 괴로워서 견딜 수 없는지, 결국 먼저 마리에의 손을 뿌리쳤다.

"무, 무리예요. 그만 먼저 가세요."

그러자 에리카가 미아를 필사적으로 잡아당겼다.

"안 돼요. 서둘러 주세요."

"이제 됐어요. 미아가 있으면 방해가 될 거예요."

자기를 버리고 먼저 가라는 말을 듣고 머리에 피가 확 몰린 마리에는 미아에게 호통쳤다.

"시끄럽네, 멋대로 포기하는 거 아니야! 이렇게 되면 내가 업어서라도——!"

미아를 억지로 업으려던 마리에였으나, 그때 총성이 들려와 움직임을 멈췄다.

세 사람이 시선을 향한 곳에는 작업복 차림 남자가 서 있었다.

모자를 벗어 던진 금발 남자는 비열한 미소를 띠고 셋을 보고 있다.

"찾았다고. 왕녀 전하."

왕녀 전하라는 말에 에리카는 마리에나 미아 앞으로 나서 남자와 마주 봤다.

"목적은 저인가요?"

"그래. 교섭을 위해 우리의 인질이 되어줘야 겠어. 잘못된 왕국을 바로잡기 위해서 말이야. 얌전히 협력해 주실까."

무례한 태도를 보이는 젊은 남자를 보고 마리에는 곧바로 입학식 당일에 봤던 태도가 나쁜 직원임을 알아차렸다.

"뭘 바로잡는다는 거야. 쓸데없는 오지랖이라구."

"가짜 성녀는 닥치고 있어. 아무래도 리온과 친한 것 같던데, 그 녀석은 구하러 오지 않을 거야."

마리에는 어금니를 악물었다.

'그때는 루크시온과 크레아레가 방해를 받아서 제대로 정보 수집을 하지 못했을 무렵이지? 하필 틈이 있을 때 숨어도 이런 게 숨어드는 거야!'

운이 나쁘다고 생각하면서 상대의 틈을 엿보고 있자, 한 박자 늦게 따라잡은 공적들이 마리에 일행을 둘러쌌다.

역시 저 직원도 공적들과 한패인 모양이었다.

직원이 공적들에게 명령했다.

"세 명을 포박해라."

"너한테 명령받고 싶지는 않지만, 일단은 따라 주도록 하지."

공적들이 무기를 들고 마리에 일행에게 다가왔다.

그때, 주변에서 총성이 울렸고 공적 중 한 명이 옆으로 날아가다시피 하며 쓰러졌다.

옆구리를 누르며 고통에 몸부림치는 공적을 보고, 동료들이 총을 들어 총성이 들린 방향을 향해 방아쇠를 당겼다.

하지만 어둠 속에서 잇따라 총탄이 발사되어 공적들은 한 사람, 또 한 사람 쓰러져갔다.

예상 밖의 상황에 겁을 먹은 직원은 한심한 비명을 지르며 도망치기 시작했다.

"히, 히이이익!"

"어이, 도망치지 마라!"

공적이 불러세웠지만, 그는 아랑곳하지 않고 도망쳤다.

그리고 공적들의 수가 줄어들자 어둠 속에서 남자들이 뛰쳐나왔다.

공적을 쓰러트린 사람들을 보고 마리에는 금방 불안에서 해방되었다.

"다들!"

"마리에, 숙이고 있어라!"

권총을 든 율리우스가 남은 공적들을 쐈다. 비살상 탄환이라 몸에 구멍이 나지는 않았지만, 총에 맞은 공적들은 괴로움에 몸부림쳤다.

창을 든 그렉이 공적 중 한 명을 때려눕혔고, 검을 든 크리스가 공적의 무기를 쳐서 떨어뜨린 뒤 턱을 공격하여 기절시켰다.

공적 중 한 명이 왼손을 앞으로 내밀어 마법 장벽을 전개했지만, 브래드가 마법을 사용하자 공적들이 서 있는 지면에서 흙으로 만들어진 사람의 팔이 여럿 출현하여 공적들을 구속했다.

남은 마지막 한 명은 마리에 일행을 인질로 잡으려 했으나——질크의 저격에 복부를 맞아 쓰러졌다.

"사, 살았어~."

마리에가 그 자리에 주저앉자 율리우스는 마리에한테 다가와 어깨에 손을 올려놓았다.

"미안하다. 조금 시간이 걸리고 말았군."

"괜찮아. 늦지 않게 와 줘서 감사하고 있어."

마리에가 무사해서 안심했는지 율리우스는 미소 지었다.

그런 율리우스에게 지금까지 무시당하고 있던 에리카가 말을 걸었다.

"오라버니, 어디까지 상황을 파악하고 계시나요?"

상황 파악을 우선하는 에리카에게, 율리우스는 여동생을 대하는 것치고는 쌀쌀맞은 태도로 답했다.

"음? 학생 기숙사 쪽에서 전투가 이어지고 있는 모양이다만, 나도 자세히는 모른다. 마리에를 구하기 위해 필사적이었으니까."

"그, 그래도 괜찮은 건가요? 오라버니가 지휘하시는 편이 잘 규

합되지 않을까요?"

"지금 와서 새삼 내가 규합한들 어쩐단 말이냐. 그리고 학생 기숙사의 방비는 걱정할 필요 없다. 여유가 있다면 오히려 적의 비행선을 어쩔지를 고민해야겠지. 자, 저걸 어쩐다."

전원의 시선이 학원 상공에 떠 있는 비행선으로 향했다.

◇

비행선 함교에 잇따라 전해지는 보고에 가비노는 눈살을 찌푸리고 있었다.

그는 회중시계로 시간을 확인할 때마다 깊은 한숨을 내쉬었다.

"시간이 너무 걸리고 있군요."

비행선 선장이 미덥지 못한 부하들한테 화를 내며 가비노에게 사과했다.

"죄송합니다. 나름대로 정예를 모았다고 생각했는데, 부족했던 모양입니다."

"……학생이라도 야만적이고 억센 왕국 기사인 건 변함이 없다는 겁니까."

학원에서 학생들을 던전에 몰아넣고 강하게 키우는 호르파트 왕국의 기사는 외국에서도 강하다는 이미지로 통하고 있었다.

그다지 시간을 들일 수 없었던 가비노는 작전을 변경했다.

"어쩔 수 없군요. 생포할 수 없다면── 죽여 버리세요. 신성왕

께서는 귀축 기사에게 보복하기를 바라십니다.”

가비노는 약혼자들을 인질을 잡을 수 없다면 죽어서라도 귀축 기사에게 복수하자는 작전으로 바꾸었다.

선장이 부하들에게 명령했다.

“포격 준비!”

비행선이 제자리에서 선회하여 학생 기숙사에 측면을 향했다. 함선 측면에 구멍들이 열리고 대포가 모습을 드러냈다. 여럿 늘어선 대포가 학생 기숙사를 조준하고 탄을 장전했다.

가비노는 습관처럼 회중시계의 덮개를 닫으며 명령을 내렸다.

“발사.”

대포가 일제히 불을 뿜자, 비행선 내부가 반동으로 흔들렸다.

모두가 일을 끝냈다고 생각한 순간, 창밖을 본 병사가 외쳤다.

“고, 공격이 전부 가로막혔습니다! 뭐지, 이 거대한 장벽은?!”

혼란에 빠진 병사의 말에 모두의 시선이 밖으로 향했다.

어느새 학생 기숙사를 돔 형상의 장벽이 감싸 모든 공격을 막아내고 있었다.

가비노는 회중시계를 꽉 쥐고는 소리쳤다.

“계속해서 쏴라!”

◇

리비아는 학생 기숙사 옥상에 서서 하늘을 향해 양손을 펼치고 있었다.

오른손에 찬 액세서리의 작고 하얀 구체가 희미한 빛을 내뿜었다.

학생 기숙사를 뒤덮는 장벽을 전개한 것은 리비아였다.

리비아 주위에는 로봇들이 떠서 그녀를 경호하고 있었다.

비행선이 끊임없이 대포를 쏘아댔지만, 거대한 장벽은 모든 공격을 막아냈다.

1학년 때의 리비아는 기숙사를 둘러쌀 만큼의 대규모 장벽을 오래 유지할 마력이 없었다.

하지만 지금의 그녀에게는 오히려 여유가 있었다.

힘들기는 하지만 그래도 쓰러질 정도는 아니었다.

적은 포기할 줄 모르는 듯 포격을 계속했지만, 리비아는 모조리 막아낼 자신이 있었다.

"헛수고예요. 먼저 포탄이 다 떨어질 거예요."

리비아는 적의 비행선 크기를 보고 적이 탄을 얼마나 가져왔을지를 꿰뚫어 보았다.

오히려 비행선이 한두 척 더 늘어나도 끝까지 버틸 확신이 있었다.

리비아는 겁을 먹고 아무것도 못 한 채 주위에 민폐만 끼쳤던 예전의 자신을 떠올렸다.

'그 무렵의 저는 아무것도 하지 못해서 리온 씨나 다른 사람들의 발목을 붙잡고 있었어요. 하지만, 지금은── 이제는 저도 리

온 씨의 힘이 될 수 있어요!'

펼친 양팔을 어깨 위치까지 올리고 양손을 앞으로 가지고 갔다.

그러자 리비아를 중심으로 전개된 돔 형상 장벽이 한층 더 범위를 넓혀 나갔다.

"더 이상 제멋대로 굴게 두지 않겠어요."

제06장 「최강의 기사」

"이 녀석도 치트냐고!"

이리저리 움직이는 마장을 뒤쫓으며 아로간츠 콕핏 안에서 악다구니를 내뱉었다.

뇌리에 흑기사라 불렸던 할아범의 모습이 떠올랐다.

1탄에 등장한 공식 치트라고 해도 손색이 없는 그 최강의 할아범은 자기 몸에 마장의 파편을 흡수하여 괴물이 되어서까지 왕국에 싸움을 걸었다.

충의, 복수, 다양한 동기에 의해 움직인 할아범은 지금까지 단신으로 싸웠던 어떤 상대보다도 성가셨다.

루크시온을 가진 내게 처음으로 죽음의 위기를 느끼게 한 민폐 할아범이다.

내가 지금 그 할아범을 떠올린 건 제국의 수호 기사가 할아범 이상으로 성가시기 때문이었다.

아로간츠도 그 무렵보다 성능이 향상됐는데 진짜 마장을 상대로 이렇게까지 너덜너덜해질 줄은 몰랐다.

"루크시온, 미사일!"

『미사일 발사. 마스터, 미사일 잔탄은 이걸로 제로입니다.』

아로간츠가 마장으로부터 도망치며 등에 있는 컨테이너 해치를 열자 원기둥 모양의 미사일을 여섯 발 발사했다.

그 미사일 여섯 발을 본 헤링은 오른손에 검은 롱소드를 만들어 쥐었다. 파직파직 방전하는 게 아무래도 칼날에 마법을 두른 듯했다.

"미사일을 그런 검으로 막을 수 있다고 생각──."

헤링이 마법을 깃들인 칼날을 옆으로 휘두르자 전격이 주위로 퍼졌다. 노란빛이 롱소드의 참격이 되어 날아들었고 방전하며 확산하자 미사일 여섯 발 전부가 폭발했다.

"──범위 공격까지 가능한 거냐."

코어를 지닌 마장이 이렇게나 성가시리라고는 예상치 않았다.

다소 강한 마장이라 할지라도 그 흑기사 할아범한테는 못 미치겠지, 하고 어디선가 생각하고 있던 안일한 자신에게 화가 났다.

그와 동시에 식은땀이 나왔다.

『미사일 잔탄 제로. 라이플, 머신건 모두 포기. 배틀 액스, 사이드(scythe)도 포기. 드론, 전 기체 로스트. 마스터, 남은 무장은 블레이드뿐입니다.』

계속된 전투로 무기 대부분을 다 써버리고, 남은 건 블레이드뿐이었다.

"저런 녀석과 근접 전투라니, 사양하고 싶군."

아로간츠가 블레이드를 장비했지만, 헤링한테 이기는 이미지가 떠오르지 않았다.

『농담하고 있을 상황이 아닙니다.』

"딱히 농담하는 게 아니라고. 어이쿠?!"

루크시온과 여느 때의 대화를 하고 있자, 아로간츠에 접근한 헤링이 롱소드를 내리쳤다.

그걸 피해 상승하여 도망치자 헤링도 쫓아왔다.

쫓아오는 마장이 날개를 펼치고 손가락 끝에서 빔이라도 발사하는 것처럼 전격을 쏴댔다.

"뒤쪽은 맡긴다."

『강제 회피.』

컨트롤 일부를 루크시온에게 맡겨 전격을 회피시켰다.

하지만 일부는 아로간츠를 스쳐 어깨 장갑이 조금 녹았다.

"전기는 스치면 녹는 거였어?!"

『진짜 전기가 아니라, 마법에 의해 발생한── 긴급 회피?!』

루크시온이 착실하게 해설을 끼워 넣었지만, 헤링은 그럴 틈도 주지 않았다.

후방 영상을 확인하니 헤링 주위에 방전하는 커다란 구체가 여럿 떠 있었다.

그 구체들을 그대로 아로간츠를 추적하기 시작했다.

아무리 피해도 방향을 바꾸어 돌아오는 데다 위력도 상당했다. 아무리 아로간츠라도 여러 발 맞으면 버틸 수 없을 듯했다.

『마스터. 본체 사용 허가를 요청합니다. 거부하셔도 마스터 보호를 우선하여 공격을 개시하겠습니다.』

더는 참을 수 없다고 말하는 루크시온에게 나는 최후의 찬스를 받기 위해 교섭을 개시했다.

"네 본체가 마장을 쓰러뜨리려 하면, 왕도는 어떻게 되냐?"

『적잖은 피해가 나옵니다.』

"그럼 안 돼——라고 말해도 실행할 거라면, 마지막으로 나한테 좀 어울려 달라고."

『뭘 하려는 겁니까?』

"평소에 쓰던 거!"

아로간츠의 방향을 반대로 전환하여 이쪽으로 오던 헤링을 향해 가속했다.

헤링의 마장은 당황하지 않고 롱소드를 들고 대응했다.

서로 돌진—— 승부를 결정짓기 위해 거리를 좁히자마자 아로간츠가 블레이드를 내리쳤다.

하지만 아로간츠의 블레이드는 방전하는 헤링의 롱소드에 간단히 절단되었다.

헤링은 이걸로 승부가 났다고 생각했는지, 롱소드를 크게 당기고 칼끝을 아로간츠의 흉부—— 내게 향했다.

「이걸로 끝이다.」

콕핏 안에서 나는 헤링의 안일함에 감사했다.

「내가 할 말이다!」

아로간츠의 오른팔이 헤링의 가슴에 주먹을 꽂아 넣었다. 상당한 위력인데도 마장한테는 별 대단한 대미지가 아닌 듯했다.

헤링도 이걸 최후의 발악이라고 생각한 듯했다.

하지만 아로간츠의 오른손 주먹이 빨갛게 발광하며 그대로 풀 파워 충격파가 마장 내부에 박혔다.

『──임팩트.』

루크시온의 말과 함께 마장이 뒤쪽으로 크게 날아갔고, 그대로 추락했다.

헤링이 의식을 잃었는지 유도탄이 전부 허공에서 터지며 큰 폭발과 전격을 내뿜었다.

하지만 나는 바닥으로 추락하는 헤링의 마장을 보고 수가 틀어졌다는 걸 깨달았다.

"제길, 전력으로 때려 박았는데도 멀쩡하잖아!"

지금까지 아로간츠의 충격파를 맞은 적은 예외 없이 산산조각이 났기에, 초조함과 공포가 밀려왔다.

공격이 통하기는 했지만 언제 눈을 떠서 습격해 올지 알 수 없는 상황이 되어버렸다.

틈을 주지 않으려고 헤링에게 다가가려는 순간, 모니터 가장자리에서 무언가 반짝이는 게 눈에 들어왔다.

그쪽으로 의식을 돌리자, 학원 쪽에서 리비아가 펼친 하얀 장벽이 보였다.

"무슨 일이 있었어?!"

루크시온에게 확인을 취했지만 통신 장애로 정보 전달이 늦어졌다.

『왕도 각지에서 폭동이 일어나고 있습니다. 학원에도 공적 차림을 한 집단이 침입했습니다.』

"큭! 곧바로 간다."

『그건 불가능합니다.』

루크시온의 거부에 한순간 화가 울컥 치밀었지만, 곧바로 이변을 눈치채고 나는 아로간츠를 뒤로 물렸다.

직후 아로간츠 옆으로 헤링이 발사한 전격이 지나갔다.

헤링의 마장은 깨진 유리처럼 표면에 금이 가 있었지만, 문제없이 움직이고 있었다.

「너무 튼튼하잖냐.」

하지만 헤링까지 건재한 건 아닌지 호흡이 흐트러져있었다.

「이쪽이 할 말이다. 하지만 인공지능을 사용해서 살인을 계속 저지르는 너를 그냥 둘 수는 없다. 미아를 위해서라도 여기서 쓰러뜨리겠다.」

나는 롱소드를 든 헤링에게 제동을 걸었다.

「웃기지 말라고! 네가 뒤에서 마장의 파편을 이용해 살인을 저지르고 있던 거잖아!」

「──무슨 소리냐? 나는 아무것도──.」

말다툼하고 있자, 헤링이 아니라 쿠로스케가 외치는 소리가 마장에서 들려왔다.

『파트너! 큰일이다! 학원에 비행선이 침입했어!』

「뭐, 뭐라고?!」

헤링이 날 경계하면서도 롱소드를 거머쥔 자세를 풀지 않았다.

『빨리 가지 않으면 미아가!』

「알고 있어! 하지만 이 녀석한테 등을 보일 수는 없는 노릇이라고!」

완전히 쓰러뜨리지는 못했지만, 대미지가 없지는 않은 모양이었다.

나는 심호흡을 한 뒤 헤링에게 제안했다.

「이봐, 거래하자. 나는 지금 당장 학원에 돌아가고 싶어.」

롱소드를 든 헤링은 대답하지 않았지만, 나는 말을 계속했다.

「일시 휴전이다. 너도 구하고 싶은 사람이 있는 거지? 나도 돌아가서 구하고 싶은 사람들이 있어.」

약간 뜸을 두고 난 뒤, 헤링이 자세를 풀었다.

「──좋다. 하지만 나는 내 마음대로 하겠어.」

헤링은 그렇게 말하고는 날개를 펼쳐 학원으로 날아갔다.

「좋을 대로 해.」

나도 아로간츠를 학원으로 향했지만, 루크시온이 날뛰었다.

『제정신입니까? 마장과 거래를 하다니, 말도 안 되는 소리입니다! 녀석들은 반드시 배신할 겁니다!』

"참 끈질기네. 모두를 구하고 나면 나중에 얼마든지 어울려 줄 테니까 참으라고."

『──좋습니다. 그 말, 잊지 마십시오.』

"그때도 내가 기억하고 있다면 말이지. ──슈베르트를 꺼내."

페달을 밟아 가속하자 학원의 상황이 차츰 보이기 시작했다.

◇

비행선 안.

가비노는 아무리 포격을 계속해도 파괴되지 않는 장벽을 앞에 두고 식은땀을 흘리고 있었다.

"이만한 장벽을 혼자서 펼쳤다고? 괴물인가!"

가비노의 눈에는 학생 기숙사 옥상에서 혼자 버티고 있는 여학생이 사람의 모습을 한 괴물로 보였다.

그만큼 말도 안 되는 일이 눈앞에서 일어나고 있었다.

귀축 기사를 감시하던 병사가 쌍안경을 들여다보며 외쳤다.

"귀축 기사와 미확인 기체가 이쪽으로 접근하고 있습니다!"

"——결국 오는 건가."

가비노는 눈을 한 번 감더니, 몇 초 뒤에 결단하고 눈을 떴다.

"포격을 계속해라! 나는 마장 기사 출격을 준비하겠다."

"예, 옙!"

가비노는 뒤돌아보며 명령했고, 부하들이 긴장한 기색으로 가비노의 뒷모습을 지켜봤다.

그대로 복도를 걷는 가비노는 주머니에서 검은 장갑을 꺼내 양손에 꼈다.

만에 하나라도 마장에 흡수되지 않기 위한 도구였다. 이것이 있기에 안심하고 마장의 파편을 다룰 수 있었다.

함교에서 격납고로 가는 길 도중에 있는 방 앞에 멈춰 선 가비노는 담담히 문을 노크했다.

"성기사님, 나설 차례가 왔습니다."

가비노가 상대를 부르자 곧바로 대답과 함께 문이 열렸다.

방에서 나온 건 근골이 우람하며 잘 단련된 육체를 가진 자로, 라셀 신성 왕국의 하얀 기사복을 입은 젊은이였다.

평온한 표정을 띤 실눈의 젊은이는 가비노를 보더니 미소 지었다.

"이제야 제가 나설 차례군요."

차분한 어조에 그의 온후한 성격이 잘 드러나 있었다.

"예. 신성한 기사의 힘을 나타낼 때가 왔습니다."

가비노가 공손한 태도로 성기사를 격납고까지 데리고 갔다.

"죄송합니다. 성기사님께 출격을 부탁드리는 상황이 되고 말았습니다."

"괜찮습니다. 그것이 제 일이니까요. 그런데——."

실눈이었던 젊은이의 눈이 크게 뜨이더니, 온화한 어조 속에 노기가 깃들었다.

"——귀축 기사는 어떻게 되었습니까? 폐하의 적은 건재한 겁니까?"

가비노는 성기사에게 사과하고는 현재 상황을 간략하게 보고했다.

"건재합니다. 지금 이쪽으로 오는 중이지요."

실눈의 젊은이는 걸으면서 천장에 시선을 향하고 주먹을 가슴에 댔다.

"폐하의 적을 칠 기회를 주신 신께 감사해야겠군요."

두 사람이 격납고에 오자 공적 차림새를 한 병사들이 그들을 기다리고 있었다.

그들은 성기사를 발견하자마자 일제히 경례했다.

성기사는 기사복 상의를 벗고는 깔끔하게 개어 근처에 있던 병사에게 건넸다.

"폐하께 돌려드려 주십시오. 그리고 저는 훌륭히 역할을 완수했다고──. 그 말에 어울리는 활약을 보여드리지요."

겸허한 데다 평범한 병사에게도 친절한 그 젊은이에게 가비노가 마장의 파편을 가지고 다가갔다.

"성기사님."

"부탁합니다."

가비노는 눈을 감은 젊은이의 가슴에 망설이지 않고 날카로운 마장 파편을 꽂았다.

가슴에서 피가 뿜어져 나오자, 젊은이는 눈을 크게 뜨고 입에서 피를 토하며 괴로워하기 시작했다.

하지만 그것도 잠시, 그의 표정이 서서히 평온하게 변했다.

"오오! 이것이 신성한 기사가 되기 위한 시련이군요! 역대 성기사 여러분, 지금부터 저도 영웅의 한 사람으로── 커헉!"

그가 입에서 검은 액체를 토하더니, 곧 온 몸이 검은 액체에 감싸였다. 이윽고 서서히 흉측한 갑옷으로 뒤덮여 겉모습이 완벽하게 마장으로 변하었다.

마장은 손에 이 젊은이가 특기로 삼았던 창을 쥐고 있었다.

바로 세 개의 창날을 지닌 삼지창이었다.

창을 든 모습이 실로 위풍당당했지만, 그의 활약은 이곳이 처음이자 마지막이었다.

가비노나 병사들이 실눈의 젊은이를 성기사님이라 부르며 우대하는 것도 목숨을 버리고 마장의 파편을 받아들일 걸 알기 때문이었다.

성기사들은 엄격하게 육성된 우수한 기사이다.

오로지 마장의 파편을 컨트롤하기 위해 특별한 훈련을 받고, 전장에서 압도적인 힘을 발휘하며, 싸움이 끝날 때 죽는다. 그것이 바로 라셀 신성 왕국의 성기사였다.

그래서 가비노나 병사들은 성기사에게 경외심을 품고 있었다.

훌륭히 마장으로 변한 실눈 젊은이의 모습에 가비노가 눈물지으며 박수를 보냈다.

"멋진 모습입니다. 근래 들어 가장 아름다운 갑옷 모습이군요."

그러자 마장이 된 젊은이가 변하기 전과 다름없는 겸허한 태도로 대답했다.

「그건 기쁘군요. 하지만 역할을 다하여야 비로소 성기사입니다. 귀축 기사의 머리를 베어 폐하께 바치도록 하지요. ──그럼 가겠습니다.」

"옙! 해치를 열어라!"

가비노가 경례하자, 성기사 마장은 박쥐 날개를 꺼내어 열린 격납고 해치를 통해 밖으로 뛰쳐나갔다.

하늘을 날며 떠나가는 그 모습에 병사들은 큰 목소리로 성원을 보냈다.

◇

헤링은 초조해하고 있었다.

그는 입가에서 피를 흘리는 중에도 아픈 몸을 이끌고 억지로 학원을 향해 날고 있었다.

브레이브가 그의 상태를 걱정했다.

『파트너, 조금만 더 참으면 돼.』

"알고 있다, 쿠로스케."

『그러니까 브레이브라고 부르라고! 파트너도 미아도 날 쿠로스케니 브 군이니 멋대로 불러 대고, 너무하잖아!』

헤링은 파트너인 마장의 코어【브레이브】를 쿠로스케라 부르고 있었다.

그냥 그게 부르기 쉬워서였다.

"미아를 구하고 나면 고려해 주지."

『그렇군. 얼른 미아를 구해야겠어.』

학원에 도달한 그의 눈에 비친 건 학원을 완전히 뒤덮은 하얀 장벽이었다.

"학원 전체를 뒤덮는 방어벽이라니, 왕국의 신병기인가?"

배리어── 장벽을 만드는 방법은 마법을 쓰던가, 마석을 사용하여 장치를 사용하는 수밖에 없다.

다만 사람은 한계가 있기에 거대한 장벽을 만들려면 결국 장치를 써야 하는데, 그마저도 학원을 감쌀 정도로 거대한 장벽이라면 터무니없는 마석이 필요했다.

그런 무지막지한 장비를 굳이 학원을 지키기 위해 준비했다는 건 헤링으로서는 도무지 이해할 수 없는 일이었다.

그러자 헤링의 잘못된 인식을 파트너인 브레이브가 정정했다.

『그런 게 아니야, 파트너. 저 여자가 한 거야. 옥상에서 이 규모의 장벽을 혼자서 전개하고 있어.』

마장의 눈동자가 옥상에서 장벽을 전개 중인 리비아를 비추어 확대했다.

"거짓말이지?! 아니, 그런가. 저 애는 1탄의!"

『파트너, 저걸 깨지 않으면 우리도 안에 들어갈 수 없어.』

둘이 학원에 접근하기 위해서는 리비아의 장벽을 돌파해야만 한다.

하지만 그랬다가는 학원을 지키는 마지막 방어 수단을 스스로 파괴하는 꼴이 된다.

"신호를 보내 일시적으로 해제를──."

헤링은 말 도중에 격렬한 통증을 느끼고 가슴을 눌렀다.

"──틀렸나."

'젠장. 귀축 기사의 공격이 지금에 와서…….'

아로간츠가 내지른 충격파는 마장과 헤링에게도 강력한 공격이었다.

결국 헤링의 마장은 학원을 바로 앞에 두고 낙하하고 말았다.

『파트너?! 역시 그 녀석들, 죽였어야 했다고!』

"난── 확증이 없었다."

『물러. 무르다고, 파트너는! 그 녀석들 인공지능은 그야말로 뭐든 해! 그걸 쓰고 있는 귀축 기사도 비겁한 놈일 게 뻔하다고!』

"조금 후회하는 중이야. 더 빨리──."

지면에 한쪽 무릎을 꿇은 헤링의 마장이 어떻게든 일어서려고 분투하는 사이, 학원을 지키던 장벽이 누군가에 의해 꿰뚫렸다.

비행선의 포격도 막아내던 장벽이 꿰뚫린 곳을 기점으로 순식간에 금이 가 이윽고 산산이 부서졌다.

사태를 파악하지 못한 헤링 앞에 마장 한 기가 내려섰다.

곧바로 브레이브가 적의 정체를 말했다.

『마장의 파편을 제어하고 있어. 파트너, 이 녀석 신성 왕국의 기사다.』

헤링은 괴로워하며 상대를 올려다보는 모양새가 되었다.

"어째서 이런 곳에 라셀 녀석들이 있는 거지?"

호흡이 흐트러진 헤링을 앞에 둔 마장은 창을 지면에 꽂고 위압했다.

「저 말고 다른 마장 기사가 있다는 말은 듣지 못했습니다만…….
게다가 성기사도 아닌 것 같군요. 당신은 누구입니까?」

「너희야말로, 라셀에서 여기까지 뭐 하러 온 거지?」

헤링의 물음에 상대는 불쾌감을 품었다.

마장의 파편을 몸에 넣은 탓에 정신이 불안정해지고 있었다.

「질문하는 건 접니다. 어차피 그런 너덜너덜한 꼴로는 제대로
싸울 수도 없겠지요. 성기사도 아닌 자가 마장을 다루다니, 불가
능합니다. 얌전히 마장을 넘기고 사라지시지요.」

헤링은 성기사의 마장을 올려다보고는 어처구니없다는 듯이 웃
었다.

「가짜라니, 말이 심한데. 어쩔래, 쿠로스케.」

『이 자식, 바보 취급하고 있어. 너, 나랑 파트너가 본래 상태였
으면 순식간에 갈기갈기 찢어져서 엉망진창으로 너덜너덜해졌을
거다!』

마장의 파편밖에 지니지 않은 성기사한테 가짜 취급을 받은 쿠
로스케는 격노했다.

하지만 파트너인 헤링은 이미 부상이 상당했고, 브레이브도 만
전이 아닌 데다, 현재는 진심을 낼 수 없는 이유가 있었다.

성기사의 마장이 삼지창을 들고 헤링에게 창끝을 향했다.

「당신의 마장 파편을 가져가겠습니다.」

헤링이 단념하고 싸우려는 순간, 하늘에서 리온의 목소리가 들
려왔다.

「선수필승!」

직후, 가느다란 붉은빛이 잇따라 성기사의 마장 위로 쏟아져 내렸다. 붉은빛은 성기사의 마장에 닿은 순간 표면을 불태웠다.

성기사의 마장은 헤링을 내버려 두고 하늘을 보더니, 적을 발견하고는 격앙하여 짐승처럼 포효했다.

「귀축 기사아아아!!」

리온이 탄 아로간츠는 등에 달린 컨테이너를 날개로 바꾸어 하늘을 날고 있었다.

밤의 어둠에 빨갛게 빛나는 아로간츠의 바이저가 헤링은 끔찍하게 느껴졌다. 이만큼 싸우고도 아직 여력이 남아있었다는 사실을 알자 몇 번째인지 모를 식은땀이 흘렀다.

"아직도 숨겨둔 수가 있었던 거냐."

◇

리비아는 오른손 주먹을 가슴에 댄 채 리온의 아로간츠를 옥상에서 올려다보고 있었다.

슈베르트를 등에 짊어진 아로간츠의 모습은 등장만으로도 리비아에게 안도감을 주고 있었다.

"리온 씨가 왔어."

그러나 아로간츠를 보고 있으니 리비아의 마음에 안도감과 동시에 한심함이 몰아쳤다.

"저는 또 리온 씨한테 도움을 받았네요."

리비아는 리온한테 도움을 받은 것이 기쁘면서도 분했다.

더 힘내야 해, 하고 마음속으로 결의하고 있으니 아로간츠가 이쪽으로 시선을 한번 향한 후 곧바로 적에게 시선을 되돌렸다.

"리온 씨—— 뒤는 부탁드릴게요."

◇

학원에 오자 어째서인지 마장이 둘로 늘어나 있었다.

헤링이 지면에 한쪽 무릎을 꿇고 있었고, 창을 든 마장은 날 보며 귀축이니 뭐니 소리치고 있었다.

"나도 제법 유명인이 됐구만."

『마스터의 지명도는 아무래도 좋으니, 이대로 마장 둘을 파괴하지요. 이미 본체를 학원 상공에 대기시켰습니다. 나머지는 마스터의 명령을 기다릴 뿐입니다. 주포 발사 허가를 내려 주십시오!』

마장이 늘어난 것으로 인해 둘을 티끌 하나 남기지 않고 한꺼번에 소멸시키고 싶은 루크시온이 조금 전부터 시끄러워서 견딜 수 없다.

"바보냐? 여기서 네 주포를 썼다가는 학원도 피해가 나오잖냐."

『이대로 내버려 두겠다는 말씀입니까?』

조종간을 움직이자 백팩에 짊어진 슈베르트에서 대검이 튀어나왔다.

아로간츠가 그걸 오른손으로 잡았다.

"일단 창을 든 쪽은 쓰러뜨려 두고 싶네."

나는 대검 칼끝을 지상에 있는 창을 든 마장으로 향하고, 아로 간츠의 왼손을 까닥까닥하여 올라오라는 제스처를 취했다.

그 몸짓을 도발로 받아들였는지, 창을 든 마장이 날개를 펼치고 날아올랐다.

「귀축 기사, 네 녀석은 죽음으로 속죄해야 한다. 우리의 폐하 앞에 그 머리를 내놓아라!」

하늘에서 삼지창을 거머쥐고 자세를 취한 마장은 헤링의 갑옷보다 슬림했고 색깔도 보라색이었다.

「또 타입이 다른 마장이냐고. 코어가 있으면 성가시겠는데.」

그러자 적 마장을 해석한 루크시온이 코어가 없다고 판단했다.

『이쪽은 마장의 파편을 삽입한 인간입니다. 파편을 넣고도 이만큼 움직이는 건 일종의 재능이거나 특수한 훈련을 받은 결과겠지요.』

「나라면 무조건 거부하겠어.」

『마스터치고는 현명한 판단입니다.』

적을 앞에 두고 실실거리며 대화하는 우리의 목소리는 눈앞의 마장에게도 전해지고 있었다.

부아가 치밀었는지 삼지창을 꼬나쥔 자세로 돌격해 왔다.

「나는 성기사다! 선택받은 성스러운 성기사란 말이다! 너 같은 사악한 존재한테 굴복할까 보냐!」

◇

　낙하한 헤링의 마장 곁으로 달려오는 인물이 있었다.

　마리에의 제지를 뿌리치고 뛰쳐나간 미아였다.

　리비아의 장벽이 깨지고 헤링의 마장을 발견하자마자 이미 달려 나가고 있었다.

　마리에는 미아를 뒤쫓고 있었다.

　"잠깐 기다려! 너, 무리하면 안 되는 몸이잖아!"

　미아는 뒤돌아보지 않고 마장에 다가가더니 무서워하지 않고 안겨들었다.

　너덜너덜해진 자기 수호 기사의 모습에 눈물을 흘렸다.

　"기사님! 어째서 이렇게나 다치신 건가요?"

　헤링은 괴로운 듯한 목소리로, 울고 있는 미아를 안심시키는 것처럼 달랬다.

　「여긴 위험하니까 물러나 있어.」

　"싫어요! 계속 옆에 있어 주실 거라고 말했잖아요!"

　「무사히 돌아올 테니까.」

　헤링이 난처하게 됐다는 목소리로 이야기를 계속하고 있자, 마리에가 다가왔다.

　그 뒤쪽에서 에리카를 지키며 다가온 다섯 바보도 나타났다.

　다섯 바보는 무기를 들고 헤링을 경계했다.

라이플을 든 그렉이 마리에와 에리카한테 앞으로 나서지 말라고 주의했다.

"둘 다 그 녀석한테 가까이 가지 마. 지금까지 신물이 날 정도로 이 녀석들의 폭주를 경험해 왔다고. 곧바로 도망칠 수 있도록 준비해 둬."

그렉의 말에 마리에가 에리카의 손을 잡고 마장한테서 거리를 뒀다.

모두가 헤링에게서 거리를 벌리고 무기를 드는 와중에 미아만이 헤링을 감쌌다.

헤링 앞에 서서 양팔을 펼치며 외쳤다.

"미아의 기사님은 나쁜 짓 따위 하지 않아요!"

자기를 감싸며 앞에 서는 미아의 모습을 보고 헤링이 브레이브한테 지시했다.

"그만 됐어. 쿠로스케, 마장을 해제해."

『괜찮겠어? 파트너?』

"이 자리에 머무르는 편이 위험하다. 얼른 피난하고 싶어. 나는 한동안 싸울 수 있을 것 같지 않으니."

브레이브가 마장을 해제하자 순식간에 갑옷이 사라지고 헤링의 모습이 나타났다.

옷은 너덜너덜했고 여기저기 상처에서 피가 흐르고 있었다.

괴로워 보이는 그 모습에 미아가 안겨들어 부축했다.

"기사님──."

헤링은 눈물이 글썽한 미아의 머리를 쓰다듬어 주며 미소 지었다.

"걱정시켜서 미안하다. 얼른 이동하자. 이곳은 위험해."

미아를 데리고 피난하려는 헤링에게 마리에가 안내했다.

"그럼 이쪽으로 와."

◇

모두를 데리고 피난 장소로 향한 마리에는 만신창이인 헤링을 부축해주고 있었다.

'이 녀석, 오빠랑 싸우고도 이 정도로 그쳤다니 대단하네. 정말로 강한 건가?'

마리에가 헤링을 부축하는 모습을 보고 다섯 바보가 뒤에서 불만을 뱉어댔다.

"대체 뭐냐, 저 남자는."

"마리에 양의 부축을 받는다니, 뻔뻔한 남자군요."

화를 내는 율리우스 옆에서는 질크가 비아냥을 내뱉었다.

다른 세 사람도 노골적으로 언짢은 표정이었지만, 마리에는 무시했다.

둘의 대화를 듣고 있던 헤링이 마리에한테 면목 없다는 듯이 말했다.

"미안하군. 미아는 몸이 건강하지 않아."

미아는 에리카한테 부축받으며 뒤따라오고 있었다.

마리에는 아무한테도 들리지 않도록 헤링에게 작은 목소리로 말을 걸었다.

"너, 뭐가 목적이야?"

"──무슨 의미지?"

헤링이 경계심을 보이자 마리에는 그가 숨기는 것이 있음을 직감으로 알아챘다.

"이상한 움직임을 보이면 다섯 명이 가만히 있지 않을 거야. 미아가 소중한 거지?"

헤링이 마리에한테서 고개를 돌렸다.

그 반응에 마리에는 조금 의아함을 느꼈다.

"딱히 미아한테는 아무것도 안 해. 그것보다 어째서 이런 짓을 저지른 건지 듣고 싶어. 너, 왕국에서 뭘 하고 싶은 거야?"

연속 살인사건 등 여러 의혹이 얽힌 질문이었다. 하지만 헤링의 대답은 마리에의 생각과는 달랐다.

"미아를 위해서다. 저 애는 원래 이렇게 몸이 약하지 않았어. 그런데 언제부턴가 몸이 나빠지기 시작했지. 나는 미아를 구할 실마리가 왕국에 있다는 걸 알고 여기까지 온 거다."

"그렇다고 해서 그런 짓을 해?"

"──그런 짓이라니?"

마리에는 단도직입적으로 질문했다.

"왕도에서 일어나고 있는 연속 살인사건 말이야. 너, 관련이 있는 거지?"

마리에는 현장에서 수상한 헤링을 봤다고 리온에게서 들었다.

게다가 마장을 다루는 것도 마리에가 보기에는 매우 의심스러웠다.

마리에가 의혹을 던지자 헤링이 다소 놀라면서도 대답했다.

"나는 조사를 하고 있었던 것뿐이다."

"──뭐?"

마리에가 놀라자 뒤에서 누군가가 쓰러지는 소리가 들렸다.

뒤돌아보니 에리카가 미아를 미처 부축하지 못하고 같이 쓰러져 있었다.

"미아!"

헤링이 마리에를 뿌리치고 미아에게 달려가자 브레이브도 출현했다.

『미아, 천천히 들이마셔.』

브레이브가 방출하는 것은 빨간 입자── 마소였다.

그걸 들이마시자 미아의 창백한 얼굴이 건강한 색으로 돌아왔다.

"고마워, 브 군."

『내 이름은 브레이브! 지금은 괜찮지만, 반드시 브레이브라 부르라고. 부탁이니까!』

"브 군, 귀여운데."

괴로운 듯이 미소 짓는 미아의 모습을 보고 헤링은 진심으로 안도했다.

'얘네들, 정말로 나쁜 녀석들이야?'

마리에한테는 셋의 모습이 악당으로는 보이지 않았다.

하지만 이번에는 그런 세 명 옆에 있던 에리카가 괴로워하기 시작했다.

입가를 손으로 누르며 호흡하지 못한 채 괴로워했다.

여동생이 괴로워하는 모습을 보고 율리우스가 달려가더니 등을 문질렀다.

"에리카?! 너, 아직 건강에 문제가 있었던 거냐?"

걱정하는 율리우스에게 에리카는 고개를 가로저었다.

"아뇨, 괜찮아요. ──조금 힘들어진 것뿐이니까요. 단순한 운동 부족이에요, 오라버니."

"그렇다면 괜찮지만……."

안도하는 율리우스에게 질크가 다가갔다.

"전하, 학생 기숙사 쪽도 전투가 점차 끝나고 있습니다. 예정대로 왕궁으로 향하시겠습니까?"

율리우스는 포탄을 다 쏴서 이곳을 벗어나는 비행선을 올려다봤다.

"그렇군. 바깥도 소란스러우니, 여기선 왕궁으로 가서──."

이후의 일을 상담하는 마리에 일행이었으나, 학생 기숙사에서 크레아레를 대동한 안제 일행이 다가왔다.

그러자 크레아레가 브레이브를 알아차리고 절규했다.

『꺄아아아아아아아아아아아아악!! 다들 그 녀석한테서 떨어져!』

갑자기 크게 소리 지른 크레아레한테 전원이 놀라자, 주위에 로봇들이 모여들어 브레이브한테 무기를 겨눴다.

이대로는 전투가 일어날 거라고 생각한 마리에가 크레아레 앞으로 나섰다.

"기다려! 지금은 안 싸워도 돼."

『마리에. ──그런 거구나.』

"이해해 줬구나, 크레아레!"

크레아레의 반응에서 전투를 회피했다고 믿은 마리에였으나, 곧바로 생각이 얕았음을 깨달았다.

마리에는 인공지능들의 마장 혐오를 안일하게 보고 있었다.

『그래── 마리에도 그 녀석들한테 속았구나. 괜찮아. 곧바로 내가 구해줄게.』

로봇들이 외눈을 요사스럽게 빛내며 브레이브에게 총구를 겨눠 언제든 발포할 수 있는 태세를 취했다.

그걸 본 브레이브도 잠자코 있지 않았다.

『역시 인공지능들은 최악이군! 이 녀석들과 협력하다니 절대로 무리라고!』

전투 태세로 이행하는 브레이브였으나, 크레아레를 제지하는 인물이 나타났다.

"그만두지 못하겠나, 바보 녀석!"

안제가 들고 있던 기관총의 개머리판으로 크레아레를 때려 이 자리를 수습했다.

『너, 너무해! 난 모두를 위해서! 인류를 위해 이 녀석들을!』

"우리는 왕궁으로 서두른다. 왕도 이곳저곳에서 화재가 일어나고 있어. 지체할 틈이 없다."

무언가가 일어나고 있다. 그걸 알기 위해서도 왕궁으로 가겠다고 정한 안제한테 크레아레가 마지못해 납득했다.

『──마스터가 돌아오면 반드시 소멸시켜 줄 테다.』

크레아레는 푸른 렌즈를 브레이브에게 향했다. 아직 포기하지 않은 모양이다.

안제가 한숨을 내쉬었다.

"먼저 학생이 무사한지 조사해다오. 지금의 너한테도 그 정도는 가능하겠지?"

『그 정도는 당연── 어, 어머? 어머머머?!』

크레아레가 갑자기 침묵하더니 그 자리에서 빙글빙글 회전하기 시작했다.

무슨 감정을 나타내고 있는 것인지 다들 의아해하며 보고 있자, 크레아레가 떨리는 목소리로 말했다. 아무래도 문제가 발생한 모양이다.

『──핀리가 안 보여.』

안제가 이마를 손으로 누르며 하늘을 올려다봤다.

상공에서는 리온이 탄 아로간츠가 마장과 싸우며 학원에서 멀어져 갔다.

◇

「라셀 신성 왕국의 적은 성기사인 내가 쓰러뜨린다!」

삼지창을 휘두르며 덤벼 오는 마장을 상대로 나는 아로간츠로 거리를 벌리며 싸우고 있었다.

도킹하여 등에 짊어진 슈베르트로부터 추적 레이저가 잇따라 발사됐다. 호(弧)를 그린 광선이 마장에 닿자 보라색 표면을 태워 빨개졌다.

하지만 그 장소가 살짝 녹을 뿐이고, 레이저는 대단한 손상을 주지 못했다.

그래도 우리한테 헤링과 싸웠을 때만큼의 비장감은 없었다.

"불, 얼음, 번개가 왔으니 보라색은 어떤 마법을 사용하는 걸까나? 바람이나 흙이라고 생각한다만?"

어떤 원거리 공격을 보유하고 있을지 생각하자, 내 태도가 마음에 들지 않는 루크시온이 날 타박했다.

『좀 더 진지하게 싸우시는 게 어떻습니까?』

"제국의 기사님한테 엉망진창으로 얻어맞아서 지친 상태라고."

『방심하니까 그런 겁니다.』

"흑기사 할아범보다 강하다니 치트잖냐. 몇 번이나 죽는 줄 알았다고."

『평소에 건성으로 훈련하니까, 중요한 상황에서 실패를 되풀이하는 겁니다.』

"반성하는 중이야."

『전투 데이터는 적습니다만, 마장의 성능은 헤링이 위겠지요. 단, 조종자의 성능은 흑기사가 위입니다.』

"용케 이길 수 있었네. 난 운이 좋아."

『운이 좋은 사람은 몇 번이나 죽을 뻔하거나 하지 않습니다.』

쓸데없는 대화를 계속하며, 쫓아오는 마장한테서 도망쳐다녔다.

아로간츠는 뒤돌아서 날고 있기에 마장과는 마주보는 모양새였다. 이 상태로 도망치고 있으니까, 상대는 괜히 더 화가 뻗치는 것이리라.

「성기사를 우롱하는가, 귀축 기사!」

삼지창을 든 마장이 격앙하자 표면에 육안이 하나둘 늘어났다.

「도발 내성이 없는 녀석이구만.」

『점차 불안정해지고 있군요. 가면이 벗겨지기 시작했습니다.』

루크시온까지 도발하니까 마장은 한층 더 욱했는지 장갑에 혈관 같은 것이 보이더니 맥동하기 시작했다.

「나는 성기사! 신성왕의 검! 라셀의── 영웅──.」

삼지창 끝에서 소용돌이치는 물이 발생했고, 그걸 날카롭게 뻗쳐 아로간츠를 향해 발사했다.

나는 재빨리 피하면서 자신의 예상이 벗어난 데 낙담했다.

"이번에는 물이냐. 예상이 빗나갔군."

『전투 중에 뭘 놀고 있는 겁니까? 마스터, 해석 결과가 나왔습니다.』

고지식한 루크시온이 해석 결과와 상황을 알려줬다.

『성능 면에서는 코어를 지닌 마장과 비교해도 크게 뒤떨어집니다. 또한, 마법을 사용한 공격도 폭주의 징후가 보이고 나서 비로소 사용했습니다. 기체, 파일럿 양쪽 모두 위협이 아닙니다.』

"즉, 편한 상대냐?"

『──그리고 왕도에 피해가 발생하지 않는 장소까지 유도 완료했습니다.』

"그럼 얼른 진심을 발휘해 볼까."

조종간을 꽉 잡고 몸을 앞으로 숙인 나는 슈베르트의 추진 장치를 한층 더 분사시켜 마장과의 거리를 벌렸다.

아로간츠가 왼손으로 마장을 가리키자 슈베르트가 전력으로 유도 레이저를 발사했다.

처음 쐈던 레이저보다도 굵직한 광선이었다. 붉은 광선은 잇따라 마장을 덮쳐 장갑판을 꿰뚫고 내부까지 태우기 시작했다.

「끄아아아아아아아아악!!」

고통에 괴로워하는 마장이 방어를 위해 장벽을 전개했지만, 레이저는 장벽을 쉽게 관통했다.

루크시온이 콕핏 내에서 빨간 렌즈를 반짝였다.

『헛수고입니다. 이미 해석을 완료했다고 말했습니다. 당신은 이미 끝난 겁니다.』

나는 마장한테 감사했다.

「일부러 날 따라와 줘서 고맙다.」

레이저에 불타면서도 마장은 삼지창을 휘둘러 물로 만든 랜스를 잇달아 발사했다. 스피드도 파워도, 모든 것이 부족한 그런 공격을 아로간츠는 여유롭게 회피했다.

「무, 무슨 말이냐……!」

자기가 유인당했다고는 생각지 않았는지, 함정을 경계한 마장은 당황하고 있었다.

「네가 그대로 학원이나 왕도에서 날뛰면 민폐니까 일부러 도망쳐 다녔던 거라고. 쓰러뜨리기만 하는 거면 고생할 것도 없었는데 말이지.」

내 도발에 가세한 루크시온이 상대에게 결정타를 꽂았다.

『데이터 수집 목적도 있었습니다. 하지만── 당신의 데이터는 쓸모가 없더군요. 지금까지 상대한 것 중 가장 약한 마장이었습니다.』

마장 혐오증인 루크시온이 짐짓 티가 나게 데이터 수집 결과를 말했다.

그 결과, 상대는 한층 격노하여 정신이 불안정해졌는지 간신히 인간의 형태를 유지하고 있던 몸체가 내부에서부터 부풀어 올라 괴물로 변했다.

「날 바보 취급하지 마라아아아아!!」

부풀어 오른 마장의 모습은 퉁퉁한 살덩어리로 변했다.

표면에는 커다란 육안이 생겨났고 핏발이 선 눈으로 아로간츠를 노려보고 있었다. 검은 액체를 눈물처럼 흘리고 있었다.

"끝내자. 전력으로 날려 버려."

『너무 지체했습니다.』

아로간츠는 마장에 돌격하여 손에 쥔 대검을 깊이 꽂아 넣었다.

마장에 접근하자 표면에 수많은 촉수가 출현하여 아로간츠를 휘감았지만, 모두 레이저에 불타 버렸다.

조종간 방아쇠를 손가락으로 당기자, 루크시온이 평소의 대사를 입에 담았다.

『임팩트!』

아로간츠의 양손이 빨갛게 물들어 나가자, 그것이 대검에 전해져 칼날을 붉게 물들였다. 열을 내뿜고 있기에 마장이 비명을 질렀다.

「뜨거워어어어어어어어!!」

마치 어린애처럼 울부짖는 마장의 목소리를 루크시온이 차단하여 콕핏 안이 단번에 조용해졌다.

모니터에는 여전히 울부짖는 마장의 모습이 보였지만, 그마저도 곧바로 하늘 위에서 폭발하여 사라지고 말았다.

피와 살이 주위에 튀었다. 마장을 쓰러뜨린 것을 확인한 나는 루크시온의 제멋대로인 행동을 나무랐다.

"어째서 음성을 차단했어? 게다가 마지막까지 도발해서 일부러 괴물 같은 모습까지 만들고."

빨간 렌즈를 내게 향한 루크시온은 무뚝뚝한 어조로 대답했다.

『괴물 모습인 게 마스터한테 정신적으로 스트레스가 적으리라고 판단했습니다. 또한, 음성 차단은 귀에 거슬리겠지 싶어 센스를 발휘한 것뿐입니다.』

　"너는 정말로——."

　제멋대로인 녀석이야, 하고 뒷말을 이으려 했으나 그만뒀다.

　태도는 나쁘지만, 날 신경 써서 내린 판단일 것이다.

　"얼른 돌아간다."

⭐제17화 「준동하는 자들」

학원 안.

공적으로 분장한 병사 한 명이 라이플을 들고 도망치고 있었다.

"제길. 제기랄! 야만적인 왕국 놈들!"

그 남자가 침입한 곳은 남자 기숙사였다.

여자 기숙사에 남자들이 구하러 오면 성가시다는 이유로 남학생들의 발을 묶어두기 위해서였다.

병사는 기둥 뒤에 숨고는 흐트러진 호흡을 가다듬었다.

"뭐가 꼬맹이들이라는 거야. 엄청나게 강하잖아."

그때 무기를 든 남자들이 계단에서 내려왔다.

왼손에 랜턴을 든 바가지 머리 남학생은 오른손으로는 단검을 꽉 쥐고 있었다.

"이쪽으로 도망쳤을 거야, 다니엘."

그 옆에는 건 커다란 도끼, 배틀 액스를 양손으로 꽉 쥔 키가 큰 남학생이 있었다.

"살금살금 도망치기나 하고. 후려갈겨 주마! 레이먼드, 반드시 찾아낸다!"

"당연하지."

피가 묻은 무기를 들고 씩씩거리는 남학생들.

둘의 뒤에는 각자가 잘 다루는 무기를 든 남학생들이 살기등등한 기색으로 주위를 둘러보고 있었다.

귀족 남학생들은 공적을 매우 싫어했다.

특히 영주 귀족들에게 공적은 오로지 가문의 이익을 해칠 뿐인 해악이었다.

당연히 그들이 공적 차림새로 분장한 자를 보고 그냥 놓아줄 리가 없었다.

남학생 집단이 다른 장소로 가자, 병사는 황급히 그들이 간 곳과는 반대쪽으로 향했다.

"젠장! 위쪽 놈들은 재빨리 도망쳐 버리고, 우리를 죽게 내버려 둘 생각이냐고. ——이런 곳에 있다간 진짜 죽을 거야. 얼른 도망쳐야 해."

창밖을 보니 자기들이 타고 왔던 비행선이 멀어져 가는 게 보였다.

아군의 퇴각을 기다릴 여유조차 없는 것이다. 그렇기에 병사도 임무를 내팽개치고 도망치고 있었다.

병사가 겨우 1층까지 내려오자 한 쌍의 남녀가 보였다.

"아래, 이쪽이다!"

"네, 제이크 전하."

몸집이 작은 남학생이 몸집이 큰 여학생의 손을 잡고 도망치고 있었다.

어째서 남자 기숙사에 여학생이 있는지 의문이지만, 지금은 그것보다 중요한 말이 지나갔다.

병사는 입꼬리를 올려 미소를 지었다.

"작은 쪽이 왕자님인가."

라이플을 들고 둘 앞에 나선 병사는 아레라 불린 몸집이 큰 여학생에게 총구를 겨눴다.

"움직이지 마라! 움직이면 거기 있는 아가씨가——."

아레를 인질로 삼아 제이크를 사로잡고 신변의 안전을 확보하려던 병사의 판단은 나쁘지 않았다.

하지만 아레는 재빨리 사선(射線)에서 벗어나 병사한테 접근했다.

병사는 당황해서 급하게 방아쇠를 당겼지만, 총탄은 허무하게 바닥에 박혔다.

즉시 차탄(次彈)을 장전하고자 노리쇠를 세워 당겼으나, 이미 아레가 코앞까지 와 있었다. 팔꿈치로 가격하여 라이플을 떨어뜨린 아레는 길고 날씬한 다리로 병사를 위에서 내리찍었다.

발뒤꿈치에 가차없이 내리찍힌 병사는 그대로 쓰러졌다.

'이, 이 여자, 너무 강——.'

의식이 희미해지는 와중에, 병사는 둘의 대화를 들었다.

"괜찮으냐?"

"네, 넵, 제이크 전하."

"그러니까 전하는 그만두라고 말했다. 그나저나 정말로 강하군. 단련했다고는 생각했지만, 설마 실전 경험이 있는 건가?"

제이크한테는 순간적으로 재빠른 움직임을 보인 아레가 싸움에 익숙한 것처럼 보였다.

아레는 부끄러운 듯이 몸을 배배 꼬며 대답했다.

"창피한 이야기지만, 한때 너무 열중해서요."

"아니, 그런 너도 귀엽다고 생각한다."

"제이크 전하……."

뺨을 물들이는 아레를 보고 제이크는 쑥스러움을 얼버무리며 손을 잡고 이 자리를 벗어났다.

"전하는 필요 없다고 말했다. 자, 얼른 도망치자. 왕궁으로 갈 테니 너도 따라와라."

"네!"

둘이 이 자리를 떠나려 하던 찰나, 빨간 머리 남자가 나타났다.

"전하! 핀리 양을 못 보셨습니까?!"

왕궁.

나는 복도를 오가는 학생들 집단 속에서 헤링 녀석과 이야기하고 있었다.

"내가 범인이라고오? 넌 멍청이냐."

"사건 현장에서 권총을 들고 있지 않았나!"

"내가 쏜 녀석이 범인이었다고!"

"그럼 어째서 날 의심했지?"

"네가 전부터 수상하다고 생각했으니까!"

"너도 날 의심하고 있었던 거냐!"

루크시온과 브레이브가 조용히 서로를 노려보며 허공에 떠 있는 와중에, 나와 헤링은 서로의 사정을 이야기했다.

애초에 날 의심하다니, 헤링은 이상하다.

"어째서 내가 사건을 일으켰다고 생각한 거냐. 나는 평화주의자에 일반인이라고."

내가 나에 관해 말하자, 뒤쪽에서 따라오는 다섯 바보가 서로 얼굴을 마주 봤다.

브래드가 어깨를 으쓱이며 코웃음 쳤다.

"리온이 평화주의자라면 이 세상에 분쟁은 없겠네."

그렉도 고개를 깊이 끄덕이고 있다.

"정말이지 그 말대로다. 나도 싸움은 좋아하지만, 리온한테는 진다. 그리고 리온은 일반인이 아니라고."

──이 녀석들까지 날 오해하고 있으리라고는 생각지 않았다.

나는 마음 따뜻하고 평화를 사랑하는 상냥한 남자인데.

헤링까지 날 의심스럽다는 듯한 눈으로 보고 있었다.

"공화국을 내부부터 붕괴시킨 녀석이라는 말을 들으면 누구든 경계하겠지. 하물며 네가 왕도에 돌아왔을 즈음에 사건이 발생했다고."

"현장에는 마장의 반응이 있다고 루크시온이 말했거든요~. 너희들, 자기들 동료의 반응 정도는 알아채라고."

내가 도발하자 브레이브 녀석이 내게 육안을 향하며 작은 손을 꺼내 손가락으로 가리켰다.

『그런 작은 반응을 알아챌 수 있겠냐!』

그러자 루크시온이 득의양양한 목소리로 브레이브를 바보 취급했다.

『그 정도의 반응도 알아차리지 못하다니. 마장의 코어는 역시 무능하군요.』

『지껄였겠다, 고철 쓰레기가!』

그런 느낌으로 떠들면서 복도를 걷고 있자, 왕궁 관리가 지정한 장소에 도착했다. 제법 커다란 문 앞에서는 기사나 병사들이 무기를 들고 지키고 있었다.

삼엄한 경계 속에서 어째서인지 고관들도 방 밖에서 대기하는 중이다.

기사가 우리를 알아차리자 황급히 다가왔다.

"후작님, 폐하께서 기다리고 계십니다. 그리고 율리우스 전하와 에리카 왕녀 전하, 그리고 안젤리카 님의 입실도 허가하셨습니다."

그 말을 듣고 안제의 눈매가 가늘어졌다. 오게 된 장소가 마음에 들지 않는 모양이었다.

"여긴 폐하의 침실이지 않나. 대책을 이야기할 거라면 별실에서——."

스스로 거기까지 말하고 뭔가를 눈치챘는지, 입을 다물고 눈을 휘둥그레 떴다.

그리고 기사에게 물었다.

"──무슨 일이 있었지?"

기사는 우리를 재촉하는 것처럼 롤랜드의 침실로 안내했다.

"자세한 설명은 왕비님께서 하실 겁니다."

내가 뒤돌아보자 리비아와 노엘이 작게 고개를 끄덕였다.

두 사람 다 이 앞으로 나아가지 못하는 데에 불만은 없는 듯했다.

"가 주세요."

"얼른 하는 편이 좋지 않겠어?"

그런 둘 뒤에서는 율리우스 이외의 바보들이 진지한 표정을 짓고 있었다.

크리스가 이 불안한 상황의 답을 중얼거렸다.

"상상 이상으로 곤란한 상황인 듯하군."

롤랜드의 침실에 들어가자 제법 넓은 방에 덮개 달린 침대가 높여 있었다.

넓은 침대 위에는 창백한 얼굴을 한 롤랜드의 모습이 있다.

입술도 파래져 있었다.

평소 얄미운 얼굴에 생기가 느껴지지 않았다.

그의 곁에서 가족인 왕비 밀렌 씨가 롤랜드의 손을 잡고 있었다.

"폐하, 후작이 도착했습니다."

밀렌 씨의 말에 눈을 뜬 롤랜드는 쉬어 버린 약한 목소리로 날 불렀다.

"발트파르트 후작을 여기에."

불려가서 롤랜드 근처에 서자, 궁정 의사라 여겨지는 백의를 걸친 남성이 용태를 설명해 주었다.

"며칠 전, 폐하께서 독을 드시고 용태가 심히 나빠지셨습니다. 도저히 명령을 내릴 수 있는 상황이 아닙니다."

"독이라고?!"

"예, 예에."

궁정 의사는 내게서 시선을 돌리더니 롤랜드한테 말을 걸었다.

"폐하, 약입니다."

"미안하군, 프레드."

프레드라 불린 궁정 의사가 물에 녹였다고 생각되는 약을 조금씩 롤랜드에게 먹였다.

약간 진정이 되었는지 롤랜드는 날 보고 약한 미소를 지었다.

"네 희망대로 컨디션 불량이다. 어때, 기쁘냐?"

확실히 롤랜드가 괴로워하면 좋겠다고는 생각했지만, 이렇게 어봐란듯이 보여주니 아무 말도 할 수 없었다.

"농담은 그만둬. 아니, 그만둬 주십시오, 폐하."

"제법 기특한 태도군. 너의 그런 모습을 볼 수 있었던 것만으로도 독을 마신 보람이 있어."

롤랜드는 이따금 기침을 했고, 흐트러진 호흡을 가다듬고 나서 내게 명령을 내렸다.

"너한테 모든 지휘권을 일시적으로 이양하겠다. 밀렌한테 상황을 듣고 적절하게 대처해다오."

"저더러 이 상황을 수습하라는 말씀인지?"

"그렇다."

근처에 있던 밀렌 씨에게 시선을 향하자, 본인은 손수건으로 눈물을 닦으며 고개를 끄덕였다. 밀렌 씨도 납득하고 있는 듯했다.

롤랜드가 날 지명한 걸 왠지 모르게 납득할 수 있다. 루크시온을 가진 내가 움직이는 편이 재빠르게 문제를 해결할 수 있으리라.

하지만, 그렇다면 이 자리에 있는 율리우스에게 지휘권을 맡기는 게 옳지 않은가.

"율리우스 전하가 있습니다. 제가 전하 밑에 붙어 명령대로 움직이죠."

율리우스도 침대 옆에 있는데, 롤랜드는 말도 걸지 않았다.

그 태도가 차갑게 보였다.

"안 된다. 율리우스는 실적도 없거니와 왕궁 내에서의 평판도 나쁘다. 율리우스가 명령을 내리려면 따르지 않는 자들이 나올 거다."

"그래서 절 지명했다는 겁니까?"

"──애송이, 나는 네가 싫다."

죽기 직전 같은 상황에서 무슨 말을 하는 건가 싶더니만, 롤랜드가 내 손을 꽉 잡고는 핏발 선 눈으로 쳐다봤다. 진지함 그 자

225

체였다.

"하지만, 네 힘은 인정하고 있다."

"과대평가로군요."

평소라면 도발했을 장면이지만, 아무리 나라도 이 자리에서는 자중했다.

"너라면 잘 수습할 수 있을 거다. 부탁한다—— 후……작…….."

"폐하!"

롤랜드가 의식을 잃자 밀렌 씨가 큰 소리를 질렀다.

궁정 의사가 날 밀어젖히고 진찰하기 시작하더니 깊은 한숨을 내쉬었다.

"괜찮습니다. 지쳐서 잠드신 모양입니다."

체력이 상당히 쇠한 모양이었다.

주위가 안도하고 있자 밀렌 씨가 롤랜드 옆을 떠나 내 쪽을 봤다.

"후작, 미안하지만 시간이 없습니다. 곧바로 대처하지 않으면 왕도가 불바다로 변합니다."

"무슨 일이 있었습니까?"

이 자리에 머무르는 것도 롤랜드한테 민폐가 된다는 이유로 우리는 방 밖으로 나갔다. 그러는 동안에도 현재 상황에 대한 설명을 듣기 위해 밀렌 씨와 나란히 걸었다.

"각지에서 폭동이 일어나고 있습니다. 주모자는 불명입니다만, 왕도에 숨어 있던 전 귀족들이 일제히 움직이기 시작했어요."

"제거된 가문 녀석들입니까."

"그래요. 한두 곳이라면 궐기하더라도 왕궁에서 대처할 수 있지만, 여러 조직이 동시에 궐기하는 바람에 대처가 늦어지고 있어요."

안제와 율리우스도 우리 뒤를 따라왔다.

안제는 신경 쓰였는지 밀렌 씨에게 자세한 정보를 요청했다.

"어째서 지금까지 방치하고 계셨던 겁니까?"

"위험한 자들은 붙잡았어요. 이번에는 규모가 작은 조직이 일제히 움직인 거예요. 아마── 라셀이 배후에서 손을 썼겠죠."

확실히 삼지창을 든 마장도 신성 왕국의 성기사라 칭하고 있었지.

아무래도 밀렌 씨는 나보다 먼저 흑막을 알아차리고 있었던 모양이다.

내가 내심 감탄하고 있자 밀렌 씨가 정보원을 이야기했다.

"로즈블레이드 가문이 조사해 준 덕분이에요. 정말로 큰 도움이 되었어요."

"로즈블레이드? 디어드리 선배의 본가가 아닙니까."

방 밖으로 나오자, 내가 화제로 삼은 인물이 기다리고 있었다.

평소대로 화려한 드레스 차림에 부채를 들고 있는 【디어드리 포우 로즈블레이드】였다.

긴 머리카락을 세로로 말린 롤처럼 정리한 디어드리 선배는 당당히 그 자리에 서 있었다.

"제 본가라니, 서먹서먹하네요. 이미 언니가 시집을 가서 발트파르트 가문과는 가족이나 마찬가지예요."

디어드리 선배의 등장에 안제가 노골적으로 언짢아 보이는 표정을 지었다.

"왕비님 앞이다."

안제가 지적하자 밀렌 씨가 디어드리 선배의 태도를 용서했다.

"괜찮아요. 디어드리, 도망친 비행선은 어떻게 되었나요?"

왕도에 침입하여 학원을 습격한 비행선에 관해 질문받은 디어드리 선배는 부채로 입가를 가렸다.

"이미 닉스 형부께서 대처하고 계신답니다."

"형이?"

◇

왕도에서 멀어져 가는 비행선 안.

가비노는 발트파르트 가문의 문장을 내건 비행 전함을 창문으로 보고 있었다.

뒤쫓아 오는 비행 전함의 속도가 아군보다 빠른 탓에 서서히 거리가 좁혀지고 있었다.

"하필이면 발트파르트 가문인가."

쓸쓸한 표정인 가비노 옆에는 겁에 질린 부하의 모습이 있다.

"공적으로 분장한 우리 함대를 전멸시킨 상대 아닙니까?!"

학원이 봄방학 중일 즈음.

라셀은 공적으로 분장한 병사들을 발트파르트 가문으로 보냈었다.

목적은 리온의 본가인 발트파르트 가문을 없애기 위해.

리온을 향한 보복 중 하나였다.

예상 밖이었던 건 리온이 왕도가 아니라 본가로 돌아와 있었다는 점이었다.

가비노 일행은 리온이 승진한다는 정보를 손에 넣은 상태였다. 그래서 본인은 한동안 왕도에 체재하며 본가에는 돌아갈 수 없겠지, 하고 예상했다.

리온이 부재일 때를 노린 악질적인 보복이었다.

하지만 그들의 예상은 빗나갔고, 결과적으로 공적선으로 위장한 비행 전함을 10척이나 잃는 처지가 되었다.

라셀이 숙녀의 숲 같은 지하 조직을 의지한 것도 리온—— 발트파르트 가문과의 직접적인 전투를 피하기 위해서였다.

정말이지 단락적이고 대가가 적은 작전이었다.

평소였다면 이런 괴롭히는 듯한 유치한 작전은 가비노도 찬성하지 않았을 것이다.

하지만 신성왕—— 라셀 신성 왕국 국왕의 명령 앞에서는 가비노도 어쩔 수 없었다.

왕명에 거부권 따위는 없다.

많은 희생을 치르면서까지 하는 괴롭힘—— 리온 한 명을 향한 보복이었다.

하지만 작전의 목적이 애매한 탓에, 가비노는 처음부터 실패할 가능성도 고려하고 있었다.

하지만 이렇게까지 궁지에 몰리는 건 그에게도 예상 밖이었다.

'이미 마장 기사는 출격했고 마장의 파편도 수중에 없다. 포탄도 병사도 적어. 이 이상의 전투는 어려워.'

탈출을 생각하는 가비노는 부하들에게 명령했다.

"지금부터 돌격을 감행한다! 전원, 각오를 굳혀라!"

병사들의 표정이 변하자 가비노는 직속 부하에게 주위에 들리지 않는 작은 목소리로 탈출에 관해 상담하기 시작했다.

"너는 밖에 나가서 소형정을 준비해라."

"괜찮으시겠습니까?"

"괜찮다."

가비노는 부하를 함교에서 내보내고 당당한 모습을 주위에 보였다. 주위는 그걸 보고 가비노도 각오를 굳힌 것이리라고 멋대로 믿고 말았다.

◇

발트파르트 가문의 비행 전함.

사령관으로서 함교에 있던 닉스는 공적 비행선이 왕도에서 멀어진 것을 확인하고 포격 명령을 내렸다.

"왕도에서 벗어났군. 함포 사격!"

옆에 있던 함장이 닉스의 명령을 받아 선원들에게 지시를 내렸다.

"사격 개시!"

비행 전함의 포대가 움직여 목표를 조준하고, 공격을 시작했다.

적은 측면에 대포를 늘어세우고 있으나 발트파르트 가문의 비행선은 루크시온이 제작한 회전 포탑을 탑재하여 굳이 선수를 돌리지 않아도 공격할 수 있었다. 눈앞의 공적선은 상대가 못 되었다.

함포가 일제히 불을 뿜자, 포탄이 붉게 빛나는 꼬리를 이끌며 밤하늘을 가르는 모습이 보였다.

포탄에 맞은 공적선은 불과 연기를 내며 고도를 낮췄다.

"사격 중지!"

함장의 목소리에 함포 사격이 끝나자 닉스는 안도하여 큰 한숨을 내쉬었다.

그 모습을 보고 있던 함장이 칭찬했다.

"훌륭한 지휘였습니다, 도련님."

도련님이라는 호칭에 닉스는 불만스러운 표정을 지었다.

"어린애 취급은 그만해."

◇

발트파르트 가문의 비행 전함 갑판.

생각보다 빨리 전투가 끝나는 바람에 미처 도망칠 수 없었던 가비노는 결국 부하나 다른 병사들과 함께 붙잡혀 갑판에 끌려와있었다. 갑판 밖으로 자기가 타고 있던 비행선이 추락해 불타는 모습이 보였다.

갑판에서 그 모습을 바라본 가비노는 마음에 드는 회중시계를 빼앗아 간 인물을 노려봤다.

그녀는 회중시계를 보더니 작게 웃었다.

"제국제 시계구나. 공적 주제에 좋은 걸 갖고 있네."

찰랑찰랑하고 긴 금발 머리에 푸른 눈동자를 지닌 미녀가 가비노를 내려다보며 말했다.

"보는 눈은 있는 모양이군."

"우리는 물건의 가치를 정확하게 볼 수 있게끔 배우거든."

"모험가의 피를 이은 야만인 주제에."

가비노는 모험가를 깔보듯이 말했다. 라셀 신성 왕국에서도 모험가의 사회적 지위는 높지 않았다.

하지만 그녀── 도로테아는 신경 쓰지 않았다.

"공적이 그런 말을 한들 우스울 뿐인데."

도로테아가 내려다보자, 가비노는 작게 한숨을 내쉬고는 당당히 말했다.

"이렇게 된 이상 어쩔 수 없지. 포로 대우를 희망한다. 나는 라셀 신성 왕국의──."

가비노가 신분을 밝히려 하자 도로테아는 옆에 있던 라이플을 손에 쥐고 하늘을 향해 한 발 발포했다. 실탄의 총성이었다.

그녀는 그대로 가비노에게 총구를 겨눴다.

"지금 와서 둘러대도 소용없어. 나는 호르파트 왕국의 귀족이고 너희는 공적이야. 퇴치 이외의 길은 없어."

도로테아의 말에 가비노는 당황했다.

"우, 우리는 라셸의──!"

"여기에 라셸 신성 왕국 병사는 없어. 우리가 싸운 건 공적이고, 붙잡은 것도 공적이야. 그렇잖아?"

도로테아는 웃으면서 그렇게 말하더니 서서히 차가운 표정으로 변했다.

"얼마 전에 로즈블레이드 가문에 싸움을 걸었던 것도 너희들이지?"

가비노는 눈앞의 여성이 로즈블레이드 가문 관계자임을 알고 얼굴을 찌푸렸다가 곧바로 변명했다.

"무슨 말인가? 우리와는 무관하다."

"너희 생존자가 전부 실토했어. 로즈블레이드 가문은 적대자를 용서하지 않아. 귀족도 모험가도, 얕보이면 끝장이니까."

벌레를 보는 듯한 눈으로 도로테아가 내려다보자 가비노는 위기를 느끼고 목숨을 구걸했다.

"너희에게 유익한 정보가 있다! 왕도에 숨어 있는 전 귀족 배신자들이다. 그 녀석들의 정보를 전부 건네주겠다! 그러니──."

가비노가 유익한 정보와 맞바꾸어 자신을 살려 달라고하자,

도로테아는 진심으로 실망한 표정을 지었다.

"그건 왕도에 유익한 거고. 나하고 내 남편한테는 아무런 득이 없는데?"

"뭐? 아니, 이 기회에 왕가에 은혜를 팔면 나중에 분명 의미가 있을 터!"

"그런 거—— 이제는 아무런 가치도 없어."

도로테아는 참으로 시시하다는 듯이 주위에 있던 로즈블레이드 가문 사람들 명령했다.

"데려가. 로즈블레이드 가문에 싸움을 건 자가 어떻게 되는지 가르쳐 줘야지."

어느새 로즈블레이드 가문 비행선이 발트파르트 가문 비행 전함에 접근하고 있었다. 가비노 일당은 최악의 결말을 상상하고 얼굴에서 핏기가 가셨다.

◇

왕궁에 있는 어느 방.

나는 이야기를 정리하기 위해 헤링과 마주보고 있었다.

지금 회의실에서는 날 제외한 주된 면면이 모여 지도를 앞에 두고 어떻게 대처할지를 한창 상의하는 중이다. 원래는 지휘를 맡은 나도 회의에 참가해야 하지만, 그전에 꼭 헤링과 이야기를 하고 싶었다.

"루크시온을 방해하는 게 너희들이냐?"

왕도를 감싸는 듯한 재밍 발생원을 확인하는 질문이었는데, 헤링의 시선이 브레이브를 향했다. 아무래도 정답인 모양이었다.

헤링이 작게 한숨을 내쉬었다.

"쿠로스케, 그만 풀어 줘라. 너도 지친다고 말했잖아?"

마장의 코어인 브레이브가 루크시온을 괴롭힐 정도의 성능을 가지고 있었던 건 내게는 위협이다.

그러나 브레이브는 여전히 루크시온을 경계하고 있었다.

『안 돼. 내가 재밍을 풀면 이 녀석들이 뒤통수를 칠 거야. 파트너는 이 녀석들의 본성을 모르니까 그런 말을 하는 거라고.』

브레이브가 믿지 못하겠다는 이유로 거절하자 루크시온이 평소보다 낮은 목소리를 냈다. 그만큼 화가 나 있는 것일까? 여전히 감정이 풍부한 녀석이다.

『그건 이쪽이 할 말입니다. 당신들 때문에 얼마나 많은 인명이 사라졌다고 생각하는 겁니까?』

『아—! 아—! 그 말을 하는 거냐, 고철 쓰레기! 그러면 나도 한마디 하겠는데 말이다!』

싸우기 시작한 파트너들을 보고 나와 헤링은 어깨를 으쓱였다.

헤링은 재밍을 풀어도 괜찮다고 생각하는 모양이었다.

나는 특단의 조치를 내렸다.

"그럼 이 자리에서 내가 루크시온한테 명령하지. 루크시온, 제국에서 온 유학생을 공격하지 마라. 물론, 브레이브도 포함이다."

『제정신입니까?! 그때 한 약속은 어떻게 되는 겁니까?』

삼지창을 든 마장을 쓰러뜨리면 헤링과 브레이브를 어쩌고 하는 이야기를 말하는 건가.

하지만 내 알맹이는 나쁜 어른이기에 불리한 건 잊는 주의다.

"미안. 까먹었어."

『실은 기억하고 있지 않습니까. 정말로 마스터는 자기 사정만을 우선하는군요.』

우리가 평소의 대화를 보여주자, 헤링도 브레이브를 설득했다.

"쿠로스케, 이제 쉬어라. 미아도 걱정하고 있었다고."

『이 몸은 파트너나 미아를 지키기 위해, 절대로 대충 하지 않을 거야!』

"재밍을 풀어도 지킬 수 있잖아? 게다가 왕도가 불바다가 되면 나도 미아도 곤란하다고."

『ㅇㅇㅇㅇ—— 이번만이다!』

우리 관계와는 다르지만, 이 녀석들도 제법 즐거워 보이는 2인조군.

브레이브가 몸을 부르르 떨자 루크시온의 빨간 렌즈가 빛났다.

『링크가 회복되었습니다.』

"좋았어! 얼른 끝내자. ——롤랜드의 마지막 부탁이니까."

『마지막?』

루크시온이 무슨 말이냐는 듯이 되물었지만, 내가 봤을 때 그 녀석에게 남은 시간은 많지 않았다.

그 녀석은 쓰레기 자식이었지만── 하다못해, 최후의 부탁 정도는 확실히 이뤄주고 싶었다.

지금도 롤랜드는 싫지만, 죽길 바란 건 아니었다. 게다가 왕도 주민들에게도 이번 소동은 민폐일 것이다.

──얼른 끝내 주겠어.

"됐으니까 간다. 밀렌 씨가 기다리고 있어."

그렇게 말하자 여느 때처럼 루크시온이 날 타박했다.

『안젤리카도 있는데 그런 말을 하다니, 어이가 없군요. 곧바로 일러바치도록 하죠.』

"──그건 하지 말아 줘."

우리 대화를 듣고 있던 헤링과 브레이브가 서로 얼굴을 마주 봤다.

"유쾌한 녀석들이네."

『이런 녀석들한테 죽을 뻔했다고 생각하니 이 몸은 스스로가 한심하게 느껴진다만.』

──죽을 뻔한 건 이쪽도 마찬가지라고!

◇

왕도에 배치되어 있던 수많은 드론은 루크시온과의 링크가 복구되자마자 다시 떠올라 상공에서 왕도를 분석했다.

왕도의 정보가 속속 루크시온한테 들어왔다.

증산한 드론들도 본체의 명령을 받아 행동을 개시했다.

상공에 감시하는 드론도 있고, 지시받은 장소로 향하는 드론도 있었다.

──지금, 왕도는 루크시온의 완전한 지배하에 놓였다.

◇

내가 회의실에 오자 이미 주된 면면이 모여 있었다.

왕족인 밀렌 씨와 율리우스는 물론 클라리스 선배의 아버지인 버나드 대신의 모습도 있었다.

안제가 날 알아차리자 잰걸음으로 다가와 팔을 붙잡았다.

"뭘 하고 있었나. 네가 없으면 아무것도 정할 수 없다고."

1분 1초를 다투는 비상시에 책임자가 느긋하게 나타나면 그야 화가 나겠지.

이 자리에 있는 모두의 시선이 날카로웠다.

"미안. 뭐, 그래도── 이제 괜찮아."

그렇게 말하고 테이블에 놓인 지도에 다가가자 내 오른쪽 어깨 근처에 떠오른 루크시온이 렌즈에서 빛을 조사하여 몇 군데 포인트를 가리켰다.

『적의 아지트는 이미 추정을 마친 상태입니다. 또한 적의 움직임으로부터 이후의 행동을 예상했습니다. 부대 재배치를 제안합니다.』

갑자기 적이 있는 장소나 목적을 말하기 시작하는 루크시온을 보고 회의실이 소란스러워졌다.

특히 밀렌 씨의 당황한 모습이 귀여웠다.

루크시온이 조사한 빛은 상시 움직이고 있었다.

"이 움직임은 언제 들어온 정보인가요?"

『실시간 정보입니다.』

쌀쌀맞은 루크시온의 말에 밀렌 씨는 한순간 눈을 휘둥그레 뜨며 놀라더니 심경이 복잡한 듯이 고개를 숙였다. 그러나 이내 곧 고개를 내젓고 나에게 시선을 향했다.

어쩐지 지금 속에서 뭔가 마음을 바꿔 먹은 듯한 느낌이었는데, 무슨 일이 있었나?

"발트파르트 후작, 그러면 군을 재배치하겠습니다. 괜찮지요?"

"예? 아, 네."

나로서는 마음대로 진행해 줬으면 좋겠지만, 지금의 내 입장은 총사령관 같은 것이다.

내 허가가 없으면 명령할 수 없는 모양이었다.

다만 여기서 버나드 대신이 골치 아프다는 듯이 머리를 눌렀다.

"적이 분산되어 있고 수가 많다. 이래서는 시간이 걸리겠군."

쓰러뜨리기는 어렵지 않지만, 문제는 적이 많아서 완벽하게 대처할 수 없다는 것이었다.

나는 가용 전력을 어디서 가져올지 생각하고── 친구들을 떠올렸다.

"학원에 있는 제 친구들에게 말을 걸어 보지요. 몇 명인가가 비행선을 가지고 왔을지도 모릅니다."

내 본가처럼 이따금 왕도에 비행선을 내보내는 경우가 있다. 타이밍만 좋으면 이걸로 몇 척은 확보할 수 있을 터다.

버나드 대신이 몇 번인가 고개를 끄덕였다.

"그러면 도움이 되겠군. 하지만 누구에게 지휘를 맡길 건가?"

지금 당장 내가 직접 움직일 수 있는 인재는 친구들밖에── 그렇게 생각하다가, 날 보고 있는 율리우스를 알아차렸다.

그래, 다섯 바보가 있었지.

그 여성향 게임처럼 최적의 배치로 사용해 주도록 하마.

"브래드를 불러내서 아인호른에서 지휘시키겠습니다. 그렉과 크리스도 움직이게끔 하지요. 적의 아지트를 공격시키겠습니다."

그렇게 말하자 율리우스가 노골적으로 어필했다.

"리온, 아직 남아 있는 사람이 있지 않나? 가장 의지가 되는 남자가."

"오, 그랬지. 잊고 있었어."

"정신 똑바로 차려다오, 총사령관님."

자신을 의지해 줬으면 한다고 말하는 율리우스한테 나는 고개를 끄덕였다.

"질크도 에어바이크에 태워서 쓰고 싶습니다만, 제가 아는 지인 중 에어바이크를 능숙하게 타는 집단이 없어서 말이죠. 그 녀석은 그냥 수비나 해야 하려나?"

"──리온, 나는?"

"왕자님을 전장에 내보낼 수 있겠냐. 얌전히 있어."

그 말을 듣고 어깨를 푹 떨군 율리우스를 밀렌 씨가 복잡한 표정으로 바라보았다.

내가 질크 운용을 포기하자 버나드 대신이 제안했다.

"후작, 에어바이크가 얼마나 필요한가?"

"있는 만큼 전부요. 그 녀석한테 지휘를 맡기면 잘 다룰 겁니다. 왕도 같은 장소라면 갑옷보다 에어바이크를 쓰는 게 더 신속하게 대응할 수 있겠죠."

"그렇다면 애틀리 가문이 협력하도록 함세."

"괜찮겠습니까? 질크의 지휘를 받게 됩니다만."

질크와 애틀리 가문 사이에는 껄끄러운 인연이 있다. 질크가 일방적으로 잘못한 것인데, 애틀리 가문의 딸인 클라리스 선배와의 약혼을 파기했다.

애틀리 가문에서 입장에서 질크는 용서할 수 없는 녀석이다.

그래도 버나드 대신은 신경 쓰지 않고 내게 협력을 제안한 것이다.

"괜찮다네. 게다가 잊은 건가? 우리는 에어바이크 레이스 경기장을 가지고 있다네. 지인이라면 얼마든지 있어."

그건 좋지만, 그 사람들을 질크한테 맡겨도 괜찮은 걸까? 뭐, 인간관계로 고민하는 건 내가 아니라 질크지.

어디 한껏 괴로워해 보라지, 라는 생각에 버나드 대신의 제안을 받아들였다.

"부탁드립니다."

"맡겨 두게나."

나는 다음으로 가장 의지하는 안제한테 시선을 향했다.

안제의 친정인 레드글레이브 가문은 왕도에도 많은 전력을 가져왔을 터다. 협력해 준다면 큰 도움이 된다.

"레드글레이브 가문도 협력해 줬으면 해. 안제, 부탁할 수 있을까?"

하지만 안제는 내 시선에 고개를 숙였다.

그녀는 주먹을 꽉 쥐고, 안타까워하듯이 고개를 가로저었다.

"──미안하지만, 아버님도 오라버니도 움직이지 않는다. 지금은 왕도를 떠나 계신다."

"뭐?"

"내 명령으로는 멋대로 공작가의 군대를 움직일 수 없어. 미안하다, 리온."

그건 이상하군.

이런 상황에 대비해 왕도에는 항상 빈스 씨나 길버트 씨, 둘 중한 명이 체재하고 있다.

두 사람이 동시에 영지에 돌아갈 때도 있기는 하지만, 평소엔어느 한쪽이 반드시 왕도에 있는 게 보통이다.

부재의 이유를 물어보려 하자, 버나드 대신이 내 어깨에 손을올려놓았다. 뒤돌아보니 버나드 대신이 고개를 가로저었다. 밀렌 씨도 눈을 내리깔고 있었다.

이거, 캐묻지 않는 편이 좋은 건가?

"그럼 지금 있는 전력으로 대처하죠. 나머지는 제가 아로간츠로 출격하면——."

그러자 밀렌 씨가 내 출격에 반대했다.

"안 돼요! 리온 군—— 아뇨, 발트파르트 후작은 이곳에 머물러야해요. 알겠지요?"

"예? 아, 네."

이의를 용납하지 않는 박력에 나는 고개를 끄덕이고 말았다.

그랬더니 율리우스가 모두에게서 조금 떨어진 장소에서 삐쳐 있었다.

"나도 출격하고 싶었는데."

너는 좀 더 왕자님이라는 자각을 가지라고.

아인호른 함교.

장식이 달린 교복을 입은 브래드가 평소 리온이 앉는 의자에 앉아 다리를 꼬고 있었다.

"나 참, 리온은 사람을 거칠게 부려 먹는다니까. 하지만, 나에게! 그래, 바로 나한테 비행선을 맡긴 건 현명한 선택이었어! 창을 쓰는 것도 좋지만, 이런 지적인 포지션이야말로 내게 가장 잘 어울리니까 말이야!"

혼자서 즐거워 보이는 듯한 브래드 옆에는 아인호른에 억지로 탄 다니엘과 레이먼드의 모습이 있었다.

둘은 넌더리가 났는지 기력이 쭉 빠져서 밖을 봤다.

아인호른과는 별개로 친구들이 탄 비행 전함 세 척 정도가 동행하고 있었다.

다니엘은 큰 한숨을 내쉬고는 기분이 좋은 브래드에게 말을 걸었다.

"그래서 함장."

"사령관이라 불러줘. 지금의 나는 네 척의 비행 전함을 지휘하는 입장이니까."

다니엘을 손가락으로 가리키며 정정을 요구한 브래드에게 레이먼드가 건성인 태도를 보였다.

"사령관님, 이제부터 어쩌실 겁니까?"

브래드 일행에게 주어진 임무는 비행 전함을 이용한 부대 수송이다. 지시받은 장소에 부대나 물자를 투하하고, 때로는 회수하여 재배치하는 역할이다.

비행 전함의 대포를 왕도에서 사용할 수는 없으니까.

그 이외에 왕도 상공에서 존재감을 나타내어 폭동을 일으킨 자들을 위압하는 역할도 있었다.

"이미 적의 아지트가 어딘지 알고 있으니까, 순서대로 돌면서 제압할 거야. 수가 많아서 귀찮지만."

갑자기 동원된 다니엘은 불만을 느껴 푸념을 늘어놓았다.

"어딘지 알고 있으면 처음부터 쳐들어가면 되잖아."

레이먼드도 같은 의견이었다. 고관들의 지시가 이해되지 않는 눈치였다.

"그러게. 이런 일이 됐으니 몇 명인가는 관직에서 파면되지 않을까?"

다니엘과 레이먼드의 이야기를 들은 브래드는 적의 아지트가 있는 장소가 표시된 지도를 보며 생각에 잠겼다.

'왕도 전체가 리온의 지배하로군. 이래서야 그 왕비님도 평온히 있을 수 없겠는걸. 레드글레이브 가문도 가망이 없다고 봐서 단념했고.'

왕도에서 일어나고 있는 폭동에 레드글레이브 가문을 비롯한 귀족들이 비협력적인 태도를 보이고 있다.

대다수는 영주 귀족들이지만, 그중에는 왕도에 저택을 지녀 이 상황을 알면서도 조용히 지켜보고 있는 귀족들도 있었다.

마치 왕도가 불타도 상관없다고 생각하는 것만 같았다.

'──이제부터는 싫어도 리온을 중심으로 어지럽게 돌아가겠군.'

작게 한숨을 내쉰 브래드는 기분을 새로이 하고 오른손을 앞으로 내밀었다.

"좋아, 정했어. 시계방향으로 돌면서 공격하자! 그편이 더 아름다워."

전장에 아름다움을 추구하는 브래드를 보고, 다니엘도 레이먼드도 어깨를 으쓱이며 이해할 수 없다는 표정을 지었다.

◇

왕도에 있는 술집.

폭동이 일어난 탓에 손님이 없는 그 가게의 문을 걷어차고 그렉이 안에 들어갔다.

그렉은 평소와 달리 보병다운 차림새에 라이플을 들고 있었다.

그는 무장한 병사들을 이끌고 술집에 들어가자 곧바로 시선을 이리저리 움직였다.

"이쪽이다!"

라이플을 들고 돌입한 그렉은 2층으로 가는 계단을 발견했다.

술집 2층은 여관으로 되어 있었다.

계단을 발견한 그렉은 뒤처질세라 계단을 뛰어 올라갔다.

뒤쪽에서 병사들이 불러세웠다.

"위험합니다!"

"괜찮다."

그렇게 말하고 2층으로 올라간 그렉은 방문 앞에 도착하자 벽에 등을 대고 붙었다.

방 안에서 총성이 들리더니, 문에 구멍이 여럿 뚫렸다.

그렉은 총성으로 어떠한 총을 소지하고 있는지 판단했다.

'권총이군. 총을 가지고 있는 건 한 명인가?'

상대가 총을 다 쏘고 총알을 장전하는 타이밍을 노려 문을 걷어차고 안에 들어가니, 수염을 기른 남자와 아내 그리고 그의 가족들이 있었다

"움직이지 마라!"

그렉 뒤에서 병사들이 돌입하자 그 일가는 무기를 버리고 양손을 들었다.

수염을 기른 남자가 울면서 원통해했다.

"젠장, 젠장! 어째서 이렇게 된 거지. 그때 도망치지 않았더라면 나도!"

변명을 시작했지만 그렉은 들어줄 여유가 없었다.

"지금 한탄해도 늦었다고. 그 행동력을 더 이전에 발휘했어야지."

이들은 구 판오스 공국과의 전쟁 때 적을 앞에 두고 도망쳐 귀족 지위를 박탈당한 일가였다.

이들은 술집과 여관을 경영하며 왕도에 용병이나 범죄자들을 불러들여 이번 폭동의 전력으로 삼고 있었다.

그렉은 병사들에게 일가의 구속을 맡겼다.

"나 참, 이런 녀석들뿐이군."

라이플을 들고 가게 밖으로 나온 그렉은 술집 앞에서 갑옷에 탄 크리스와 만났다.

"크리스, 너도 끝났냐?"

말을 걸자 갑옷에 탄 크리스가 아주 질려했다.

「여기는 끝났지만, 곧바로 또 다음 장소로 향하라는 브래드의

명령이다. 그 녀석도 사람을 부려먹는 게 험하군.」

크리스가 지금까지 상대하던 건 술집이 숨기고 있던 용병이나 범죄자들이었다.

그들에게는 무기가 제공되었고, 그중에는 갑옷도 있었다.

주변에서 약탈을 저지르는 그들을 크리스가 이끄는 갑옷 집단이 상대하여 진압했다.

"너도 고생이구만."

「그러는 너도 여기가 끝나면 다음 장소로 가지?」

"그래. 범인을 인도하고 나면 또 다음 아지트로 가라더군."

그러자 크리스 주위에 갑옷이 모여들었다.

하늘을 나는 갑옷들이 크리스한테 정리가 끝났음을 알렸다.

「아크라이트 님, 용병들 인도를 완료했습니다.」

크리스의 갑옷이 허공에 떠오르더니 그렉에게 가볍게 손을 흔들었다.

「좋아, 그러면 다음 아지트로 가자.」

떠나가는 갑옷 집단을 본 그렉은 라이플을 어깨에 짊어졌다.

"나도 다음 장소로 갈까."

왕도 건물이 밀집한 지역.

양손에 짐을 든 여성들이 건물 틈새로 난 좁은 골목길을 달리고 있었다.

도주 중인 숙녀의 숲 대표나 간부들이었다.

그 뒤로는 커다란 짐을 든 숙녀의 숲 멤버나 그 가족이 따라 달리고 있었다.

도망 중에도 무거워 보이는 짐을 들고 있는 건 그게 고가의 물건들이기 때문이었다.

전부 대표와 간부의 소유물로, 절대로 버리지 말라는 엄명이었다.

대표가 드레스를 더럽히며 필사적으로 도망쳤다.

"서둘러 도망쳐! 나 참, 뭐가 자기들한테 맡겨 두라는 거야. 라셀 남자도 진짜 미덥지 못하네."

대표는 약속을 깨고 재빨리 도망쳐 버린 가비노한테 화를 냈다.

이들은 왕국을 증오하는 다른 조직이 숙녀의 숲에 도움을 요청하면서 자기들이 위험한 상황임을 알게 됐다.

"왕국이 각지의 동료들 아지트를 잇달아 습격하고 있다니, 이런 말은 못 들었어! 누구야, 누가 배신한 거야!"

그녀들은 붙잡히고 싶지 않다는 일념으로 서둘러 자신들의 짐을 정리하여 도망쳤다.

뒤쪽을 달리는 간부 여성이 저버린 동료에 관해 대표한테 이야기했다.

"괜찮은 건가요? 일을 맡긴 조라와 그녀의 가족들은 아지트를 포기한 것도 모르는데요?"

상황이 나빠져 도망친다는 판단을 내렸을 때는 운 나쁘게도 조라와 그녀의 가족들은 아지트에 없었다.

대표 명령으로 바깥에 나가 있었는데, 그 탓에 도망치는 게 늦었다.

"신경 안 써도 돼! 그 녀석들의 가족 때문에 이런 꼴을 겪고 있는 거야. 잡히든 말든 알 바 아니지."

골목길로 도망치는 숙녀의 숲.

어떻게 해서든 왕도에서 탈출하려는 그녀들이었으나, 골목길을 나오자 헤드라이트 빛이 그녀들을 비췄다.

"어, 어째서——."

달리느라 지친 대표가 그 자리에 풀썩 주저앉자, 에어바이크에 탄 병사들한테 둘러싸였다.

뒤돌아서 왔던 길을 보니, 에어바이크에 탄 병사가 총구를 이쪽으로 향한 채 길목을 막고 있었다. 도망칠 곳이 없었다.

어깨를 풀썩 떨구자 에어바이크 한 대가 지면에 내려왔다.

병사가 헬멧을 벗자 대표도 알고 있는 전 귀공자가 미소 짓고 있었다.

"질크—— 님."

이름을 불린 질크는 조금 의아해하는 듯했다.

"어라, 절 아는 모양이군요. 하지만 공교롭게도 제 쪽은 기억이 없습니다."

대표는 지푸라기에라도 매달리는 심정으로 질크에게 애원했다.

"이전에 멀리서 뵙고, 줄곧 팬이었어요. 부탁드려요. 부디 그냥 넘어가 주실 수 없을까요?"

그 말을 들은 질크는 미소 띤 얼굴로 말했다.

"유감이지만 그건 불가능합니다. 저도 팬을 잃는 건 괴롭지만, 왕도에서 소란을 일으킨 당신들을 감싸면 저도 범죄자가 됩니다. 그건 제 팬이라면 바라지 않는 일이겠지요? 그러니 저는 당신들을 체포하겠습니다. ──전원을 사로잡으세요."

◇

질크가 주위에 대표 일당을 사로잡도록 지시하자 에어바이크가 잇달아 내려왔다.

하지만 질크한테는 차가운 태도를 보이고 있었다.

"뭐가 사로잡으세요, 냐."

"쓰레기 자식이."

"클라리스 아가씨를 버린 개자식."

에어바이크 라이더들은 제각기 질크를 욕하며 불만스러운 듯이 명령에 따랐다.

그중에는 클라리스의 측근 중 한 명인 남자도 있었다.

에어바이크 레이스에서 리온한테 패해 준우승이었던 우수한 남자로, 지금은 에어바이크에 타는 일을 하고 있었다.

그런 그도 질크의 명령에는 불만스러운 듯한 태도를 보이면서 따르고 있었다.

"단 선배, 도와주셔서 감사하고 있습니다."

수상쩍은 미소를 보이는 질크한테 선배── 단은 분하여 속이 부글부글 끓는 심정이었다.

"──버나드 님이나 후작님께 부탁받았으니까 따르고 있을 뿐이다. 그게 아니었다면 누가 네 명령을 따를까 보냐."

주위도 같은 마음인지 고개를 깊이 끄덕이며 숙녀의 숲 멤버들을 구속했다.

버나드 대신이 모은 에어바이크 라이더들은 질크가 클라리스와의 약혼을 파기한 것에 앙심을 품고 있었다. 비상시이고 명령이 있으니까 따르고 있을 뿐이었다.

마음 같아서는 들고 있는 무기로 쏴 죽여 버리고 싶다는 게 그들의 총의(總意)였다.

하지만 질크는 그걸 알면서도 미소 짓고 있다.

"즉, 두 분의 명령이니까 싫어하는 제 명령에도 따르는 거군요. 그거 다행입니다. 마음껏 부려 먹을 수 있을 것 같군요."

모든 것을 알고도 이런 말이 나오니 다들 더 열을 받을 수밖에 없었다.

단은 질크를 생각하면 화가 나기에 임무에 전념하기로 했다.

"그건 그렇고, 네 예상은 잘 들어맞는군. 도망치는 녀석들을 적확하게 몰아넣다니, 성격이야 어쨌건 능력은 확실해. 능력만은."

단은 질크를 싫어하지만 평가는 제대로 했다.

다른 사람들도 같은 생각이라 투덜투덜 불평을 늘어놓으면서도 질크의 지시를 따르고 있었다.

버나드나 리온의 부탁이기도 하고, 질크의 지휘가 적확하다면 거역할 여지가 없었다.

"마음에 걸리는 말투입니다만, 이번에는 용서하지요. 그리고 이런 쪽 일은 제게 잘 맞아서요. 이런 사람들이 어디로 도망치고, 어떠한 생각을 하는지 대략 예상이 된단 말이지요. 저는 자신의 재능이 무섭습니다."

단은 자화자찬하는 질크를 진심으로 싫다는 얼굴로 쳐다봤다.

"그건 네가 똑같은 쓰레기라서 상대의 심리가 예측되는 것뿐 아니냐?"

주위도 단의 의견에 납득하여 깊이 고개를 끄덕이고 있었다.

★제8장「발트파르트 자매」

각지에서 폭동에 휩싸인 왕도.

왕도 주민들이 우왕좌왕하며 도망치는 가운데, 핀리의 모습이 있었다.

왼손에는 방금 막 산 옷이나 장신구가 들어간 종이봉투를 쥐고 있었고, 오른손은 제나가 잡아 앞으로 나아가고 있었다.

"서둘러, 핀리!"

"언니, 잠깐만 기다려."

학원에 핀리가 없었던 건 제나와 같이 왕도에서 놀고 있었기 때문이었다.

핀리는 한 구역 떨어진 대로에서 총성이 나는 것을 듣고 목을 움츠렸다.

"무슨 일이 일어나고 있는 거야? 저기, 언니!"

이미 학원으로 돌아갔어야 할 시간이었지만, 제나의 꼬임에 넘어가 통금 시간을 어겼다.

그런데 갑자기 소동이 일어났다.

무슨 일인가 생각하는 사이에 왕도 각처에서 전투가 일어나기 시작했고, 두 사람은 황급히 도망치는 중이었다.

제나는 비상사태에 당황하여 말투가 거칠어졌다.

"나도 몰라! 어쨌든, 도망쳐야 해."

"어디로? 학원 쪽도 뭔가 이상하잖아. 비행선이 와 있고, 왕도 하늘에서는 갑옷끼리 싸우고 있고!"

좌우간 도망치고 보는 중인 둘은 자기들이 어디로 피난하면 좋을지도 모르는 상태였다.

제나는 발을 멈추지 않고 얼굴만을 뒤로 돌려 핀리한테 호통을 쳤다.

"됐으니까 뛰어! 닉스나 리온이 왕도에 있으니까 머잖아 구하러 올 거야."

제나는 평소에 바보 취급하면서도 이럴 때는 오빠와 남동생을 의지하고 있었다.

하지만 핀리는 학원에 입학할 때까지 본가에서만 살았기에 정말 그 오빠들이 의지가 될지 의심스러웠다.

"정말 오빠들한테 맡겨도 괜찮은 거야?"

제나는 달리느라 지친 핀리를 데리고 골목길로 들어가더니, 몸을 숨기며 호흡을 가다듬었다.

"너 정말 바보구나."

호흡이 흐트러진 핀리는 솟구쳐 나오는 땀을 닦으며 제나에게 대꾸했다.

"바보라니 뭐야! 이렇게 된 것도 언니 때문이잖아! 내가 돌아가자고 하니까 통금 시간은 무시해도 괜찮아~ 하면서 날 데리고 다닌 게 누군데!"

핀리가 통금 시간을 어긴 건 제나가 더 놀자고 꼬드겼기 때문이었다.

제나도 그 일에 책임을 느꼈지만, 모든 게 그녀 탓인 것만은 아니었다.

"너도 좋아하면서 찬성했잖아! 분위기 좋은 레스토랑에 가고 싶다든가, 여러 가지로 주문을 단 걸 잊었어?!"

자매가 말다툼하기 시작하자 골목 안쪽에서 권총을 든 남자가 나타났다.

그 남자의 모습을 보고 핀리와 제나는 경악했다. 갑자기 총구를 들이밀어 놀란 탓도 있지만, 가장 충격적인 이유는 그게 아는 사람이었기 때문이다.

학원의 잡무 직원이 입는 작업복 차림 남자가 둘에게 총구를 겨누며 말을 걸었다.

"이거 운이 좋군. 둘 다, 얌전히 따르라고."

제나가 핀리를 감싸며 남자를 노려봤다.

"루트아트, 너 왕도에 있었어?!"

"이름으로 막 부르지 마! 본래 나는 남작── 아니, 후작이 되었을 남자란 말이다!"

마치 리온의 공이 본래 전부 자신의 몫이었다는 듯한 말투였다.

이 말을 들은 핀리는 무심코 솔직한 감상을 뱉었다.

"네가 후작? 절대로 무리지."

제나가 당황해서 핀리를 나무랐다.

"바보야, 지금 쟤를 자극하면——."

제나가 말을 끝내기 전에 루트아트가 권총 방아쇠를 당겼다. 탕, 하는 발포음과 동시에 제나가 그 자리에 고꾸라졌다.

"언니?!"

제나는 총을 맞았는데도 오른쪽 허벅지를 손으로 누르면서도 드센 태도를 지켰다.

"최악이네. 이거, 상처가 남잖아."

"언니, 피, 피가!"

"약간 스친 것뿐이야."

강한 척하는 제나의 허벅지에서는 피가 제법 흐르고 있었다. 다행히 총알은 관통하여 빠져나간 것 같았지만, 어떻게 봐도 경상이 아니었다.

무표정한 루트아트가 둘에게 다가갔다.

"분수를 알아라. 너희와 나는 신분이 달라."

몰락하고도 자존심만큼은 여전히 높은 루트아트는 두 사람을 총으로 협박하며 말했다.

"너희를 리온에게 쓸 인질로 삼아야겠다. 죽고 싶지 않으면 얌전히 내 명령에 따르라고."

◇

숙녀의 숲 은신처.

이미 모두 도망치고 텅 빈 곳에서 제나와 핀리는 손을 뒤로 돌려 수갑으로 구속당해있었다.

제나는 허벅지를 천으로 졸라맨 상태였다.

차가운 돌바닥에 나뒹군 두 사람은 말다툼하는 세 명의 목소리를 듣고 있었다.

둘과도 껄끄러운 인연이 있는 세 명—— 아니, 발트파르트 가문과 악연이 있는 자들의 목소리였다.

한 명은 조라로, 이전에는 화려한 드레스를 입고 있었는데 지금은 추레한 옷을 입고 있었고 손에는 어울리지 않는 검은 장갑을 끼고 있었다.

조라는 고생으로 머리카락이나 피부가 거칠어져, 실제 나이보다도 훨씬 더 늙어 보였다.

그녀는 혼란에 빠져서 주위에 마구 화풀이하고 있었다.

"이게 뭐야?! 왕녀는 어쨌어? 그걸 회수하고 돌아왔더니 대표들도 없어졌고, 이제 뭐가 뭔지. 제대로 설명해!"

또 한 명은 메르세였다.

메르세는 조라와 달리 화려한 차림이었지만, 이전과 달리 밤에 돋보이는 화려한 화장을 하고 있었다. 몇 년 전에 봤을 때보다도 야윈 걸 보니 꽤 고생한 모양이었다.

"정말로 쓸모가 없네! 하다못해 공작 영애나 평민 여자라도 잡았어야지! 외국의 공주님도 있었는데, 대체 뭘 한 거야?!"

루트아트는 발칵 짜증을 내는 둘에게 힐난당하고 있었다. 하도 호통을 들어 위축되어 있었다.

겁을 먹으며 변명하기 시작하는 모습이 핀리와 제나를 협박할 때와는 영 딴판이었다.

루트아트는 평소에도 가족 사이에서 입장이 좋지 못한 모양이었다.

"나, 나도 그러고 싶었어! 하지만 갑자기 율리우스 일행이 나타나는 바람에 어쩔 수 없었다고! 그래도 대신 이 녀석들을 발견해서 인질로 데리고 왔잖아."

루트아트의 시선이 핀리와 제나에게 향했다.

동시에 조라와 메르세의 시선도 모여, 핀리는 분한 듯이 노려볼 수밖에 없었다.

'오빠 말대로 통금 시간을 지킬 걸 그랬어.'

통금 시간을 어기지 않고 학원에 돌아갔다면 루트아트에게 잡히지도, 제나가 다치지도 않았으리라.

제나는 다쳤으면서도 핀리한테 사과했다.

"미안해, 핀리. 내가 널 데리고 돌아다닌 탓에."

"그것보다도 언니 상처는 괜찮아?"

"이 정도쯤은 문제없어."

제나는 그렇게 대답했지만 상당히 괴로워보였다. 핀리는 자신의 경솔함을 반성했다.

그때 부주의하게 상대를 자극하지 않았다면 좋았다고 후회했다.

그런 자매의 대화를 듣고 짜증이 난 메르세가 다가왔다.

"그깟 상처로 조금 전부터 시끄럽네."

메르세가 핀리의 머리를 짓밟았다.

"너희를 보고 있으면 속이 부글부글 끓어. 진짜 귀족도 아니면서, 우리 덕에 귀족을 칭하고 있는 주제에!"

신발까지 돌려가며 핀리의 머리를 짓밟은 메르세는 지금까지 쌓인 불만을 뱉어냈다.

불만 대부분이 자신의 현 상황에 대한 불만이었다.

"우리야말로 고귀한 핏줄이란 말이야! 그런데 어째서 너희가 귀족이고 우리가 평민 취급이냐고! 억지로 이런 차림까지 하고서, 살기 위해 좋아하지도 않는 남자랑 교제하고! 절대로 용서 못 해!"

"아파, 아파!"

짓밟힌 고통에 핀리가 목소리를 높이자, 메르세가 발을 들어 몇 번이고 세게 짓밟았다.

핀리는 메르세한테 짓밟히며 점점 분노가 쌓여 갔다.

'이 녀석들 절대로 용서하지 않겠어! 반드시 복수할 거야!'

이 상황에서도 투지를 불태우는 핀리였으나, 갑자기 무언가가 자신을 덮었다.

"언니?!"

핀리를 지키기 위해 제나가 핀리를 덮다시피 하며 엎어진 것이다. 메르세는 그런 자매의 모습을 보고 괜히 더 화가 났는지 이번에는 제나를 짓밟았다.

"아름다운 자매애라도 연출할 생각이야? 너희들 따위 아무런 가치도 없어. 그 리온도 분명 너희를 저버리겠지. 여기서 실컷 괴롭히다가 죽여 줄게!"

메르세의 말에, 핀리는 리온이라면 정말 자신들을 저버릴지도 모른다는 생각이 들었다. 평소에도 싸움이 끊이질 않고, 자매한테는 차가운 태도가 눈에 띄었다.

만약 남동생인 코린이 납치되었다면 곧바로 달려왔겠지만, 리온이 자기들을 상대로 그렇게 하지는 않을 것 같다는 생각이 들었다.

'그 바보 오빠라면 정말 우리를 버릴지도. 젠장── 더 아양을 떨어 뒀으면 좋았을걸. 그랬더라면 언니도⋯⋯.'

자기 위에 엎어져 메르세한테 걷어차이는 제나를 걱정했다.

조라도 그런 자신들의 모습을 보고 비웃고 있었다.

"메르세, 혼쭐내주는 건 좋지만 죽이면 안 돼. 가치가 없을지라도 무언가에 쓸모가 있을지도 모르잖니?"

호흡이 흐트러진 채 입꼬리를 올리며 가학적인 미소를 내보인 메르세는 조라의 말에 따랐다.

"그러네요, 어머니. 하지만, 죽지 않으면 뭘 해도 상관없겠지!"

메르세는 그렇게 말하고는 제나의 배를 걷어찼다.

"윽!"

"어, 언니?!"

배를 걷어차여 괴로워하는 제나의 목소리를 듣고, 루트아트가 박수를 쳤다.

"좋은 구경거리인데."

루트아트의 천박한 미소를 보고 핀리는 분해서 속이 부글부글 끓었다.

'이 녀석들한테 반드시── 지옥을 보여주겠어.'

왕궁 회의실에는 적 아지트를 제압, 혹은 진압했다는 보고가 속속 들어오고 있었다.

잇따라 회의실에 드나드는 기사들의 얼굴에 비장감은 없었고, 다들 길보를 가지고 왔다.

기사들도 기쁜 소식을 전하여 기분이 좋은 모양이었다.

"왕도 북부의 소란은 전부 진압했습니다! 아인호른은 동부로 이동하여 부대를 투하하고 있습니다!"

"에어바이크 부대, 도망친 자들을 사로잡았습니다! 이미 취조를 통해 라셀과 관련이 있다는 자백을 받았습니다."

"서부에 파견한 부대로부터 낭보입니다! 전 귀족으로 구성된 집단을 포박했습니다."

테이블 위에 놓인 지도에서 적을 나타내는 마크가 차례로 사라졌다.

모두의 시선이 내게 모였다.

"자, 그럼 다음은 어딜 공격할까나."

어느 부대를 어디에 파견하면 좋은가?

어떻게 하면 효율적인가?

그런 생각을 하고 있자, 옆에 있던 율리우스가 지도를 가리키며 내게 제안했다.

"이곳에는 오래된 감시탑이 있다. 여기서 농성하면 성가시다. 적이 집결하기 전에 쳐부수는 편이 좋아."

"아~, 거긴가. 몇 번인가 본 적이 있었지."

단순히 오래된 건물이라고만 생각해서 의식하지 않았다.

"왕도가 확장되기 전에는 보초병을 두고 있던 장소였지만, 지금은 창고 취급이다. 하지만 내부 구조는 싸우기 위해 만들어져 있으니까 성가시다."

"그렇다면 갑옷은 안 되겠군. 그렉을 보낼까."

내가 모르는 왕도 사정에 밝은 율리우스를 참모 역으로 삼아, 나는 다음 파견지를 정했다.

그러자 루크시온이 곧바로 말했다.

『그렉에게 다음 목표를 지시했습니다만, 탄약 보급을 요청하고 있습니다. 최단 거리 루트는 아닙니다만, 보급을 위해 이 경로를 지나게 하겠습니다.』

루크시온이 그렉 부대가 지나는 길 순서를 표시했다. 보급 부대를 배치한 장소를 경유하여 감시탑으로 보내는 모양이다.

딱히 이견은 없기에 고개를 끄덕였다.

"그럼 질크 부대도 보급을 시킬까."

『그렇다면 아인호른을 파견시키지요.』

밀렌 씨는 주먹을 꾹 쥔 채 내가 잇따라 결정을 내리는 모습을 보고 있었다.

주위는 낭보가 연이어 위기 상황에서 해방되고, 웃는 얼굴도 늘어나고 있는데 혼자 긴장한 기색이었기에 말을 걸었다.

"왜 그러십니까?"

"──아니요, 로스트 아이템의 위력이 너무 굉장해서 감탄한 것뿐이에요. 알제르 공화국에서 이룬 활약이 납득 가네요. 이젠 기가 막힌 걸 넘어서 무서울 정도예요."

밀렌 씨는 딱딱한 미소를 지었다. 그 미소가 마치 루크시온을 경계하는 듯이 느껴졌다.

확실히 밀렌 씨에게 이런 성능을 지닌 루크시온은 상당한 위협으로 느껴질 것이다. 그런 감상을 품어도 이상하지 않다.

"괜찮습니다, 밀렌 씨."

"네?"

"루크시온이 아무리 무서워도, 제 명령에는 따르니까요. 밀렌 씨에게 위해를 가하는 일은 절대로 없을 겁니다."

"후작── 아뇨, 리온 군."

내가 자신 있는 표정으로 말하자, 밀렌 씨가 뺨을 물들였다.

그러자 내 옆에 있던 율리우스가 매우 질색했다.

"리온, 어머님을 유혹할 거라면 하다못해 내가 없는 곳에서 하지 않겠나."

"유혹하지 않았어. 안심시키는 것뿐이라고."

"그런가? 이들의 눈을 봐도 똑같은 말을 할 수 있나?"

율리우스의 재촉에 주위로 시선을 향하자, 회의실에 있던 사람들이 나한테서 시선을 피했다.

아무래도 엉뚱한 오해를 산 모양이다.

버나드 대신은 쑥스러워하는 밀렌 씨를 보고 조금 놀라워했다.

"이분께 이런 표정을 짓게 하는 건 후작 정도라네."

"그건 그것대로 기쁘군요."

루크시온이 우쭐거리는 날 타박했다.

『때와 장소를 생각하는 편이 어떻습니까? 게다가 이곳에는 안젤리카도 있습니다.』

"아, 큰일 났다."

퍼뜩 깨달은 나는 회의실에 있는 안제한테 시선을 보냈다.

이런 장면을 보이면 또 화를 내며 내 귀를 잡아당길 것이다.

그걸 두려워하여 안제의 모습을 봤지만, 지금은 디어드리 선배나 클라리스 선배와 진지하게 이야기를 나누고 있었다.

아무래도 지금 대화는 들리지 않았던 모양이다.

"다행이다. 안 들렸군."

내가 가슴을 쓸어내리고 있자, 율리우스가 날 보며 어처구니없어했다.

"정말로 너라는 녀석은……. 어쨌든, 이 상태라면 폭동도 금방 가라앉겠군."

시선을 지도로 되돌린 나는 그대로 루크시온에게 물었다.

"그래서, 제나와 핀리는 찾았냐?"

피난할 때 학원에는 핀리의 모습이 없었다.

여학생한테서는 제나와 놀러 나가 통금 시간을 지나도 돌아오지 않았다는 말을 들었다.

하필 오늘 통금을 어기다니, 운이 이리도 나쁠 수가 있나.

『현재 조사 중입니다.』

"빨리 찾아내라고."

──죽기라도 하면 나도 기분 나쁘고, 가족이 슬퍼하잖아.

◇

회의실 창가.

그곳에서 디어드리나 클라리스와 이야기하고 있던 안제는 창문으로 보이는 왕도에 시선을 향했다.

'이 소란이 귀엽게 느껴지는군.'

이전 귀족들을 중심으로 한 반란 소동은 계획성도 없고 산발적이었다. 리온이 없어도 진압할 수 있는 수준이었다.

하지만 안제의 고민은 따로 있었다.

디어드리가 소곤소곤 말을 걸었다.

"언니가 라셀 사람을 사로잡았어요. 귀축 기사님을 국가의 적으로 보고 상당한 원한을 품고 있다고 해요. 이번 소란을 라셀이

267

뒤에서 지원했다는 증거도 나왔어요. 이거, 후작께 제대로 전해 줘요."

디어드리는 자기 본가에서 온 정보를 안제에게 전했다.

클라리스도 마찬가지였다.

"우리 관계자가 숙녀의 숲을 칭하는 사람들을 사로잡았어. 리온 군과 안 좋은 인연이 있는 것 같아. 필요하다면 인도할게."

두 사람 다 왕궁이 아니라 안제한테 전하여 판단을 맡겼다.

그것이 안제한테는 몹시 불만이었다.

"둘 다, 왕궁에 먼저 알려야할 내용이잖나."

안제가 당연한 말을 하며 둘에게 주의를 주자, 디어드리와 클라리스는 서로 얼굴을 마주 본 뒤 희미한 미소를 지었다.

농담을, 이라는 표정은 안제의 속마음을 꿰뚫어 보고 있는 것만 같았다.

클라리스가 회의실에서 리온 근처에 있는 아버지를 일별한 뒤, 안제한테 현재 상황에 관해 이야기했다.

"얼버무려도 헛수고야, 안젤리카. 공작가가 군을 내보내지 않는 건 이미 왕가를 포기했기 때문이지?"

클라리스는 주위에 들리지 않을 정도로 작은 목소리로 말했다.

하지만 안제는 그걸 나무랐다.

"이 자리에서 할 이야기가 아니다."

하지만 디어드리도 그만둘 낌새가 없다.

"승패 따위는 생각할 것도 없지. 후배 군── 후작님을 봐. 적확하게 군을 지휘하고 있잖아?"

리온은 평소처럼 의욕이 느껴지지 않는 태도로 군을 지휘하고 있었다. 하지만 그가 이뤄내는 결과는 그렇지 않았다

모든 지시가 전부 너무 적확해서, 주위에 있는 자들에게 감탄과 동시에 두려움을 사고 있었다.

왕도 곳곳의 정보가 항상 실시간으로 모여든다.

회의실 밖에서 일어난 일을 곧바로 알 수 있다는 건 안제에게도 놀라운 일이었다.

군은 정보를 정확하고 재빠르게 입수하기 위해 적잖은 예산을 할애한다. 그만큼 군사 활동에 정보가 중요하기 때문이다.

하지만 아무리 큰돈을 들여도 매 순간마다 정확한 정보를 얻기란 불가능하다.

그 불가능을 현실로 만드는 루크시온과 리온은 이 자리에 있는 사람들에게 얼마나 믿음직하고 두려운 존재이겠는가.

디어드리가 안제의 귀에 입을 가까이 대고 속삭였다.

"안심해, 안젤리카. 그라면 싸워도 절대 지지 않아."

리온은 지금 왕도의 모든 것을 장악하고 있다.

클라리스 또한 안제한테 현실을 알려줬다.

"머잖아 싫어도 싸우게 될 거야. 왕가는 그를 방치하지 않을 테니까. 언제든지 왕가를 물리치고 대신할 수 있는 존재란 그들에게는 오로지 두려움일 뿐이야."

호르파트 왕국 비장의 수인 왕가의 배는 공국과의 전투에서 파

괴되었다.

그런 와중에, 강력한 로스트 아이템을 지닌 리온의 대두는 왕가에 위협이 된다.

실제로 밀렌도 이미 루크시온을 경계하고 있었다.

안제는 그것도 모르고 진심을 발휘 중인 리온이 답답했다.

'바보 녀석이. 진심을 발휘해도 눈치껏 조절하란 말이다.'

안제는 리온이 알제르 공화국에서 루크시온 본체를 공개한 뒤로 긴장이 느슨해진 듯한 느낌이 들었다.

'하긴, 지금 와서 자중하라고 말해도 이미 늦었나. 하지만 적어도 사전에 뭘 할 수 있을지 상담 정도는…….'

안제가 리온에게 시선을 향하자, 그에 이끌리는 것처럼 클라리스와 디어드리도 얼굴을 그쪽으로 돌렸다.

그러자 마침 리온이 루크시온을 경계하는 밀렌을 달래는 모습이 세 사람의 눈에 들어왔다.

세 사람은 동시에 표정이 굳어졌다.

디어드리가 눈을 내리깔며 말했다.

"뭐, 문제가 있다고 한다면 왕비님이겠네요."

클라리스도 차가운 눈으로 리온을 바라보았다.

"그러게. 꽤 사이가 좋아 보이는걸."

세 사람의 눈에는 그 모습이 아무래도 리온이 밀렌을 유혹하는 것처럼 보여 기분이 썩 좋지 않았다.

안제가 눈을 감고 비아냥을 입에 담았다.

"왕비님을 향한 리온의 충성심이 참으로 곤란할 지경이군."

'태평하게 왕비님을 유혹할 게 아니라, 자신의 장래를 생각하란 말이다. 나중에 설교해 주마.'

안제한테는 용납하기 어려운 광경이지만, 리온이 스스럼없이 유혹하고 있는 시점에서 진심이 아니라는 것도 눈치채고 있었다.

안제는 리온의 성가신 성격을 잘 알고 있었다.

디어드리는 리온의 행동을 칭찬하면서 빈정거렸다.

"이 자리에서도 태연하게 유혹하는 배짱은 칭찬하고 싶네요. 정말로 그것뿐이지만요."

클라리스는 유쾌하지 않은 듯이 허리에 손을 대고 있었다.

"역시 왕비님이 제일 큰 걱정거리가 될 것 같아."

안제는 리온한테서 시선을 떼고, 디어드리와 클라리스를 진지한 시선으로 봤다.

'이 상황을 타개한 후가 더 문제로군.'

안제가 앞으로 어쩔지 불안하게 고민하던 찰나, 갑작스럽게 회의실의 분위기가 변했다.

이제껏 침착했던 리온이 격노하고 있었다. 모두의 시선이 그에게 쏠려 있었다.

"루크시온, 다시 한번 말해 봐."

조용한 말이었지만 깊은 분노가 배어 나오고 있었다.

리온은 격노한 얼굴로 루크시온을 바라보았다.

『두 분 다 인질로 잡혀 있습니다. 주모자는 숙녀의 숲 잔당인 조라 일가입니다. 루트아트, 메르세의 모습도 확인되었습니다.』

루크시온의 보고를 들은 리온은 최고 책임자로서의 책무를 방기했다.

"내가 직접 간다."

리온에 반응에 당황해 사람들이 즉각 리온을 말리려고 하면서 회의실이 단번에 소란스러워졌다.

하지만 안제는 리온의 얼굴을 보고 이미 제지해 봤자 헛수고라는 걸 알아차렸다.

"후작께서 이 자리를 벗어나시면 곤란합니다!"

"이제 끝났잖아? 나머지는 뒷정리뿐이라고."

"그러니까, 그 뒷정리에도 명령이 필요합니다!"

"갔다 오고 나서 하면 되잖아. 뭣하면 밖에서도 지휘할 수 있어."

리온이 회의실을 나가려 하자 수많은 사람이 리온을 둘러싸고 그를 설득했다.

안제는 작게 한숨을 내쉬고는 리온을 돕기 위해 걸어 나갔다.

"보내 줘라."

리온이나 주위 사람들이 안제에게 시선을 향하자, 안제는 허리에 손을 대고 리온을 노려봤다.

"멋대로 할 거라면 책임은 완수해라."

"안제……."

리온은 안제가 자신을 제지할 줄 알았는지, 의외라는 표정을 짓고 있었다.

안제가 미소를 지었다.

"얼른 끝내고 와라."

"──금방 돌아올게."

리온이 루크시온을 데리고 회의실을 뛰쳐나가자 밀렌이 안제 옆으로 다가왔다.

"그를 신뢰하고 있군요. 하지만 역시 그를 보내면 안 됐어요."

"저도 그렇게 생각합니다. 하지만 상대가 리온과 오랜 악연이 있는 자들이고, 무엇보다 소중한 가족을 구하러 가는 길을 어찌 막을 수 있겠습니까."

안제가 리온을 보낸 이유를 이야기하자, 밀렌은 기가 막혔는지 작게 한숨을 내쉬고는 리온이 뛰쳐나간 문을 쳐다봤다.

"저는 그를 오해하고 있었군요."

"무슨 말씀이십니까?"

밀렌이 리온에 대한 평가를 고쳤다.

"저는 그 아이가 약삭빠르게 뭐든 해내는 강한 사람이라고만 생각했어요. 실은 요령 없이 서툰 걸 감추고 있던 거군요."

밀렌이 슬픈 듯이 미소 지었다.

"불쌍한 아이. ──안제, 당신이 확실히 지탱해 주도록 하세요."

밀렌은 그 말을 남기고 안제의 곁을 떠났다.

안제는 '불쌍한 아이'라는 말이 무슨 뜻인지 알 수 없었지만, 어렴풋이 짐작 가는 구석이 있었다.

'불쌍하다, 인가. 확실히 리온한테 이 상황은 바라던 것이 아니

었을 테지…….'

◇

내가 회의실에서 복도로 나오자 어째서인지 문 앞에 제이크 전하와 오스칼의 모습이 있었다.

게다가 제이크 전하 옆에는 아레 쨩의 모습도 있다.

아무래도 날 기다리고 있었던 모양이다.

오스칼이 내게 다가왔다.

"후작! 핀리 양은 아직 찾지 못한 겁니까?!"

"안심해. 이제부터 구하러 간다."

무슨 이유에서인지 핀리를 걱정하는 오스칼을 보고 있으려니, 이걸 어쩐다, 하는 생각이 들었다. 여동생의 사랑을 방해할 생각은 없지만, 오스칼은 공략 대상 중 한 명이다.

가능하면 미아와 맺어졌으면 좋겠지만, 이건 내 사정이지 강요할 일이 아니었다.

이제부터 제나와 핀리를 구하러 가는 내게 오스칼이 동행 허가를 요청했다.

"그렇다면 저도!"

"안 돼. 너는 얌전히 있어."

"하, 하지만!"

나는 핀리를 구하러 가려는 오스칼에게 솔직한 마음을 물어봤다.

"너는 핀리를 어떻게 생각하지? 일부러 구하러 갈 정도로는 좋아하는 것 같다만."

그러자 오스칼은 난처한 듯이 웃으며 내 질문에 애매하게 대답했다.

"저도 잘 모르겠습니다. 다만, 싫어하지는 않습니다. 그렇군요, 제 입장에서 보면 다른 사람을 잘 돌봐주는 누나일까요?"

"누나?! 핀리가?!"

몸집이 작은 핀리를 누나라며 따르는 오스칼한테 놀라자, 제이크 전하가 우리 대화에 끼어들었다.

"발트파르트, 나도 동행해 주마."

"뭐?"

"나는 형님보다 우수하다. 반드시 도움이 될 거다."

제이크 전하는 그렇게 말하면서 자꾸 뒤에 있는 아레 쨩을 신경 썼다. 아무래도 좋아하는 여자애(?) 앞에서 멋있는 척하고 싶은 모양이었다.

──역시 형제는 형제구만.

나한테 '너희들 제정신이냐?!'라는 생각이 들게 하다니.

"왜 내가 왕자님을 데리고 간다고 생각하는 거냐? 너는 당연히 여길 지키고 있어야지. 율리우스나 돕고 있어."

"너, 너……! 나는 이래 보여도 왕자──!"

"전하, 방해됩니다."

제이크가 납득하지 못하고 따지려 하자 오스칼이 제이크 전하를 밀치고 앞으로 나섰다.

"오스카아아아알?! 나는 왕자고, 너는 내 젖형제잖냐?!"

오스칼은 자기한테 밀려 바닥을 나뒹구는 제이크 전하를 무시하고, 내 얼굴을 똑바로 바라보며 부탁했다.

"부디 저도 돕게 해주십시오. 방해는 하지 않겠습니다. 그러니, 부탁드립니다!"

오스칼이 머리를 깊게 숙이며 끈질기게 부탁했다. 나는 오스칼의 근성에 꺾이고 말았다.

"여기서 너희를 상대하는 시간이 아깝군. 방해하면 날려 버릴 거다."

내가 동행을 허가하자, 오스칼이 얼굴 한가득 미소를 띠었다. 제이크 전하는 바닥에 나뒹군 채 몹시 침울해하고 있었다.

아레 쨩이 제이크 전하를 위로했다.

"제이크 전하, 얌전히 있도록 해요."

"──너, 너 이 녀석, 발트파르트!"

어째서인지 날 노려보고 있는데, 상식적으로 위험한 곳에 제2왕자를 데리고 나가면 내가 혼나잖냐.

너희들 형제는 전부 하나같이 나한테 민폐를 끼치는군.

이것도 롤랜드의 피일까?

"눈을 떠, 언니!"

숙녀의 숲 아지트.

그곳에서는 메르세한테 폭력을 당한 제나가 상처투성이가 되어 있었다.

호흡도 약하고 의식도 없다.

자신을 감싼 제나의 모습에 눈물을 흘리는 핀리를 보고, 부러진 몽둥이를 든 메르세가 웃음을 흘렸다.

메르세는 제나를 때리다 부러진 몽둥이를 내던지며 말했다.

"어떻게 된 거야? 더 비명을 지르지 않으면 재미없잖아!"

그 옆에 있던 루트아트도 제나를 짓밟았다.

두 사람 다 자신이 놓인 상황에 납득하지 못하여 쌓인 우울하고 굴절된 감정을 제나에게 부딪치고 있었다.

"이 이상 하면 죽겠군. 뭐, 한 명은 살아 있으니 아무래도 상관없나."

조라는 감각이 마비된 자식 둘을 보며 아지트에 있던 의자에 앉아 있었다.

생각하고 있는 건 복수 내용이다.

"좋네. 죽은 딸의 모습을 보여주면 바르카스도 분명 깨달을 거야. 자신이 대체 누구한테 거역했는지, 가르쳐 줘야지."

제나를 계속 때려 지친 메르세가 방에 있는 나무 상자에 앉았다.

"계획이 성공하면 우리는 다시 귀족으로 돌아갈 거야. 그때는 너희들을 마구 부려 먹어서 비참한 생활을 보내게 해줄게."

의기양양해진 듯한 표정을 짓는 조라 일가.

핀리는 어렸을 적의 기억을 떠올렸다.

'이 녀석들 정말로 최악이야. 그래, 옛날부터 지독했었지.'

◇

발트파르트가 저택.

그날은 평소 얼굴을 내비치지 않는 조라 일가가 바르카스한테 불만을 내뱉으러 와 있었다.

어린 핀리는 응접실에서 욕을 먹고 있는 바르카스와 류스의 모습을 문틈으로 보고 있었다.

"생활비가 줄어든 건 어떻게 된 거야! 이건 계약 위반이야. 절대 있을 수 없는 일이라고. 시골 귀족은 이런 약속도 지키지 못해?!"

조라가 일부러 쳐들어온 이유는 발트파르트 가문에서 보내는 생활비가 적었기 때문이다.

하지만 그건 어쩔 수 없는 이유가 있었다.

바르카스가 미안한 듯한 태도를 보였다.

"미, 미안해, 조라. 우리도 노력하고 있는데, 올해는 재해가 있어서 도저히 돈이 없어."

재해로 생긴 피해 복구에 일손과 비용이 들어갔고, 작물 성장도 나빠졌다.

흉작은 아니지만, 예년보다 상황이 나빴다.

그 탓에 바르카스는 저택에서 내다 팔 수 있는 물건을 전부 팔아 생활비를 보내야 했다.

핀리는 류스가 가지고 있던 옷도, 몇 안 되는 장신구도 처분한 걸 알고 있었다.

저택도 물건이 차츰 줄어들었고, 가족이 먹을 것도 여의치 않은 상황이 이어졌다.

하지만 조라는 그래도 용납하지 않았다.

"그게 뭐 어쨌다는 거야? 당신들이 어려운 게 나하고 무슨 상관인데? 약속대로 생활비를 보내지 않으면 나도 생각이 있어. 왕궁에 이 이야기를 전할까?"

바르카스는 왕궁에 이 이야기가 전해지는 건 곤란하다고 생각했는지, 조라에게 머리를 숙였다.

"그, 그것만큼은 어떻게 좀 용서해 줘!"

당시 왕궁은 영주보다 조라 같은 여성을 우대했기에, 이런 이야기가 나오면 영주에게 벌금을 물렸다.

상황에 따라서는 영지를 몰수당하는 일도 있기에, 바르카스는 오로지 사과할 수밖에 없었다.

"그러면 어떻게든 돈을 가져와. 나 참, 이런 걸로 일부러 오게 하고. 정말로 쓸모가 없다니까."

조라는 그렇게 말하며 평소 품고 있던 불만을 둘에게 부딪쳤다.

핀리는 부모님의 모습에 가슴이 아파 더는 보고 있을 수 없어 방에서 멀어졌다.

복도를 걷고 있자 비싼 옷을 입은 루트아트와 메르세와 마주쳤다.

메르세가 핀리를 발견하고 비웃었다.

"정말 초라한 옷차림이네. 이래서 시골 애들이 싫다니까."

루트아트도 핀리를 보고 어깨를 으쓱였다.

"동감이야. 이런 아무것도 없는 곳에서 용케 산다 싶다니까."

조라의 전속 사용인을 맡은 엘프가 그런 둘을 지켜보고 있었다.

"아가씨, 도련님. 저쪽 방에 왕도에서 가지고 온 과자를 준비했습니다."

과자라는 말을 듣자 핀리의 배에서 꼬르륵 소리가 났고, 엘프는 입가에 손을 대고 핀리를 내려다보며 웃었다.

"유감이지만 당신 몫은 없어요."

그렇게 말하고는 둘을 데리고 방으로 갔다.

메르세는 배를 누른 핀리를 보고 심술궂게 웃었다.

"아쉽게 됐네~."

루트아트는 과자라는 말을 듣고도 별로 기쁘지 않아 보였다.

"어차피 항상 먹는 과자잖아? 이제 질렸단 말이지."

핀리는 그 말이 몹시 화가 났다.

우리는 식사조차 곤란함을 겪고 있는데, 어째서 조라 일가는 과자까지 챙겨 먹는가?

핀리는 공복에 견디며 조라 일가를 향한 분노를 쌓아갔다.

◇

'그래. 그 무렵부터 줄곧 분했어. 이 녀석들이 행복하게 사는 건 전부 우리 돈을 가로채고 있기 때문이었어.'

조라 일가의 사치를 위해 가족이 고생한다는 걸 안 핀리는 분해서 견딜 수 없었다.

리온이 출세한 후로는 생활이 나아졌지만, 그전에는 정말 끔찍했다.

그게 전부 조라 일가 때문에.

'이 녀석들, 자업자득이면서 왜 우리를 원망하는 거야? 원망받을 건 너희지!'

핀리 안에서 증오가 부풀었다.

그때, 아지트 문이 부서지는 소리가 들리더니 남자의 목소리가 들렸다.

"핀리 야아아아앙!!"

오스칼의 목소리였다.

곧이어 귀에 익은 오빠의 목소리도 들려왔다.

"잠입할 때 소리치지 마!"

아지트에 돌입한 리온은 곧바로 무기를 든 루트아트에게 라이플 총구를 겨눴다.

루트아트가 리온에게 대응하여 황급히 권총을 향했지만, 한발 늦었다. 리온이 먼저 방아쇠를 당겼고, 루트아트의 오른팔을 총알이 꿰뚫었다.

루트아트가 비명을 지르며 들고 있던 권총을 바닥에 떨어뜨렸다. 그는 자기 팔에서 피가 흘러나오는 걸 보고 몹시 허둥댔다.

"끄아아아아아!! 내, 내 팔이이이이!! 피, 피가!!"

조라와 메르세도 울부짖는 루트아트를 멍하니 바라보고만 있었다. 무슨 일이 일어난 건지 여전히 상황 파악을 하지 못했다.

리온은 넋을 놓은 둘을 무시하고 루트아트에게 달려들어서는 개머리판으로 머리를 후려갈겨 쓰러뜨렸다.

리온은 핀리와 제나를 힐끔 살피고는 매서운 얼굴이 되더니 시끄럽게 떠들고 있는 루트아트의 배를 있는 힘껏 걷어찼다.

그대로 루트아트 위에 올라탄 리온은 루트아트를 개머리판으로 사정없이 마구 후려갈겼다. 평소 리온의 인상과는 너무나 다른 모습이었다.

"누, 누가── 살려──!!"

"닥쳐! 이 자식들, 잘도 저질렀겠다. 오늘 그간의 빚까지 모조리 갚아주마."

핀리가 날뛰는 리온을 보고 있자, 오스칼이 다가왔다.

"핀리 양, 괜찮습니까!"

"오스칼 씨……."

자신을 구하러 온 오스칼의 모습이 핀리한테는 무척 믿음직스럽게 느껴졌다.

루크시온이 나타나더니 빨간 렌즈에서 레이저를 조사하여 수

갑을 벗겼다.

『아무래도 이걸로 끝인 것 같군요.』

루크시온한테 도움을 받은 핀리는 곧바로 제나를 봤다.

"동그란 거, 부탁이니까 언니를!"

『물론 그쪽도 조치하겠습니다. 이대로 두면 마스터가 시끄러울 테니까요.』

루크시온이 리온한테 빨간 렌즈를 향하자, 리온이 숨을 헐떡이며 일어서던 참이었다.

루트아트는 얼굴을 알아볼 수 없을 만큼 엉망이 되어있었다. 아직 숨은 붙어있는 것 같았지만 의식은 없었다.

리온은 라이플을 들더니 조라와 메르세에게 총구를 겨눴다.

"끝이다. 얌전히 포기해라."

리온한테 그 말을 듣고, 메르세가 떨면서도 강한 척했다.

"바, 바보 같긴. 이미 전부 다 늦었어. 바깥에는 지금 혁명이 일어났다고. 붙잡히는 건 우리가 아니라, 너희야!"

메르세는 그들의 계획이 성공하리라고 믿어 의심치 않고 있었다.

조라도 마찬가지였다.

"그래! 망할 꼬맹이가 언제까지고 우쭐거리지 말아. 그러게 얌전히 우리 밑에 있었어야지!"

하지만 리온은 어이없다는 듯 코웃음 치며 그걸 비웃었다.

그 태도가 심기에 거슬렸는지, 조라가 이마에 핏대를 세우고 째질 듯한 목소리로 쉬지 않고 말했다.

"너 같은 가난하고 아무런 장점도 없는 남자는 여자들의 노예로 지내야만 해! 그런데 분수를 잊고 왕국의 질서까지 붕괴시키다니! 전부 다 네 잘못이라고! 나라를 이런 지독한 꼴로 만들어놓다니, 용서된다고 생각해?!"

리온은 계속해서 지껄여 대는 조라로부터 총구를 돌려 나무 상자를 향해 발포했다. 나무 상자에 쉽사리 총알 구멍이 생겼다.

그 한 발에 조라가 침묵하자, 리온은 실실 웃기 시작했다.

"장황하게 지껄여 대지 마. 시끄러우니까. 요컨대 너희는 아무 잘못도 없다고 말하고 싶은 거잖아. 우리 가족한테 심한 짓을 한 것도, 남자를 깔본 것도, 전부 정의였던 거지? 정말 멍청하구만."

조라가 주먹을 꽉 쥐자 검은 장갑이 찌직찌직 소리를 냈다.

"남자 주제에 우쭐해져서는……!"

"남자. 남자 말이지. 응, 지금은 실로 남자한테 유리한 사회가되었어. 너희한테는 불행이겠지만, 나한테는 최고야!"

"이, 이 남자는……!"

리온은 계속 조라의 신경을 긁더니 이내 웃음기를 지우고 진지한 표정으로 말했다.

"정말 어이없는 바보들이구만. 너희가 이렇게 된 건 전부 자업자득이잖냐. 그런데 자기는 아무 잘못도 없다? 웃기지 말라고."

자업자득이라고 단언한 리온은 조라 일가가 이런 상황에 처한 원인을 이야기했다.

"이건 남자인지 여자인지와는 아무 상관없어. 그냥 너희가 쓰레기인 거야."

쓰레기라는 말을 들은 조라와 메르세가 미간에 깊은 주름이 질 정도로 인상을 쓰며 리온을 노려봤다. 둘의 증오를 받고도 리온은 전혀 동요하지 않는다.

메르세가 리온을 욕했다.

"뭐가 쓰레기야! 쓰레기는 너잖아!"

"나는 내가 쓰레기인 걸 자각하고 있어. 하지만 너희는 자신이 쓰레기인 줄도 모르는, 자각 없는 최악의 쓰레기다."

실실 웃으며 대답하는 리온에게 이번에는 조라가 반론했다.

"왕국은 여성을 존중하는 올바른 사회로 돌아가야 해! 너만 없으면——!"

"다른 사람을 존중할 줄 모르는 녀석이 존중받기를 바라지 말라고. 애초에 너희는 우리에게 원한을 샀다는 걸 모르겠냐? 너희가 우리 가족한테 무슨 짓을 해 왔지? 진정 너희는 잘못한 게 없다고 말할 셈인가?"

리온의 지적에 조라가 인정하지 못하고 얼굴이 시뻘게졌다.

"뭐라고?!"

"너희는 사실 정당성 같은 건 아무래도 좋지? 조금은 자기 행동을 반성하라고. 남녀 상관없이 그냥 너희는 쓰레기 같은 짓을 했을 뿐이니까. 그리고 말이 나온 김에 알려주는데, 너희가 믿고 있는 혁명인가 뭔가를 씨부렁거렸던 조잡한 폭동은 이미 진압됐어."

리온이 무슨 말을 하건 듣지 않았던 두 사람이, 계획 실패를 알게 된 순간 기세를 잃었다.

조라가 떨리는 손으로 리온을 가리켰다.

"거, 거짓말이야!"

"내가 여기 있는 게 증거라고. 너희의 수장도 이미 붙잡혔어. 뻔하지 않냐? 애초에 너희가 혁명을 이룰 만큼 유능했으면 이런 상황이 되지도 않았겠지. 라셀 녀석들한테 좋을 대로 조종당했구만."

메르세가 풀썩 주저앉았다.

"난 뭘 위해서 그 고생을……."

리온은 고생이 전부 수포가 되어 절망에 빠진 조라와 메르세를 냉담한 눈으로 바라봤다.

"그 노력을 처음부터 했어야지. 내 가족한테 손을 댄 대가는 반드시 치러야 할 거다."

리온은 낮은 목소리로 그리 말하고는 두 사람을 체포하려고 했다. 루트아트처럼 철저하게 때리지는 않았다.

그 순간── 핀리의 안에서 불길이 치솟았다.

"아니, 왜 그 두 사람한테는 아무것도 안 하는 거야?!"

그러자 리온은 루트아트 때와는 달리 약간 어정쩡한 태도로 대답했다.

"아니, 아무리 그래도 여자를 때리기는 좀 그렇잖아."

핀리는 결국 분노가 폭발했다.

"언니를 이런 꼴로 만들었는데, 그대로 내버려 두겠다고? 웃기지 마! 대가는 남녀 상관없이 치르는 거라고!"

"피, 핀리? 진정하자. 응?"

호흡이 거칠어진 핀리에게 오스칼도 말을 걸었다.

"핀리 양, 이 이상은 그만——."

그러자 핀리가 마치 악마 같은 형상으로 오스칼을 노려보았다.

"언니가 당했는데 가만히 있으라고?! 넌 그러고도 남자야?"

"죄, 죄송합니다……."

사과하는 오스칼한테서 시선을 돌린 핀리는 주저앉아 있는 메르세한테 성큼성큼 다가가더니—— 그대로 머리카락을 붙잡고 바닥에 얼굴을 냅다 찍어 버렸다.

"언니의 원수는—— 내가 갚겠어!"

"그, 그만…… 얼굴은 안 돼!"

메르세가 필사적으로 저항했지만, 핀리는 한쪽 팔로 메르세의 얼굴을 몇 번이고 바닥에 내리찍었다. 메르세의 예쁜 얼굴에서 코피가 터졌지만, 핀리는 아랑곳하지 않고 말없이 바닥에 내리찍었다.

핀리는 자신을 감싼 언니의 복수를 위해 일절 봐주지 않았다.

"그 예쁜 얼굴을 묵사발로 만들어 주지!"

이쯤 되니 리온도 차마 핀리를 제지하지 않을 수 없었다.

"핀리, 진정해! 부탁이니까!"

이윽고 메르세가 기절하게, 핀리는 리온의 제지를 무시하고 조라에게 다가갔다. 핀리에 옷과 얼굴에는 메르세의 피가 튀어 있었다. 조라가 겁에 질려 뒷걸음질 쳤다.

"히익!"

"네년도 감자 같은 얼굴로 만들어 주겠어!"

◇

악마 같은 형상이 된 핀리는 날아 차기를 먹인 것도 모자라 관절까지 비틀어가며 조라를 괴롭혔다.

결국 조라가 입에서 거품을 뿜기 시작했지만, 핀리는 여전히 웃고 있었다. 그 모습을 본 루크시온은 역시 핀리가 리온과 닮았다고 생각했다.

리온은 여전히 핀리를 제지하려 했지만, 전혀 손을 대지 못하고 있었다.

"핀리, 이제 그만해!"

"네가 여자라고 봐주니까 그런 거잖아! 애초에 여자의 적은 여자라고! 이 녀석들은 내 적이야!"

흥분하여 말투가 거칠어진 핀리는 용서 없이 조라를 때려눕혔다.

핀리가 조라를 깔고 앉아 무표정하게 양 주먹을 몇 번이고 때려 박자 리온과 오스칼이 기겁했다.

『역시나 마스터의 남매답군요.』

루크시온은 빨간 렌즈를 돌려 리온의 또 다른 남매에게 향했다. 마침 오스칼한테 안겨있던 제나가 눈을 뜬 참이었다. 제나는 오스칼과 면식이 없는데도, 눈앞에 꽃미남이 있다는 것만으로 기뻐했다.

"어머, 꿈만 같은 꽃미남."

다쳤는데도 여유가 있었다.

오스칼도 곤혹스러워했다.

"아뇨, 저는 오스칼 피아 호건입니다."

고지식하게 대답하는 오스칼이 눈부시게 보였는지 제나는 황홀한 표정을 지었다. 하지만 곧바로 자신이 다쳤다는 것을 떠올렸다.

"어머, 싫다. 나도 참. 이런 모습을 오스칼 님께 보이다니."

제나의 터프함에 루크시온도 감탄했다.

오스칼은 대략적인 사정을 헤아렸다.

"핀리 양을 지키느라 다쳤다고 들었습니다. 부끄러워할 필요 없습니다. 당신은 훌륭한 일을 하셨습니다."

"오스칼 님── 실례지만, 교제하는 여성은 있으신가요? 약혼자라든가."

"예? 어, 그게……."

오스칼은 마구 날뛰는 핀리에게 시선을 향했다가 되돌리고는 대답했다.

"──없습니다."

"그럼 좋아하는 사람은?!"

"어, 없습니다."

악마 같은 형상으로 날뛰는 핀리의 모습에 연심이 사라졌는지, 오스칼은 연인도 좋아하는 사람도 없다고 대답했다.

찰나의 순간 제나는 굶주린 육식 동물이 초식 동물을 발견한 것처럼 눈을 번뜩이더니, 곧바로 오스칼 앞에서 연약한 모습을 연기했다.

"오스칼 님, 저── 현기증이 나요."

제나가 품에 파고들자 오스칼은 안절부절못하며 부드럽게 끌어안았다.

"괜찮습니까?!"

그 모습을 지켜본 루크시온은 핀리의 말에 동의를 표했다.

『확실히, 여자의 적은 여자로군요.』

⭐제09화 「조라 일가의 결말」

실컷 날뛴 핀리는 메르세와 조라한테서 튄 피를 뒤집어쓴 채 가쁜 숨을 몰아쉬고 있었다.

나는 여동생에게 이렇게 무서운 모습이 있을 줄은 상상도 하지 못했다.

마치 싸움을 즐기고, 싸움을 위해 사는 버서커의 모습이었다.

핀리 옆에 쓰러진 조라와 메르세는 그야말로 너덜너덜한 상태였다.

"여동생이 무서워……."

내가 솔직한 감상을 중얼거리자 루크시온이 옆에 다가왔다.

『훌륭한 전사의 소양을 가지고 계시는군요. 아마 앞으로 좀 험악해지겠지만요.』

"이것보다 더? 이미 정점인 거 같은데?"

『그 이야기는 나중에 하지요. 그것보다──.』

루크시온이 조라 일행에게 빨간 렌즈를 향했다.

고새 의식을 되찾은 루트아트가 조라에게 다가가고 있었다.

"어, 어머니……."

조라를 구할 생각인가? 이 녀석들에게도 부모 자식 간의 정이 있는 모양이었다.

병사들이 채포하러 올 때까지는 놔둘까 생각한 순간, 루크시온이 급하게 소리쳤다.

『미약한 마장의 반응?! 마스터, 조라가 마장의 파편을 갖고 있습니다!』

"뭣?! 다들 물러서! 오스칼, 너는 둘을 지켜라."

핀리를 뒤로 밀쳐낸 나는 황급히 라이플을 들었다.

조라는 유리 파편 같은 날카로운 물건을 자기 곁으로 다가온 루트아트의 목덜미에 꽂았다.

루트아트의 얼굴이 충격으로 물들었다.

"어머니── 어, 어째서?!"

하지만 마장의 파편을 아들한테 박은 조라는 루트아트가 아닌 날 보며 이겼다는 듯이 큰 목소리로 웃었다.

"방심했구나, 리온! 루트아트, 너는 쓸모없는 굼벵이였지만, 마지막엔 이렇게 엄마의 도움이 되는구나. 저 녀석과 싸워서 내가 도망칠 시간을 벌어라!"

마장의 파편에 침식당해 루트아트가 괴로워하는 동안 조라가 휘청휘청 일어섰다. 그를 미끼로 쓰고 도주할 생각인 듯했다.

조라는 손으로 얼굴을 누르고 손가락 틈새로 우리를 노려보며 소리쳤다.

"죽일 거야. 반드시 돌아와서 너희를 모두 죽일 거다!"

메르세가 조라를 데리고 도망치려 하자 루트아트가 손을 뻗어 메르세의 발목을 붙잡았다.

"도와줘── 누나."

메르세는 도움을 요청하는 루트아트를 발로 걷어찼다.

"이거 놔, 이 굼벵이가!"

둘은 루트아트를 쉽게 저버렸다.

그러자 루트아트의 낌새가 이상해졌다.

미친듯이 쿡쿡 웃더니, 갑자기 등에 수많은 눈깔이 나타났다.

마장에 침식당한 루트아트의 팔다리가 길게 늘어나 송곳처럼 변했고, 배에 커다란 입이 생겼다.

루트아트는 기다릴 틈도 없이 처음부터 인간의 형태를 유지하지 못하고 괴물로 변했다.

"루트아트, 너……."

나는 라이플에 장전해놨던 탄환을 빼내고 다른 탄창을 집어넣었다.

루트아트는 우리가 아니라 도망치는 조라와 메르세를 노리고 있었다.

조라와 메르세가 괴물이 된 루트아트를 앞에 두고 엉덩방아를 찧었다.

"오, 오지 마!"

"저쪽으로 가! 적은 저쪽이야!"

둘이 소리쳤지만, 목을 길게 뻗은 루트아트는 기분 나쁘게 웃을 뿐이었다.

「──맛있겠다.」

거대해진 루트아트의 몸이 그대로 조라와 메르세를 덮쳤다.

나는 루트아트의 의식이 둘에게 향하는 동안, 세 사람을 건물 밖으로 내보냈다.

"얼른 도망쳐!"

지상으로 이어져 있던 계단을 서둘러 뛰어 올라가자, 뒤쪽에서 여성의 비명과 함께 끔찍한 소리가 들려왔다.

핀리가 소리쳤다.

"저 괴물은 뭐야?!"

제나를 공주님처럼 안아 올린 오스칼이 달리며 대답했다.

"저도 잘 모릅니다!"

제나는 이런 상황에도 오스칼을 꼭 안고 있었다.

"다들 서둘러!"

우리는 지상으로 올라와 그대로 건물 밖으로 나갔다.

벌써 새벽이 왔는지 바깥이 희미하게 밝아져 있었다.

"루크시온, 루트아트는?!"

루크시온이 빨간 렌즈를 빛냈다.

『곧 지상에 나옵니다.』

루크시온이 말을 마치자마자 건물을 무너트리며 괴물이 모습을 드러냈다.

괴물은 이미 루트아트의 모습이 조금도 남아 있지 않았다.

살덩어리에 커다란 입이 있고, 다섯 개의 촉수가 나 있었다.

괴물이 이쪽을 보며 입맛을 다시는 모습에 나는 소름이 돋았다.

"오스칼, 너는 둘을 데리고 물러나!"

"네, 넵!"

오스칼은 제나를 안고, 핀리와 함께 이 자리에서 벗어났다.

루트아트는 날 보더니 괴물의 입으로 떠듬떠듬 말했다.

「전부 내 거. 지위도, 재산도, 그리고 힘도── 내 거.」

루크시온이 루트아트의 심정을 고지식하게도 해설했다.

「마스터를 질투했던 모양이군요. 작위와 재산, 그리고 제 힘까지, 모두 본래 자기 몫이었다고 생각한 모양입니다. 정말 구제할 도리가 없군요.」

"그러게나 말이다."

촉수를 휘두르는 루트아트의 공격을 피하며 라이플로 쏘자 총알을 맞은 곳이 폭발했다.

촉수 중 하나가 날아가자 루트아트가 마구 날뛰었다.

덩치가 4m 가까이 커진 루트아트가 날뛰면서 주변 건물을 부수는 바람에 잔해와 모래 먼지가 심하게 흩날렸다.

"일이 이렇게 된 것만은 불쌍하게 생각해. 빠르게 끝내 주마."

내가 라이플을 들고 자세를 취하자 루트아트가 내게 달려들었다.

그 거구로 높이 뛰어올라 날 찌부러트리고 먹으려 했다.

재빨리 이동하여 피하자 루트아트가 내게 커다란 입을 향하며 소리쳤다.

「전부 내 거! 리온의 것은 내 거다! 전부── 그 여자들도.」

"——아앙?"

나는 재빠르게 라이플을 겨누고 마구 방아쇠를 당겼다. 탄창에 든 탄을 전부 다 쏠 때까지 계속 당겼다.

도무지 루트아트의 대사를 용서할 수가 없었다.

맞은 부분이 폭발하는 탄약이라 탄창을 모두 비웠을 때는 루트아트의 몸 대부분이 날아가고 없었다.

「갸아아아아아아아악!!」

루트아트는 고통에 몸부림치며 주위를 파괴했다. 마치 아이처럼 울고 있는 것만 같았다. 마지막에는 검은 액체를 대량으로 흘리더니, 결국 움직임을 멈추었다.

"끝났군."

루크시온이 어처구니없다는 어조로 말을 걸었다.

『안젤리카를 비롯한 세 사람을 빼앗겠다는 말을 들어 격노한 겁니까?』

"——시끄러워."

『이런 일로 화를 낼 거면, 남들 앞에서 밀렌을 유혹하는 건 그만두는 편이 좋습니다.』

"그러니까 그건 안심시키기 위해서라고 말했잖냐."

『평소에도 유혹하고 있습니다만? 뭐, 그보다도 전부 끝난 것 같습니다.』

멀리서 그렉의 목소리가 들려왔다.

"어~이!"

그렉은 질크의 에어바이크 뒤에 탄 상태였고, 하늘을 올려다보니 아인호른이나 크리스가 탄 갑옷도 보였다.

다들 성실하게 일한 모양이었다.

나는 루트아트가 사라지고 남은 마장의 파편을 봤다.

"그나저나 그 녀석들은 어디서 이런 걸 가지고 온 거지?"

『라셸 신성 왕국이 수상하군요.』

루크시온은 본체를 상공에 불러내더니── 레이저를 쏴 바닥에 나뒹굴고 있던 파편을 소멸시켰다.

『──이걸로 깔끔해졌군요.』

완수해냈다는 느낌을 내는 파트너를 보고 나는 기가 막혀 한숨을 내쉬었다.

"너는 변하질 않는구만."

위를 올려다보니 거대한 우주선이 광학 미채로 주위 경치에 녹아들어 있었다.

미세한 위화감이 있을 뿐이라, 우주선이 있는 걸 모른다면 눈치채지 못할 것이다.

나는 라이플을 어깨에 짊어졌다.

"마장도 헤링 이외는 별거 아니었고. 차라리 흑기사 할아범 쪽이 더 무섭겠다."

내 감상에 루크시온은 지론을 말했다.

『마장의 파편 크기와도 연관이 있습니다만, 대상의 스펙에도 큰 영향을 받는다고 생각합니다.』

"루트아트가 약해서 괴물이 되어도 약했던 건가?"

『완벽하게 다룰 수 없는 큰 힘에 손을 댄 대가겠지요. 애초에 마장 따위에 기대는 것이 잘못된 겁니다.』

큰 힘을 손에 넣은 대가, 인가.

그렇다면 나는 루크시온을 손에 넣고 뭘 대가로 치른 거지?

아니면, 이제부터 뭔가를 잃게 되는 것일까?

──뭐, 깊이 생각해도 별수 없고, 나한테는 어울리지 않는 이야기로군.

◇

"날 속였구나, 롤랜드!"

알현실.

옥좌에 앉아 다리를 꼬고 있던 롤랜드한테 바짝 다가선 나는 롤랜드의 멱살을 붙잡아 올리며 소리쳤다.

황당하게도 앞날이 길지 않다고 생각했던 롤랜드가 소동이 끝나고 뒤처리가 대략 끝났을 즈음, 느닷없이 건강한 모습으로 돌아왔다. 나는 뒤늦게 속았다는 걸 깨달았다.

롤랜드는 나한테 멱살을 붙잡혔는데도 제법 즐거워 보였다.

"논공행상의 자리에서 불경스럽기 짝이 없는 언동이다만, 오늘은 기분이 좋으니 용서해 주마."

왕도에서 일어난 폭동을 진압한 공을 치하하고자 모인 자리였기에 이 곳에는 진압에 참여한 귀족과 병사들의 모습이 있었다.

하지만 그들도 독 때문에 빈사 상태였던 롤랜드가 멀쩡하게 나타나 어안이 벙벙한 얼굴을 하고 있었다.

밀렌 씨도 놀라서 양손으로 입가를 가리고 있었다.

다만 율리우스와 제이크는 '아~, 역시나' 같은 표정을 하고 있었다.

이 녀석들은 롤랜드를 죽이려 해도 죽지 않는 남자라고 생각했던 모양이다.

버나드 대신은 아주 질렸는지 무관심한 표정이었다.

나는 롤랜드를 추궁했다.

"독 때문에 죽어 가고 있었다는 건 거짓말이냐?!"

"바보 녀석. 독을 마신 것도 사실이고, 몸 상태가 좋지 않았던 것도 사실이다. 하지만 모든 게 끝나니 신기하게도 건강을 되찾아서 말이지. 그동안 모두에게 고생을 끼쳤다는 생각에 마음 아파하고 있다."

거짓말 티가 풀풀 나는 대사에 속이 뒤집혀 부글부글 끓을 것 같은 기분이었다.

"너―― 날 속인 거냐."

"기억해 둬라, 애송이. 세상은 속는 쪽이 나쁜 거다. 하지만 나는 너의 헌신을 매우 높게 평가하고 있다. 무사히 라셀의 야망을 분쇄하고, 왕도에 숨어 있던 골칫거리들을 배제한 공적은 인정하지 않을 수가 없지."

히죽히죽 웃는 롤랜드를 보고, 내 등에서 식은땀이 솟구쳐 나왔다.

"자, 잠깐 기다려!"

"유감이지만 그 부탁은 들어줄 수 없겠군. ──이번 공적으로, 짐은 발트파르트 후작을 공작으로 승작시키는 바이다!"

"뭣?!"

더 이상 올라갈 곳도 없다고 생각했는데, 한층 더 높은 작위를 손에 넣고 말았다.

롤랜드는 날 손으로 밀어제치고는 옥좌에서 일어나더니 즐겁다는 듯이 소리쳤다.

"기뻐해라, 애송이! 라셀 신성 왕국은 너한테 성기사가 패배했다는 소식을 듣고 분노가 한계를 넘어선 모양이다. 신성왕 명령으로 현상금 액수를 인상하여 1천만 디아 상당이 되었다더군. 이건 근린 제국(諸國)에서도 전례를 찾아볼 수 없는 대기록이다! 대단한데, 유명인!"

1천만 디아. 일본 엔으로 생각하면 10억의 현상금이 나한테 걸렸다.

라셀 신성 왕국이 계획 실패를 듣고, 곧바로 내 현상금 액수를 대폭 끌어 올린 모양이었다.

"이, 일천만……"

기뻐 보이는 롤랜드의 얼굴이 미워서 견딜 수가 없다.

내가 휘청휘청하며 뒤로 몇 걸음 물러나자, 롤랜드가 다가와 내 어깨에 손을 올려놓고 귀엣말했다.

"성가신 일을 정리하느라 고생이 많았다. 승진해서 레드글레이브 가문과 나란히 선 기분이 어떻지? 부디 꼭 들려줬으면 하는데."

"──최악이야."

롤랜드를 노려보자, 본인은 밉살스러운 미소를 얼굴 한가득 지어 보였다.

"너의 그 말을 듣기 위해 힘낸 보람이 있었군."

주위가 롤랜드를 보고 복잡한 표정을 짓는 와중에, 나만은 이 자식한테 반드시 복수해 주겠다고 맹세했다.

◇

"롤랜드는 내 적이다."

논공행상이 끝나 대기실로 돌아온 나는 의자에 앉아 몸을 앞으로 숙이고 손깍지를 끼고 있었다.

어떻게 해서 녀석한테 복수해 줄까 생각하고 있자, 방에 있던 리비아가 난감한 듯이 미소 지었다.

"폐하를 적이라 부르는 건 리온 씨 정도예요."

"그 녀석은 많은 사람한테 원망받고 있으니까, 다들 뒤에서 마구 불만을 표하고 있어."

그 쓰레기 자식은 성가신 일을 전부 나한테 떠넘기고, 자기는 쉬고 있었던 것이다.

그걸 알게 된 알현실에 있던 사람들은 벌레라도 씹은 듯한 씁쓸한 표정을 짓고 있었다.

밀렌 씨는 무표정하고 차가운 시선으로 롤랜드를 쳐다보고 있었지.

오물을 보는 눈이라고나 할까?

완벽한 밀렌 씨에게 결점이 하나 있다고 한다면, 남편이 롤랜드라는 점일 것이다.

노엘은 방에서 의자 등받이를 끌어안다시피 하며 앉아, 웃으면서 나의 롤랜드 혐오증을 들었다.

"리온은 싫을지도 모르지만, 임금님 상대로 그런 짓을 해도 용서되는 건 인정받고 있다는 증거야."

"그 결과가 공작이라고. 안제의 본가와 나란히 서다니, 나는 인생을 어디서 그르친 걸까?"

먼 곳을 보는 듯한 눈으로 창밖을 바라보고 있자, 노엘이 어깨를 으쓱였다.

"그렇게나 출세가 싫어? 여기까지 출세하면 어차피 오차 같은 거 아니야?"

"후작과 공작 사이에는 큰 차이가 있다고! ——어라? 있지?"

벽에 등을 대고 서서 팔짱을 낀 안제한테 도움을 요청하니, 내 인식이 잘못되지 않았음을 설명해 주었다.

"오차가 아니다. 지금의 왕국에 영주 귀족 공작가는 세 가문이 있다. 내 친정인 레드글레이브 공작가와 구 공국인 판오스 공작가.

그리고 리온의 발트파르트 공작가다. 왕국을 섬기는 영주 귀족으로서는 세 명밖에 없는 공작 중 한 명이 된 것이지."

원래는 공작 위에 대공가가 있긴 하지만 호르파트 왕국에는 현재 대공가가 없다.

즉, 나는 작위만 놓고 보면 왕국에서 몇 명밖에 없는 지위에 선 것이다.

나는 머리를 감싸 쥐었다.

"이건 너무하잖아. 나는 열심히 했는데 출세시키다니, 악마야."

내가 한탄하자, 안제가 미묘한 얼굴로 말했다.

"열심히해서 출세한 게 아니냐. 애초에 이번에는 너무 지나쳤다. 루크시온의 성능을 과시해서 뭘 하고 싶은 거냐?"

방 안에 떠서 우리를 보고 있는 루크시온한테 우리의 시선이 모이자 본인도 어처구니없어했다.

『마스터한테 깊은 생각이 있다고 생각하는 편이 잘못된 겁니다. 롤랜드가 빈사 상태로 마지막 부탁이라고 하니까 속아서 전력을 발휘했을 뿐이지요.』

"설마 너, 롤랜드가 무사하다는 걸 알고 있었냐?"

『아뇨, 롤랜드는 독에 당한 상태였습니다.』

"……어?"

리온이 출세로 고뇌하고 있을 무렵.

롤랜드는 자기 방에서 술을 마시고 있었다.

"그 애송이의 얼굴을 봤나, 프레드! 카아—! 오늘의 술은 최고구만!"

롤랜드가 술을 같이 마시고 있는 상대는 바로 독을 조합한 친구인 프레드였다.

어째서 롤랜드와 프레드가 낮부터 같이 술을 마시고 있는 것인가?

여기에는 이유가 있다.

프레드가 롤랜드한테 울며 매달렸다.

"이제 두 번 다시 그런 일은 시키지 마십시오! 저한테 독을 조합해서 그 여자한테 건네라는 말을 했을 때는 제정신인지 의심했습니다."

메르세가 프레드에게 받은 독은 사실 전부 롤랜드의 지시였다.

롤랜드가 잔 안에 있는 호박색 액체를 바라보며 작전 성공을 축하했다.

"멋진 독이었다. 덕분에 애송이를 속이고, 나는 귀찮은 폭동 소란을 회피하여 침대 위에서 쉴 수 있었어."

롤랜드는 이번 소동을 사전에 알아차리고, 친구인 프레드를 투입해 적의 작전을 이용했다.

자신이 독을 마시고 리온한테 전부 맡긴 것도 롤랜드의 꿍꿍이였다.

"저는 살아도 산 기분이 아니었습니다!"

프레드는 홧김인지 술을 단숨에 전부 들이켰다.

롤랜드가 친구의 빈 잔에 술을 따르며 의미심장한 말을 했다.

"뭐, 첫수는 이 정도겠지. 덕분에 계획 제1 단계는 무사히 클리어했다. 프레드, 네 덕분이다."

프레드는 칭찬을 받아도 전혀 기뻐 보이지 않았다.

"또 나쁜 꿍꿍이입니까? 질리지 않으시는군요."

뭔가 못된 짓을 꾸미고 있냐는 말에 롤랜드는 미소 지었다.

"일생일대의 못된 꿍꿍이야. 최근에는 여러 가지로 흉흉하니까 말이지. 애송이는 앞으로도 최대한 힘써 줘야겠어."

무언가 리온을 향한 꿍꿍이를 꾀하고 있는 기색이었다.

◇

학원 복도.

마리에는 기지개를 쭉 켜며 크레아레를 데리고 걷고 있었다.

그 옆에는 에리카가 함께 걷고 있었다.

마리에와 크레아레는 이번 소동에 관해 이야기 중이었다.

"이번에도 어찌어찌 극복했네."

『그러게. 마스터는 또 원치 않는 승진을 한 모양이지만.』

"그 바보 오빠는 그냥 기뻐하면 될 것을. 뭐가 나는 출세하고 싶지 않아~ 야. 뭐가 불만인지 이해할 수 없다니까."

『마스터도 마리에를 이해할 수 없다고 말했는데, 정말로 서로 닮았네. 관찰하고 있으면 재미있어.』

"바보 오빠와 닮았다니, 정말로 민폐인데요!"

마리에는 불평을 토하다가 문득 에리카가 옆에서 이 모습을 즐겁다는 듯이 바라보고 있다는 사실을 깨달았다.

에리카에게 시선을 돌리자 자애로 가득 찬 미소가 돌아와 마리에는 어쩐지 있기 거북해졌다.

'으음~, 겉모습은 연하인데 안에 든 사람은 연상이라니, 어떻게 접해야 하지?'

같은 전생자이긴 하지만 나이는 에리카 쪽이 훨씬 연상이었다.

그 탓에 마리에는 에리카와의 거리감으로 고민하고 있었다.

그런 둘이 나란히 걷는 모습을 크레아레는 재미있다는 듯이 보고 있다.

『그건 그렇고 에리카도 전생자였다니, 굉장하네. 전생자, 많지 않아? 뭔가 법칙성이라도 있는 걸까. 다음에 차분하게 몸을 조사하게 해줘.』

마리에는 흥미진진해 하는 크레아레한테 어처구니가 없어져 곁눈질했다.

"왕녀님한테도 편하게 막 부르는 거야?"

『나한테는 왕족 같은 건 상관없는걸.』

크레아레한테 왕가는 중요하지 않다.

에리카는 조금 난감한 듯이 웃었다.

"시간이 있을 때라면."

『괜찮아?! 야호!』

기뻐하는 크레아레한테 마리에는 자중을 촉구했다.

"너, 요전에 오빠한테 혼난 참이잖아! 이상한 짓 하면 이번에야말로 해체당할 거야."

『정밀검사하는 것뿐이야. 게다가 마스터는 입으로는 이러쿵저러쿵 말해도, 그 정도까지는 안 해.』

떠들썩한 마리에와 크레아레를 보고 있던 에리카가 리온의 이야기에 흥미를 나타냈다.

"공작님은 어떤 분인가요?"

에리카가 고개를 갸웃하며 물었다.

마리에는 그 몸짓에 어째서인지 전생의 딸을 떠올라 가슴이 아파졌다.

"──뭐어, 다정하다고 할지, 무른 사람? 손바닥 위에서 굴리는 동안은 이쪽 입맛대로 할 수 있는 오빠지. 폭주하면 손을 댈 수 없지만 말이야. 덕분에 몇 번이나 힘든 꼴을 겪었고."

'그 애도 이런 몸짓을 자주 했었지.'

『마리에는 마스터한테 몇 번이나 골탕을 먹었으니까 말이야.』

"시끄럽네."

크레아레의 농담에 짜증을 내며, 마리에는 자신들의 전생에 관해 이야기했다.

"나와 오빠도 전생에서 그 여성향 게임을 플레이했고, 죽었더니 이곳에 와있었어. 너도 마찬가지지?"

"──네, 3탄만 플레이했어요."

"나는 제대로 클리어한 건 2탄뿐이네. 1탄은 정말로 어려워서 오빠한테 떠넘겼거든. 그랬더니 그 바보, 밤샘을 계속하다가 계단에서 굴러서 죽었다잖아. 정말로 바보지?"

리온을 바보 취급하는 듯한 이야기를 하는 마리에였으나, 표정은 어두웠다.

마리에는 원인을 만든 자신의 행동을 후회하고 있었다.

그런 마리에의 심정을 에리카가 꿰뚫어 보았다.

"오빠를 좋아하셨군요."

"하아? 남의 이야기를 안 듣는 애네. 바보 오빠하고는 전생부터 이어진 질긴 인연이야."

리온이 이 자리에 있었다면 말싸움이 시작되었겠지만, 이 자리에는 없기에 약간 부족함을 느꼈다.

"줄곧 후회하지 않았나요? 자기가 오빠를 죽이는 원인을 만들었다고 말이에요."

"그, 그건……."

"제가 보기에는 무척 사이좋은 남매로 보여요."

"지금은 남이야!"

리온과 사이가 좋다는 말을 들어 부끄러웠던 마리에는 일단 부정해 뒀다. 하지만 잘 생각해 보니 그건 대답이 되지 않았다.

그걸 깨달아 부루퉁해진 마리에를 보고 에리카가 확신을 얻은 표정을 지었다.

"그 화내는 모습, 정말로 여전하네요."

"──뭐야?"

마치 옛날부터 자신을 알고 있는 투인 에리카한테 약간 짜증이 난 마리에는 날카로운 시선으로 쳐다봤다.

그러자 에리카가 멈춰 섰다. 마리에는 알아차리지 못하고 앞으로 나아갔다.

"엄마가 건강해 보여서 다행이야."

한순간 마리에는 무슨 말인지 이해하지 못하고 멈춰 서서 에리카를 뒤돌아봤다.

에리카가 서 있는 모습을 보고 그제야 지금까지 품고 있던 위화감을 알아차렸다.

평소라면 '하? 뭔데?'라며 언짢은 표정을 지었을 터인 마리에의 뺨에 눈물이 흘렀다.

"거, 거짓말이지?"

에리카가 고개를 가로젓자 그 길고 웨이브 진 머리카락이 흔들렸다.

"까불거리지만 다정한 엄마. 맨 처음에 그렇지 않을까 하고 생각했어요. 다만, 확신을 품을 수 없었어요. 그래도 오빠── 삼촌 이야기를 듣고 틀림없다고 생각했어요."

오빠한테 게임을 떠넘기는 바람에 죽게 했다는 건 흔한 이야기는 아니다.

마리에가 입가를 손으로 누르며 울고 싶은 걸 참았다.

전생의 딸 이름을 떠올릴 수 없지만, 확실히 에리카한테 딸의 모습이 겹쳤다.

"어, 어떻게 알아차린……."

자기란 걸 어떻게 알아차렸는가? 물어보려고 해도 말이 나오지 않았으나, 에리카는 헤아려서 대답해 주었다.

"줄곧 그런 느낌이 들었어요. 왕궁에도 성녀님이나 남작──지금의 공작 이야기가 들어오니까요. 왠지 모르게 엄마인 것 같은 느낌이 들었어요. 그래서 만나 봤더니 몸짓이 매우 닮아서."

실제로 만나기 전부터 에리카는 마리에가 전생의 어머니임을 눈치챘다는 듯하다.

마리에가 에리카한테 안겨들었다.

"먼저 말하란 말이야아아아!! 나는, 나는──!!"

에리카는 자기한테 매달려서 엉엉 우는 마리에를 부드럽게 끌어안았다.

"미안해, 엄마."

마치 어린아이를 다독이는 어머니 같은 분위기를 자아내는 에리카를 보고, 옆에 떠 있던 크레아레는 그 자리에서 빙글빙글 회전했다.

『마리에 쪽이 자식 같네.』

에필로그

왕도에 있는 술집.

칸막이가 놓여 개인실로 된 방에서 나는 어떤 인물과 마주 보고 있었다.

내 옆에 대기하며 살기를 내뿜고 있는 파트너 루크시온이 빨간 렌즈를 요사스럽게 빛내고 있었다.

『마스터, 공격 허가는 언제 받을 수 있는 겁니까?』

"누가 그런 이야기를 했어? 오늘은 대화가 목적이라고 말했잖냐."

마주 본 상대 쪽도 여러모로 난항을 겪고 있었다.

헤링의 파트너인 브레이브가 핏발 선 눈으로 이쪽을 봤다.

『파트너! 독을 넣지 않는지 주의하라고. 요리는 전부 내가 독이 없나 맛을 볼 테니까!』

"그건 네가 먹고 싶을 뿐인 것 아니냐?"

가게 안은 얼마 전에 왕도 전역에서 소란을 겪은 뒤라고는 생각하기 어려울 만큼 떠들썩했다.

우리가 아무리 떠들어도 가게 안에서 우리를 신경 쓰는 녀석들은 없었다.

애초에 칸막이가 있어서 우리의 모습은 바깥에서는 보이지 않겠지만.

나는 헤링에게 말을 꺼냈다.

"자, 속을 터놓고 대화를 나눠 보자고. 너, 애초에 어째서 내가 수상하다고 생각한 거냐? 입학식에서도 우리를 정탐하고 있었지?"

헤링은 마실 것을 입에 대며 내 의문에 이렇게 대답했다.

"그 여성향 게임에 발트파르트라는 영웅은 존재하지 않았다. 이 의미, 너라면 이해하겠지?"

시험하는 듯한 말투에 모든 것을 눈치챘다.

"너도 전생자였냐."

내 반응에 자신의 예상이 옳았다고 생각했는지 헤링은 뒷말을 이었다.

"내 목적은 미아를 지키는 거다."

"주인공을?"

"수호 기사라는 걸 알고 있나? 제국에서는 신분이나 지위가 높은 여성을 지키는 기사인데, 나는 미아의 수호 기사에 입후보했다."

"덕분에 나도 네가 수상쩍어서 견딜 수가 없었다고. 수호 기사 같은 건 그 여성향 게임에 없었잖냐."

"수호 기사 자체는 오랜 역사가 있는 제도이지만."

나는 미아의 사정에 관해 이야기했다.

"황제의 사생아라서 따라온 거냐?"

"거기까지 알고 있나?"

"나는 몰라. 알고 있는 건 마리에 쪽이다."

"그 가짜 성녀님인가."

헤링이 가짜라고 말하며 머리가 아픈지 손으로 이마를 눌렀다.

그리고 제국에도 우리의 소문이 들리고 있다는 걸 알려주었다.

"이쪽에도 너희의 소문이 전해지고 있었다. 그 여성향 게임에 귀축 기사라는 영웅은 없었어. 게다가 가짜 성녀님도 등장하지 않지."

"그래서 처음부터 우리를 의심하고 있었던 거냐?"

확실히 이제부터 가게 될 장소에 본래 없을 터인 존재가 있으면 나라도 경계한다.

헤링의 걱정은 지당하다.

나는 등받이에 몸을 기대고 헤링의 신중함에 기막혀했다.

"그런 일이라면 얼른 접촉해 오란 말이다! 그러기는커녕 방해까지 한다니, 최악이라고."

그러자 브레이브가 내 말이 마음에 들지 않는지 항의했다.

『최악인 건 너희야! 이민선 루크시온── 구인류가 남긴 최악의 병기라고!』

최악의 병기라 불린 루크시온이 발끈해서 브레이브한테 맞받아쳤다.

『저는 구인류들의 희망을 맡은 이민선입니다. 최악인 건 제가 아니라 그쪽이 아닙니까?』

『전투에 관해서 말하면 너는 속도야 고기동 전함에 뒤처지지만,

그 외의 스펙은 사악하잖냐! 네 동형함과도 싸운 적이 있는데, 두 번은 사절이라고.』

그렇게나 강한 마장인 브레이브가 루크시온의 동형함과는 싸우고 싶지 않다고 단언하는 건가.

하지만 루크시온이 빨간 렌즈를 빛냈다.

『──그 말인즉, 우주로 도망치는 제 동형함에 공격을 가했다는 겁니까? 비전투원을 태운 배를 공격하다니, 신인류답군요.』

『너희가 그런 말을 하기냐?』

격앙하는 둘을 보고 어처구니없어진 나와 헤링은 서로 얼굴을 마주 보고 어깨를 으쓱였다.

"루크시온, 그만 됐어. 이야기가 진전되지 않잖냐."

『상호 이해를 깊게 해봤자 헛수고입니다. 마스터, 신인류의 유물을 섬멸하는 허가를.』

"안 된다고 말했잖냐."

헤링도 브레이브를 설득했다.

"쿠로스케, 이제 오래전 이야기잖아? 게다가 지금은 미아를 구하고 싶다."

『──아아, 그랬지.』

미아를 구해?

그러고 보니 마리에가 신경 쓰이는 이야기를 했었지.

본래 활발하고 건강한 여자애였다는데, 어째서인지 몸이 약해져서 격렬한 운동을 하면 발작이 일어나 괴로워하기 시작한다,

라고.

나는 그 여성향 게임에서 제법 동떨어진 설정이 신경 쓰였다.

"주인공—— 미아는 몸이 약한 거냐?"

헤링은 브레이브에게 마실 것을 건네고 있었다. 브레이브는 빨대로 주스를 마시며 내 쪽을 노려봤다.

"작년까지는 건강했다. 하지만 때때로 호흡곤란을 일으키는 경우가 있어. 제국의 명의한테도 진찰받았지만, 원인은 불명인 채다."

"원인을 알 수 없다고?"

"마력을 주면 발작은 수그러드니까 치료 마법 자체는 효과가 있다. 다만, 근본적인 치료는 하지 못하고 있어. 개선될 조짐은 없는데, 서서히 악화하고 있다는 것 같다."

"그런 상태로 유학시킨 건가?"

"나도 쉬게 하고 싶었다. 하지만—— 이쪽에서 미아한테 중요한 이벤트가 있어서."

"이벤트?"

마리에도 미아는 작년부터 건강이 나빠졌다고 말했는데, 설마 원인 불명의 병이라고는 생각지 않았다.

반대로 악역 왕녀님 쪽은 병약 설정에서 해방되어 건강해졌다는 듯한데—— 무슨 일이 일어나고 있는 것일까?

헤링은 미아의 중요한 이벤트에 관해 이야기했다.

"중반에 각성 이벤트가 있다. 왕도에 있는 던전에 유적이 있다는데, 그것과 접촉하면 미아의 능력이 각성한다."

각성 이벤트에 관해서는 마리에한테서 아무것도 듣지 못했다.

"나는 모르는 이야기군."

"꽤 중요한 이벤트인데도 말이냐?"

어? 너 모르냐? 라는 느낌으로 헤링이 쳐다봐 나는 약간 열받았다.

"나는 그 여성향 게임을 1탄밖에 플레이하지 않았다고! 너야말로 그 여성향 게임을 얼마나 열심히 한 거야."

남자 주제에, 라고 말하려 했지만, 이 대사는 나한테도 부메랑이 되어 돌아온다.

게다가 헤링의 전생이 꼭 남자라는 보장은 없다.

신중하게 말을 고르고 있자, 헤링은 그 여성향 게임을 알고 있는 이유를 내게 이야기했다.

"여동생이 플레이하는 걸 옆에서 보고 있었어. 어떤 이야기였는지 즐겁게 나한테 말해 주니까, 나도 기억하고 있었다."

"여동생과 사이가 좋은 거냐? 믿기지 않는구만."

마리에라는 여동생이 있던 내 입장에서 보면 믿고 싶지 않은 이야기였다.

고집불통에 자기중심적이어서, 하여간 여동생이라는 건 오빠한테는 적이다.

내가 노골적으로 싫은 듯한 표정을 짓자, 헤링은 이야기를 억지로 되돌렸다.

"──뭐, 미아한테는 중요한 이벤트가 있어. 게임상으로는 스

테이터스가 상승하는 거지만, 그걸 이용해서 병을 치료할 수 없을지 시험해 보고 싶다."

그 말을 듣고 루크시온이 찬물을 끼얹었다.

『치료로 이어지지 않을 수도 있지요. 최악의 경우 병세가 악화될 우려도 있습니다.』

"야."

내가 루크시온을 제지하자 헤링은 고개를 숙였다.

아무래도 그 가능성도 고려하고 있는 모양이다.

"네 파트너가 말하는 대로다. 나 역시 최악의 경우도 고려하고 있어. 그래서 나는 왕국에서의 조사도 명령받았다. 미아의 치료로 이어지는 정보가 있으면 여하튼 수집하라고 말이지."

헤링한테 명령했다면 제국에서도 상당히 높은 지위에 있는 존재일까?

어쨌거나 미아는 황제의 사생아니까.

일부러 수호 기사를 준비할 정도로는, 제국은 미아를 중요시하고 있다는 말이 된다.

이런 부분도 그 여성향 게임과 다르군.

나는 루크시온을 곁눈질로 봤다.

"너라면 미아를 치료할 수 있나?"

치료가 가능한지를 묻자, 헤링이 고개를 들고 루크시온을 응시했다.

루크시온이 지닌 기술에 기대하고 있는 것이리라.

『──진찰하지 않으면 뭐라 말할 수 없겠군요. 다만, 거기 있는 마장의 코어보다 의지가 되리라는 것은 틀림없습니다.』

브레이브와 경쟁하는 루크시온의 모습이 뭐라고 할지, 인간 같다.

브레이브가 격노했는지, 표면에 가시가 삐죽삐죽 돋쳤다.

『너 따위한테 소중한 미아를 맡길 수 있겠냐!』

『그렇게 살아날 가능성을 버리는 겁니까? 이해할 수 없는 사고입니다. 역시 마장의 코어는 글러 먹었군요.』

또다시 싸움을 시작하려는 루크시온을 내가 붙잡아 말리자, 헤링도 브레이브를 붙잡았다.

피차 파트너한테는 고생하고 있는 모양이군.

"뭐, 진찰은 다음에 하기로 하고, 나는 네가 우리와 적대할 생각이 없어서 안심했어. 너하고는 두 번 다시 싸우고 싶지 않으니까 말이지."

내가 그렇게 말하자 어째서인지 헤링이 얼굴을 찌푸렸다.

"나도 너와는 싸우고 싶지 않다. 애초에 그 갑옷은 성능이 이상하지 않나?"

아로간츠를 이상하다고 말하다니 실례인 녀석이다.

"네 쪽이야말로 비정상적으로 강했잖냐. 이쪽은 여러 가지로 힘냈는데 무기는 파괴당하고, 탄은 다 떨어지고, 정말 초조했었다고."

"바보 같은 소리 마라. 잇따라 무기를 교체하여 덤벼드는 널 보고 내가 얼마나 식은땀을 흘렸는지."

아로간츠의 특징은 다채로운 무기를 사용할 수 있다는 점인데, 그걸 전부 대처당한 내 입장에서 보면 헤링의 말은 비아냥으로 들릴 뿐이었다.

"네 쪽이 더 비겁하잖냐. 나는 죽는 줄 알았다고."

그러자 헤링이 테이블에 주먹을 내리쳤다.

"나는 진짜로 죽을 뻔했다고! 네 갑옷이 마지막에 때려 박은 공격── 필살기인가? 아무튼 그것 때문에 쿠로스케도 너덜너덜 해졌단 말이다."

"오히려 그걸 풀파워로 때려 박았는데, 별 대단한 대미지도 없 는 것 같아서 당황했다고. 이거 못 이기겠네~ 하고 말이야."

"이쪽은 죽을 뻔했다고 하잖냐! 게다가 나는 적당히 조절할 생 각이었어."

"웃기지 마! 그걸로 적당히 조절?! 난 죽는 줄 알았다고!"

헤링과 같이 시끄럽게 떠들고 있자, 점원이 우리의 방에 찾아 왔다. 루크시온도 브레이브도 눈치를 발휘했는지 책상 밑에 들어 가 숨어 있었다.

"저~, 조금 더 조용히 해주시면 고맙겠습니다만."

미안해하는 듯한 점원에게 나도 헤링도 사과했다.

"죄송합니다."

"조심하겠습니다."

점원이 나가자 우리는 서로 반성하여 조금 진정하기 위해 마실 것을 입에 댔다.

"이 이야기는 다음에 하기로 하고, 너희는 미아를 구하고 싶어서 유학 왔다는 거지? 다른 목적은 없고?"

헤링과 브레이브의 목적을 확인하자 둘은 동시에 고개를 끄덕였다.

이 녀석들 사이 좋구만.

"그래."

『미아만 무사하다면 이런 나라에 오겠냐.』

불만스러워 보이는 브레이브는 내버려 두고, 이런 입장이라면 우리는 싸울 이유가 없다.

그걸 안 것만으로도 내게는 큰 수확이다.

"그러면 우리도 문제없어. 유적 건도 도와줄 수 있고, 무슨 일이 있으면 협력하지."

내 쪽에서 다가서자 의외로 헤링의 긴장이 살짝 풀어졌다. 그리고 신기하다는 듯이 날 보며 물었다.

"괜찮은 건가?"

"뭐가?"

"아니── 나는 귀축 기사라 불린 너를 더 질 나쁜 인간이라고 생각하고 있었다."

헤링은 내게 미안해하는 듯한 태도를 보인 뒤 왕국에 오기 전의 내 소문 이야기를 했다.

"제국에 전해졌던 소문으로는 피도 눈물도 없다는 이야기였으니까 말이지."

"소문이라는 건 믿을 게 못 되는 법이지. 참고로, 어떤 소문이
었냐?"

자신의 소문 이야기에 흥미를 지니자, 헤링은 말하기 껄끄러워
하는 듯했으나 알려주었다.

"그냥 소문이니까 화내지 말라고? 자국 왕자를 결투장에서 때
려눕혔다는 소문이 전해졌다. 지금 와서 생각해 보면 그런 건 말
도 안 되는데 말이지."

──다섯 바보와의 결투 소동일까? 헤링은 말도 안 된다고 했
지만, 실제로 나는 했다.

"역시 소문이 잘못됐네."

"그렇겠지. 아무리 그래도 왕자를 때려눕힐 리가 없으니."

"아니, 내가 때려눕힌 건 1탄의 공략 대상 다섯 명이야."

"뭐?"

내가 무슨 말을 하는 건지 이해하지 못한 헤링에게 루크시온이
자세히 설명했다.

『마스터는 율리우스를 포함한 귀공자들 다섯 명을 공중의 면전
에서 때려눕혔습니다. 아로간츠의 압도적인 성능 앞에서, 그 다
섯 명은 무력했지요.』

당시를 떠올린 나는 그리운 기분이 들었다.

"상쾌했었지."

『예.』

나와 루크시온이 그런 말을 하자, 헤링이 당황하며 다음 소문 이야기에 관해 확인했다.

　"그, 그럼 공화국 이야기는 어떻지? 6대 귀족 중 한 명한테 싸움을 걸었다는 것도 사실이냐?!"

　알제르 공화국에서 싸움을 걸었다는 건 잘못된 소문이다.

　"그건 아니야."

　"그, 그렇지? 아무리 그래도 유학 간 곳에서 싸우지는 않겠지."

　안도하는 헤링한테, 나는 자세한 사정을 설명해 주었다.

　"저쪽이 먼저 싸움을 걸었거든. 그래서 상대해 줬더니, 6대 귀족 대부분을 적으로 돌리게 됐지. 참고로 붕괴의 원인은 내가 아니야. 쿠데타가 일어나서 진압하려고 움직이다 보니 공화국이 붕괴되어 있었던 것뿐이다."

　아연해서 말도 나오지 않는 헤링 옆에 있던 브레이브가 작은 손으로 옷을 잡아당겼다.

　『파트너, 이 녀석 소문보다 지독한데.』

　그런 브레이브의 말에 화를 낸 건 오늘에 한해서 충성심이 높은 루크시온이었다.

　『그냥 들어 넘길 수 없군요. 마스터의 지독함이 이 정도로 끝날 것 같습니까? 아직 소문으로 전해지지 않은 진짜 지독한 부분은 시작도 안 했습니다.』

　"좋아, 넌 입 다물어."

　충성심에 눈을 떴나 싶더니만, 아무래도 내 착각이었던 모양이다.

　헤링이 완전히 질색했다.

　"소문보다 지독한 건 상정했던 범위 밖이다."

　어째서인지 괜히 더 경계당한 듯했다.

◇

　학원에 돌아온 나는 날 기다리고 있던 마리에한테 붙잡혔다.

　"늦어! 통금 시간은 한참 전에 지났잖아! 설마 술 마시고 있었던 거야?!"

　술집에 있었기에 술 냄새가 나는 모양인데, 나는 기본적으로 술에 흥미가 없다.

　"나는 스무 살이 되기 전까지 술은 안 마셔."

　"바보 같은 대답이네. 이쪽에서는 이미 합법이야."

　"나는 내 안의 룰을 따르며 살아가고 있다고. 그래서, 뭔가 용건이냐?"

　시시한 대화를 마무리하고 얼른 방으로 돌아가고 싶다는 태도를 보이자 마리에의 눈에 눈물이 그렁그렁했다.

　마리에는 주먹을 꽉 쥐고 나한테 진지하게 말했다.

　"오빠, 저기 말이야. ——에리카가 내 딸이었어!"

　마리에의 말을 듣고 나는 하품을 했다.

　옆에 있던 루크시온이 마리에를 걱정했다.

『술에 취해서 나온 발언이 아니라면, 기억의 혼란일까요? 마리에, 머리를 강하게 부딪친 겁니까?』

"안 취했고, 머리도 부딪치지 않았어!"

루크시온한테 고함치는 마리에를 보고 나는 웃었다.

"그러면 더더욱 중증이라고. 애초에 에리카 왕녀는 밀렌 씨의 친자식이지 네 딸이 아니잖아. 네 딸 취급하는 건 불경 아니냐?"

그렇게 말하자 마리에가 내 정강이에 로우 킥을 먹였다.

"아악!"

너무나도 큰 고통에 눈물이 핑 도는 나를 마리에가 노려봤다.

"무슨 의미야?"

"아뇨, 저기. 밖에서 다른 사람한테 들리면 그다지 좋지 못한 이야기라는 의미고── 다, 다른 뜻은 없습니다."

어째서인지 존댓말이 나왔다. 지금의 마리에한테는 인정사정 봐주지 않는 박력이 있었다.

사과하는 날 보고 루크시온이 유쾌하다는 듯이 말했다.

『말투에 다른 뜻이 있는 것처럼 들렸습니다만?』

"너는 마스터를 지키려는 마음이 없는 거냐?"

루크시온과의 대화를 계속하려 하자, 마리에가 손뼉을 짝 쳐서 우리 시선을 자기한테 향하게 했다.

"됐으니까 들으라구!"

마지못해 마리에의 이야기를 듣기로 한 나와 루크시온.

마리에는 정말로 진지한 표정을 짓고 있었다.

"여기가 아니라, 전생의 딸이야. 즉, 오빠한테 에리카는 전생의 조카인 거야."

"……어?"

한순간 무슨 소리인가 했는데, 분명 이전에 마리에한테 딸이 한 명 있었다는 이야기를 들은 적이 있었다.

마리에를 닮지 않아 다정한 아이였다고 들었는데, 설마 그 애를 말하는 건가?

"아니, 어? 조카? 지, 진짜로?"

"확인했으니까 틀림없어."

"언제 죽었어?"

"본인은 60살 정도까지 살았다고 말했는데, 그건 왜?"

"걔는 우리보다 두 살 아래잖아?"

우리보다도 몇십 년이나 지나서 죽었는데 전생한 것이 우리의 2년 후?

혼란스러운 나였으나, 그건 마리에도 마찬가지였다.

"나도 자세히는 모르지만 말이야. 본인이 틀림없었어."

우리가 의문으로 느끼는 점을 루크시온이 간단히 설명했다.

『마스터와 마리에가 동급생이라는 시점에서 이 화제를 논의하는 것은 무의미하군요. 시간적인 제약이 없는 것 아닙니까?』

전생자에 관해서는 우리도 자세한 것은 모른다.

어째서 우리가 이 세계에 전생한 것인가── 그런 걸 알 턱도 없다.

여하간 정신이 들고 보니 이 세계에서 살고 있었으니까.

루크시온은 전생자한테 흥미를 나타냈다.

『하지만 무언가 법칙성이 있다면 무척 흥미롭군요. 자세한 조사를 계속하도록 하지요.』

하지만 이미 내 머리는 에리카로 가득했다.

"내 조카가 악역 왕녀인 거냐고……."

이제부터 어떻게 되는 걸까?

후기

작가인 미시마 요무입니다.

매번 후기로 고민하는 저입니다만, 이번만큼은 괜찮아!

우선은 9권에 관해서네요.

드디어 리온 일행도 3학년이 되어 그 여성향 게임 3탄에 돌입했습니다.

매번같이 생각한 대로 흘러가지 않는 리온과 마리에입니다만, 이번에도 협력하여 곤경? 에 맞서고 있습니다.

작가로서 생각합니다만, 리온과 마리에는 상성이 좋지요.

쓰고 있어도 대사가 자연스럽게 나오고, 그런 둘에게 비아냥하는 루크시온도 저는 매우 좋아합니다.

그런 리온과 마리에입니다만, 마리에 루트(앙케트 특전)에서는 한층 더 좋은 상성을 발휘하여 활약하고 있습니다.

Web판, 그리고 서적에서도 쓰지 않은 설정을 드러내고 있으니, 신경 쓰이는 독자분은 꼭 앙케트에 응답하여 앙케트용 특전 SS를 체크해 주세요.

자, 이번에 가장 신경 쓰이는 화제도 언급하고자 합니다.

여성향 게임 세계는 모브에게 가혹한 세계입니다── 애니메이션화 합니다!!

설마, 정말로 애니메이션으로 만들어질 수 있으리라고는 저 자신도 생각지 않았습니다(땀).

　이것도 응원해 주신 독자분들 덕분입니다.

　정말로 감사합니다.

　애니메이션으로 움직이는 리온이나 루크시온의 활약을 볼 수 있다고 생각하니, 원작자이기는 합니다만 독자 여러분과 마찬가지이기에 지금부터 기대가 됩니다.

　저는 운이 좋은 편이기에 다행히도 좋은 주위 분들을 만났습니다.

　편집자분, 일러스트레이터분, 만화가분—— 등등.

　주위 분들에게 도움을 받아 이루어질 수 있었던 애니메이션화라고 생각합니다.

　평소에는 후기에서 관계자분들의 화제를 언급하지 않도록 하고 있습니다만, 애니화한 것도 주위에서 지탱해 주신 분들 덕분입니다.

　이 자리를 빌려 감사의 말씀 드립니다.

　물론, 가장 중요한 건 독자분들의 응원이지만 말이죠.

　애니화도 여러분과 함께 손에 넣은 기회라 생각하고 있습니다.

　장황하게 써도 재미있어질 것 같지 않기에, 이번에는 여기까지로 하겠습니다.

　그러면 앞으로도 응원 잘 부탁드리겠습니다.

여성향 게임 세계는 모브에게 가혹한 세계입니다 9

2022년 09월 15일 1판 1쇄 발행

저　　　자 미시마 요무
일 러 스 트 몬다
옮 긴 이 주승현
발 행 인 유재옥
본 부 장 조병권
편 집 1 팀 김준균 김혜연 박소연
편 집 2 팀 박치우 정영길 정지원 조찬희
편 집 3 팀 곽혜민 오준영 이해빈
라이츠담당 맹미영 이윤서 이승희
디 지 털 김지연 박상섭
미　　　술 김보라 박민솔
발 행 처 ㈜소미미디어
인쇄제작처 ㈜코리아피엔피
등　　　록 제2015-000008호
주　　　소 서울시 마포구 토정로222, 403호 (신수동, 한국출판콘텐츠센터)
판　　　매 ㈜소미미디어
마 케 팅 박종욱
영　　　업 최원석 최정연 한민지
물　　　류 백철기 허석용
전　　　화 (02)567-3388, Fax (02)322-7665

ISBN 979-11-384-3400-3
ISBN 979-11-6507-479-1 (세트)